波の上のキネマ

増山　実

集英社文庫

波の上のキネマ　目次

波の上のキネマ

第1章　七人の侍

1

音ひとつしない映写室の暗闇は、まるで深い海の底に沈んだ貝の中のようだ。

あの光のありかは、海の底からのぞいた、もうひとつの「世界」だ。

安室俊介《あむろしゅんすけ》は小窓から漏れる光の明滅を眺めながら、いつもそう思う。

映写室には観客席に明かりが漏れるのを防ぐために、透明のガラス窓に黒いシートが張られている。そのシートを一部だけ四角く切り取って、小さな窓を開けている。

そこからスクリーンに映し出される「世界」をのぞくことができる。

暗闇の向こうの「世界」では島田勘兵衛《しまだかんべえ》が片山五郎兵衛《かたやまごろべえ》を戦《いくさ》に誘っていた。腹を空《す》かせた腕利きの浪人を七人集めて、百姓のために戦うのだ。

「世界」を映し出すダークグレーのデジタルシネマプロジェクターはパソコンとつながっており、上映に必要な操作はすべて画面上でできる。

上映スケジュールを登録しておき、決まった時間に指定された作品の「再生」ボタンをクリックするだけでいい。あとはプロジェクターとパソコンがすべての仕事をしてくれる。スマホをいじるより簡単だ。

こちらは海の底で寝ていればいい。いや、寝ている必要さえない。クリックして「世界」が動き出せば、もはや人が映写室にいる必要はないのだ。

今から三十四分後には島田勘兵衛は七人の侍を集め終え、六十五分後には戦闘の準備にかかり、やがて野武士との戦いが始まるだろう。

フィルム映写機の時代には、技師が常に映写機の横についていなければならなかった。途中でフィルムが焼けて切れたり、かけたテープが遠心力で吹き飛んだりして上映が中断するような不測の事態に備えなければならない。実際そういうアクシデントはしょっちゅう起こった。

俊介は柄本《えもと》のじいさんのことを思い出した。

何か厄介ごとが起こった時、柄本のじいさんはまったく慌てることなく、まるでお漏らししてむずかる子供に対して、子供とはそういうもんだと慈愛の目でおしめを替える母親のような手際の良さでテープをつなぎ、リセットする。そして「世界」を元どおりに動かしていく。

柄本のじいさんは、俊介の祖父の代からこの映画館で働く映写技師だった。

祖父が兵庫県尼崎《あまがさき》市の立花《たちばな》という街で映画館を始めたのは、昭和二十四年。映画館の名前は「波《なみ》の上《うえ》キネマ」。

祖父が名付けた。六十九年経《た》った今もその名は変わらない。ＪＲ立花駅前から北へ三百メートルほど歩いた商店街の切れ目にある。座席数は１０８。それも創業時から変わっていない。個人経営の映画館としては、まあ普通の規模か、やや小さいぐらいだろう。ＪＲ神戸《こうべ》線の尼崎駅からひと駅西にある立花の街並みは、駅の北東に道が放射状に延びている。

見渡す限り田んぼしかなかった場所に戦前、国鉄が新たに駅を作ることにし、計画的に作られた街並みだ。尼崎の繁華街は南部の阪神電鉄沿線に集中していたが、立花は北部の中では都市化が早かった。祖父はそこに目をつけたのだろう。とはいえ駅前を少し離れればそこはもう田んぼだらけで、夏になると俳優たちのセリフの間にカエルの大合唱が聞こえてくる。映画館の前に出ると、延々と続く田んぼの向こうにはるか一キロも先にある阪急武庫之荘《むこのそう》駅の駅舎が見渡せ、その間に見える灯《あか》りといえば飛び交う蛍だけだったという。

商店街の発展とともに、祖父が始めた映画館は隆盛した。

阪神工業地帯に位置する尼崎は戦前から沖縄・九州を中心とした地域から働きに出てきた労働者が多い。労働者が住む場所には、まず美味《うま》くて安い食堂ができる。大声で騒いで歌える酒場ができる。彼らの疲れを癒す娯楽施設が生まれる。それが映画館だった。日本が高度経済成長を歩み始めた昭和三十年代当時、尼崎市内には映画館が四十近くあったという。各駅停車しか停《と》まらない立花の駅前だけでも五館あった。

立花松竹劇場、立花中央劇場、立花グランド、立花東映劇場、そして祖父が作った「波の上キネマ」だ。

柄本のじいさんがこの映画館で映写技師として働くようになったのは昭和二十九年。俊介が生まれる二十年以上も前だ。

中学を出てから映写技師の免許を取った柄本のじいさんが、この映画館で最初にかけた映画が『七人の侍』だったという。

「ぼん。あの時は、すごかったでぇ！　評判が評判を呼んでなあ。立ち見の客が入りきらんで、扉を開けたまま上映したこともあった。椅子が足らんで、舞台の前で三角座りしてスクリーンを見上げる客がおったりな。わしの一世一代の晴れ舞台が、あの映画やったんは、生涯の自慢や。けど、心残りなんは、上映中に一回だけ、フィルム切れがあった。あの映画には、駆け出しの仲代達矢《なかだいたつや》が、道を横切る素浪人《すろうにん》役で一瞬だけ映っててなあ、ちょうど、そのシーンやった。あわてて切れたフィルムを繋《つな》いで事なきを得たけど、仲代達矢のとこだけがちょん切れてしもうた。仲代達矢には、ほんま悪いことした」

仲代達矢に会《お》うたら、そのことだけは謝りたい。そう言って柄本のじいさんは悔しがる。

子供の頃、上映中の映写室に遊びに行くと、柄本のじいさんはいつもその話をしてくれるのだった。

「ぼん、また来たんか。フィルムが回ってる間は、ほたえんと（騒がないで）、おとなしい、しとりや」そう言って、坊主頭を撫《な》でてくれるのだった。

その頃はまだ若かった柄本のじいさんの大きな手は、ゴツゴツしてザラザラしていた。そして冷たかった。

「なんでそんなに手ぇ、ゴツゴツしてんの？」

柄本のじいさんは大きな手を俊介の目の前に広げた。黒ずんだ手だった。

「フィルムを巻き取り機にかける時に、フィルムに傷がないか指の感触で確かめるんや。小さい傷でも、フィルムが切れる原因になるからな。傷を見つけたらテープで補修する。フィルムは一巻、三百メートルや。毎日毎日、三百メートルもあるフィルムを何巻も触ってると、手がフィルムで切れてな。それに汚れもつく。いつの間にかこんな傷だらけの真っ黒な手になってしもたわ」

傷だらけの真っ黒な手は、柄本のじいさんの勲章だった。俊介はそんな柄本のじいさんが好きだった。

物心がついた時から、柄本のじいさんがいる映写室が俊介の遊び場だ。カラカラと音を立てる映写機のリールの回転音。客席から聞こえる歓声や笑い声、どよめき。そして何より映写室の窓から「世界」をのぞくのが好きだった。

その「世界」に映る人間たちは、俊介には現実の人間以上に艶《なまめ》かしく見えた。子供の頃は物語の内容に関係なく、ただスクリーンに映る人物が動くのを観《み》るだけで楽しかった。

物語の面白さに初めて目覚めたのは、中学一年の春休みに観た『ダイ・ハード』だ。初めから終わりまで息もつかせぬ展開と、ラストシーンの痛快さに酔った。

当時、ブルース・ウィリスはそれほど有名ではなかった。アーノルド・シュワルツェネッガーやシルヴェスター・スタローンの方がはるかに人気があったし、客も入った。しかし、俊介にとってのスターは、ダントツでブルース・ウィリスだった。

そこから、映画の虜《とりこ》になった。俊介を夢中にさせてくれたのは中学二年の時に観た『インディ・ジョーンズ／最後の聖戦』であり、『ブラック・レイン』であり、『バック・トゥ・ザ・フューチャー PART２』だ。

映写室の窓こそが、俊介にとってもうひとつの「世界」に通じる秘密の抜け道だった。

その頃に読んで今も強烈に印象に残っている小説に江戸川乱歩《えどがわらんぽ》の『押絵《おしえ》と旅する男』という作品がある。のぞきからくりの押絵の中の女性に恋する男の話だ。男はその女性に恋するあまり、のぞきからくりの世界に入っていき、そこで押絵の中の男になって生きていく。そんな話だ。

俊介にとっての「のぞきからくり」が、映写室の窓から観る映画だった。俊介は小さな窓から「世界」をのぞいた。島田勘兵衛がかつての相棒、七郎次《しちろうじ》と再会していた。

窓の向こう側のもうひとつの「世界」が、昔と何ひとつ変わらずそこにあった。

しかし、窓のこちら側は、昔と同じというわけにはいかなかった。

俊介は、映写室の窓の前に置かれた椅子から立ち上がる。

古い機械がそこにあった。フィルム映写機だ。デジタル上映に切り替えた今となっては、無用の長物だ。ただ捨てるには忍びなくてそのまま置いている。

俊介は映写機にそっと手を乗せる。鋼鉄の機械はひんやりと冷たい。

柄本のじいさんの傷だらけの手を思い出した。

映写室のドアをノックする音が聞こえた。女性従業員の金崎《かねざき》だった。

「お客様です」

金崎の困惑した顔で、来客が誰であるのかわかった。

今、上映している『七人の侍』は上映時間が三時間二十七分。途中、五分間の休憩が入る。俊介は時計を見た。休憩時間までには一時間ほどあった。

「休憩までには戻る。戻ってこなければストップボタンを押してから五分後にプレイリストの後篇《こうへん》をクリックして再生してくれ」

そう言い残して、俊介は映写室から出た。

2

「『七人の侍』とは、ずいぶん古い映画をかけるんですね」

喫茶店の椅子にもたれ、コーヒーをすすりながら藤尾《ふじお》は言った。

「一昨年《おととし》、デジタルリマスター版が出ましたから。うちでもかけられるようになりました」

「私も観ましたよ。西宮北口《にしのみやきたぐち》のシネコンでね。4Kデジタルリマスター版。何しろフルハイビジョンの四倍の解像度ですからね。美しい映像に驚きました。早起きして、昼飯を抜いても観る価値はある。そう思いました」

西宮北口のシネコンは十年前にできた日本でも最大級の巨大ショッピングモールの五階にある。元はプロ野球チームの本拠地球場があった場所だ。

「朝十時からの上映でしたが、お客さんは二十人ぐらい入ってたかな」

朝一回目の上映で二十人なら上々と言える。

俊介は自分の映画館の場合で考えてみた。

配給会社から作品を借りる場合、二種類の契約方法がある。興行収入の基本五十パーセントを配給会社に支払う方法がひとつ。もうひとつはフラットといって、観客動員数に関係なく最初に配給会社に定額を払ってしまうやり方だ。

俊介のところのような小さな映画館で動員に不安がある場合、配給会社はフラットを採りたがる。作品によっても変わってくるが、相場は、二週間で十万円。客が入っても入らなくても十万円を支払わねばならないが、逆にいうと、多く入れば、その分、映画館の儲《もう》けは大きくなる。

興行収入で十万円を得てトントンとなるが、人件費などを考えれば、四十万円は売り上げたいところだ。これをクリアしようと思えば、動員としては一週間で少なくとも百四十人は必要だ。百四十人ということは、一日、二十人。

一日三回、回したとして、一回の上映で七人。それで何とかギリギリ儲けが出る。

しかし小さな映画館で一回の上映の平均が七人というのも、実はなかなか難しい数字なのだ。実際のところ、今、興行収入が二十万円いかない映画プログラムが半分以上ある。つまり、赤字となる作品の方が多い。

「今日、安室さんとお会いする前に、失礼ながら、観客席を拝見しましたよ。お客さんは、七人でした。土曜日の書き入れどきの上映で、七人。正直、厳しいですよね」

藤尾がタバコをふかした。

「あの映画の中の七人の侍で、生き残るのは、何人でしたっけ」

「三人です」俊介は答えた。「島田勘兵衛、岡本勝四郎《おかもとかつしろう》、七郎次」

「あなたが映画館に帰った時、お客さんが三人に減ってなければいいですけどね」

藤尾が皮肉な笑いを浮かべた。

地元で不動産屋を営む藤尾から、映画館の閉館を持ちかけられたのは、昨年の十二月だった。

「あるパチンコチェーン店が、このあたりで土地を物色してるんですよ。金ならある程度満足のいく額を出すと言ってきている。どうですか。悪い話ではないと思いますよ」

五年前、思い切って銀行から融資を受けてデジタル化に設備投資した。しかし思うように収益が上がっていないのが実情だった。デジタル化に踏み切った初年こそ利益が出たが、二年目からは赤字が続いていた。

それでも、俊介は、祖父がこの地に興した映画館を手放す気にはどうしてもなれなかった。だからこそ藤尾の誘いをずっと断ってきた。

しかし、今年に入ってからの収益の落ち込みは、例年になくひどかった。

そんな折に、また藤尾がやってきたのだ。

「安室さん」

藤尾が、タバコをもみ消し、膝を乗り出してきた。

「正直、もう、難しいんじゃないですか。一ヶ所に10スクリーンもあるシネコンが、この立花の周辺だけでも三つある。西宮北口駅前、伊丹《いたみ》駅前、尼崎駅前。すべて快速か急行が停まるターミナルに隣接した巨大なショッピングモールの中にある。買い物のついでに観に行ける。スクリーンが多いから観たい映画も選び放題だ。そんな巨大なシネコンがあちこちにあるのに、各駅停車しか停まらない駅前の、いや、駅前といったって三百メートルは歩かなきゃならない商店街のはずれの、わずかひとつしかスクリーンのないこの映画館に、わざわざ映画を観に来る人は、いますかね」

俊介は反論しようとした。しかし、言葉が見つからなかった。

今では日本の映画館のスクリーンの九割近くが、シネコンのスクリーンだ。

気まずい沈黙が流れた。

沈黙が永遠に続くような気がして、そうなればあの映画館も大波にさらわれて消えてしまいそうで、俊介は口を開いた。

「いや……」

　しかしやはりその後に続く言葉は出なかった。

　再び沈黙。

「そういえば」藤尾が、間を埋めるように言葉を継いだ。

「平成も、来年で終わりですなあ」

　わざと間延びしたような声で言った。

「平成が始まったと思ったのはついこの前のような気がするのに、わずか三十年ほどで、もう新しい時代とはねえ。時の移り変わりっていうのは、早いですなあ。ねえ、安室さん」

　藤尾のトゲのある言葉に俊介は唇を噛《か》んだ。

「昭和が平成に変わった日のこと、安室さん、覚えてますか？　一九八九年、つまり、昭和六十四年。私は、よく覚えてますよ、ちょうど中学生でね」

　俊介はあらためて藤尾の風貌を見た。体格もよくビジネススーツをきっちりと着こなしている。脂の乗り切った中年ビジネスマン。貫禄《かんろく》があるから年嵩《としかさ》に見えるが、実際には俊介と同年代なのだ。

「昭和天皇の崩御でテレビは自粛ムード一色。ニュースしかやらなくなりました。けど、ちょうどあの頃は、街にレンタルビデオ店があちこちにできた時期でね。テレビに飽きた私も近所のレンタルビデオ店に走りました。そうしたら、みんな同じことを考えたんですね。レンタルビデオ店に客が殺到して、棚が空っぽになっていたのを、よく覚えてますよ」

藤尾はそう言って無邪気に笑った。

たしかにそうだった。俊介は記憶を三十年前に巻き戻した。

中学生の俊介が『ダイ・ハード』を観て映画に夢中になった一九八九年。

それは元号が平成に変わった年だった。その頃、日本じゅうの、駅という駅の近くにレンタルビデオ店がオープンしていた。

「カウチポテト」という言葉がアメリカからやってきて、休日にビデオを借りてソファに寝転び、ポテトチップスを食べながら映画を観る、そんなスタイルが流行し始めた。

近所の不動産屋の賃貸物件の条件に、「近くにレンタルビデオ店有り」と書かれていたのを俊介は覚えている。

思えば元号が昭和から平成に変わった「あの日」が、映画館が衰退への道をたどる曲がり角だった。俊介にはそう思える。俊介の心を見透かすように藤尾が言葉を挟む。

「今まで映画館で千五百円払って観ていた映画が、近所のレンタルビデオ店で百円玉いくつかで借りられる。みんな、そのことに気づいたんですなあ」

当時、客で賑《にぎ》わうレンタルビデオ店の前を父と通りかかったことがあった。

父のこわばった横顔を、俊介は今もよく覚えている。

そのずっと前、祖父の代にも、映画館経営が大波にさらされたことがあったというのは話では聞いて知っていた。

皇太子ご成婚や東京オリンピックをきっかけにした、テレビの普及だ。テレビは街頭で観るものからお茶の間で観るものに変わった。ここで多くの映画館が消えていった、と。

しかし俊介にとっては八〇年代のレンタルビデオの普及こそが、リアルに肌で感じた大波だった。

実際、テレビの普及では持ち堪《こた》えた町の映画館も、ビデオの普及には耐えられなかった。

映画館に足を運ぶ客は年を追うごとに減り、九〇年代に入って底を打った。

「それでも、大きな駅にシネコンができ始めたあたりから、また映画館に足を運ぶようになりましたけどね」

藤尾の言う通りだった。底を打った映画の観客動員数は、その後、徐々に上昇に転ずる。押し上げたのはシネマコンプレックスの台頭だった。

しかし「波の上キネマ」のような個人経営の映画館にとっては、ここからが本当の正念場だった。

せっかく戻ってきた映画の客はシネマコンプレックスに流れ、商店街にあるような小さな映画館には来ない。ばたばたと町の映画館が潰れていった。一九六〇年には全国に七千以上あった映画館は、日本に本格的なシネコンが登場し始めた一九九四年にはほぼ四分の一にまで落ち込む。三十年あまりで、四館のうち三館の映画館が消えたのだ。

俊介が無言のままでいるので、藤尾は片手でスマートフォンをいじり始めた。慣れた手つきだ。四角いフレームの眼鏡《めがね》がスマホの液晶画面の明かりで光っている。表情は読み取れない。

俊介は記憶の中をさまよう。

一九九四年。

それは俊介が大学に入学した年だ。キャンパスは大阪の吹田《すいた》という郊外の街にあった。入学したての五月、学生会館で大学の映画サークル主催の上映会を見つけた。

「自主制作映画出身監督特集」と銘打たれていた。

大林宣彦《おおばやしのぶひこ》、森田芳光《もりたよしみつ》、大森一樹《おおもりかずき》。

今はメジャーになった三人の日本人映画監督の自主制作時代に作った映画を併せて観ようという企画だった。三人の監督に特に思い入れがあったわけではないが、講義に出る気もせず、持て余した時間を潰すためにふらっと中に入った。

会場では、大森一樹が学生時代に撮った『暗くなるまで待てない！』という自主制作映画を上映していた。

一九七五年の制作。俊介の生まれた年に作られた映画だった。

映画狂の大学生たちが競輪で大穴を当てたお金で映画作りに没頭するというストーリーだった。ようやく映画が完成しそうになった時、主演したヒロインが商業映画の監督にスカウトされてメジャー映画の出演が決まり、仲間の前からいなくなる。ヒロインがいない中、彼らは行きつけの小さな居酒屋で、ささやかな上映会をするという、ほろ苦い物語だ。俊介が特に印象に残ったのはラストシーンだった。主人公の大学生が、いつも通っていた吹田駅近くの小さな映画館に一人で映画を観に行く。ところが映画館はすでに閉館していて、主人公は寂しくその場を去る。

俊介にはそのシーンが自分の父親が経営する映画館の未来を暗示しているように見えた。

会場を出て、その足で映画の最後に登場した「吹田大映」を訪ねてみた。映画館のあった場所は、駅前の再開発で跡形もなかった。かつてそこに映画館があったことすら、街の記憶から消えていく。

俊介が大学時代を過ごしたのはそんな時期だった。

「安室さんは、大学を卒業して、ビール会社に就職したんでしたよね?」

ふいに藤尾の声が聞こえた。

「学生の就職人気ランキングに入るような、大きな会社じゃないですか。なんでまたそんないい会社を辞めて、映画館を継がれたんですか」

余計なお世話だ。そう言いかけて、言葉を呑《の》み込んだ。

「ビールを飲むのは好きやったけど、売るのは性分やなかったんです。入ってから、そう気づいたんで」

苛立《いらだ》つ感情をなんとか抑えて答えた。

藤尾は片方の唇の端をあげて笑った。俊介の苛立ちを感じ取ったのか、笑いは途中でフリーズしてまたスマホの画面に見入った。

映画館を継ぐ気はなかった。映画を観ることは人一倍好きだったが、事業として見た場合、先行きが明るくないことは肌で感じていた。映画館は父親の代で終わる。漠然とそう考えていた。

ひとつの光景が蘇《よみがえ》る。あれは大学一回生の年が明けた一月十七日だった。

早朝、午前五時四十六分。

突然激震が襲った。最初、この揺れが地震とは思わなかった。この世の終わりが来た。決して大げさでなく、俊介はそう思った。揺れが収まって初めて、今のが大地震だったと悟った。動転する母と祖母を落ち着かせ、絶対に家から出ないように言って、まだ夜が明けきらぬ中、俊介と父は「波の上キネマ」に向かった。

館内に駆け込んだ俊介は目と耳を疑った。

まだ早朝の六時前後である。なのに、無人の映画館のスクリーンに、映画が上映されているではないか。その時期劇場にかけていた作品は『ゴジラvsスペースゴジラ』だった。

無人の映画館に、ゴジラの咆哮《ほうこう》が轟《とどろ》いている。

地震の揺れで映写機が勝手に動き出していたのだった。

映写機を止め、外に出て建物をチェックする。壁にひび割れが走っている。被害は小さくはなかった。

しかし商店街の他の店の損壊はもっと激しかった。その日の「波の上キネマ」は興行を中止し、俊介は父や柄本のじいさんたちと共に被害を受けた商店街の救援にあたった。近くにある仲のいい書店が半壊していた。泣き叫ぶ女性店主を落ち着かせ、俊介は奔走した。

三宮《さんのみや》の映画館は、ほとんどが全壊らしい。いち早くそんな話が耳に入った。

それはテレビの映像でも明らかだった。阪急三宮駅ビルが全壊しているのだ。そこに入っている映画館の「阪急会館」や「阪急シネマ」が無事であるわけはない。「阪急会館」の上階にあった「阪急文化」にいたっては、階そのものが下に崩れてしまっていた。ビルの中に映画館が入っている新聞会館、国際会館も全滅だろう。俊介は暗澹《あんたん》たる気分になった。

震災から二週間後、「波の上キネマ」はようやく営業を再開し、土曜日と日曜日の二日間、『ドラえもん』を無料上映した。

父のアイディアだった。ショックでうちのめされた子供たちを元気づけようと、どんな夢でも叶《かな》えてくれるドラえもんを登場させたのだ。二日とも、館内は子供たちで満員だった。父の映画館だけでなく、阪神地区の多くの映画館が、同じ理由でこの時期に『ドラえもん』を上映した。

柄本のじいさんは、映写室で『ドラえもん』を上映しながら、俊介に言った。

「まるで終戦直後を見とるようや。あの時も、みんなが希望を求めて、映画館に押し寄せたんや」

その後に上映したのは、『心の旅路』だった。一九四二年に製作されたアメリカ映画だ。

今度は年配客が劇場に押し寄せた。ラストシーンに、客の誰もが泣いていた。いや、ラストシーン以外でも、客は泣いていた。

柄本のじいさんの言葉が印象的だった。

「あの震災から後、映画を観に来る人が、涙もろうなった。なんでもないシーンでも、お客さんは、泣くんやな」

大学を卒業した九〇年代後半は、バブルがはじけた後の就職氷河期で就職もままならなかったが、なんとかビールメーカーに潜り込み、五年間、サラリーマンとして働いた。父親がくも膜下出血で倒れたのは、俊介が二十八歳の時だ。

病室に横たわる父親の寝顔を見ている時、震災でかけずり回った日々を思い出した。そして、学生時代に観た、あの自主制作映画のラストシーンが蘇った。

閉館した映画館を目にして去る、主人公の後ろ姿だ。

俊介は映画館を継ぐことにした。二〇〇三年の秋だった。

「波の上キネマはね、私も思い出があるんです」

藤尾が眼鏡のレンズを布で拭きながら言った。

俊介は初めて藤尾の言葉に興味を抱いた。

「どんな映画を？」

「いやあ」と藤尾は眼鏡をかけ直して言った。

「映画は観てません。たまに、営業の仕事をサボって、昼寝しに行っただけですから。平日の昼間なんか、貸切気分でしたなあ。もっとも最近は、昼寝する場所はネットカフェに変わりましたけどね」

苦いものが俊介の喉元を通る。

その時、藤尾のスマホの着信音が大音量で鳴った。

その音が俊介の神経をさらに逆撫でする。携帯電話の着信音を聞くと、俊介はそれがどんな音であれ、どんな場所であれ、反射的に身体《からだ》をすくめてしまう。

どんなに場内アナウンスで事前にお願いしても、電源を切らずに上映中に着信音を鳴らす観客が少なからずいる。その度に、「世界」が壊れてしまう。台無しになってしまう。

そんな気持ちになる。

ちょっとすみません、お得意さんからなんで、と藤尾はスマホを耳に当てながら一旦店を出た。がなりたてるような藤尾の大きな声が店の中まで聞こえてくる。

俊介は再び記憶の中に閉じこもる。

俊介が映画館を継いでから三年ほどして、またしても大きな波が小さな映画館を呑み込んだ。それは携帯電話が世の中に爆発的に普及した時期と重なる。

映画フィルムのデジタル化の波だった。

シネコンなど巨大映画館にとって、デジタル化はむしろ歓迎すべきことだった。しかし俊介のところのような個人経営の映画館では、ことはそう簡単にはいかなかった。デジタル化するには、七百万円から一千万円近くの設備投資が必要なのだ。個人経営の映画館にとって、これは相当大きな負担だった。

経済的な問題もあり、「波の上キネマ」はフィルム上映にこだわった。

デジタル上映が本流になって以降も、配給会社はそれに対応できない小さな映画館のために、フィルムも二、三本、プリントして作っていたからだ。小さな映画館は、その二、三本のプリントを順繰りに回しながらなんとかやりくりしていた。

しかし、やがて配給会社は、新作映画ではフィルムを作らなくなった。フィルムの新作映画が完全に途絶えた。

映画会社の倉庫にあった過去の映画のフィルムも、保管コストがかかるという理由で片っ端からジャンクにされていった。映画のフィルムは一巻が十五分程度。二時間の映画だと八巻。これが何百作品ともなると、膨大な量になる。日本にわずかしかなくなった町の小さなフィルム上映の映画館のためだけに、莫大《ばくだい》な保管コストを負担する映画会社はなかった。

多くのフィルム映画が、もう誰に観られることもなくこの世から永遠に消えていった。

町の小さな映画館に残された道は三つ。

巨額の設備費を投じて、デジタル化する道。

新作はかけず、今あるフィルム作品の上映でやりくりして名画座として生き残る道。

廃業する道。

多くの個人経営の映画館は、第三の道を選んだ。選ばざるを得なかった。

先のことを考えれば、デジタル化は経費の節減につながる。人件費が浮くからだ。初期投資はその分で回収できる。しかし、経営が下り坂の小さな映画館にとって、一千万円近くの金を工面することは容易ではなく、映画産業の行く末を見越した銀行は金を出し渋った。多くの映画館が、看板を降ろした。

第二の名画座として生き残る道もあった。しかし立花が、どちらかというと庶民的な街であることを考えると、新作映画のフィルム製作が途絶えた後、ミニシアターのようにフィルムの名作映画一本に絞るには難しい面があった。

俊介が悩んだ末に選んだのは、第一の選択だった。デジタル化する道だ。

資金はなんとか銀行から借金して工面できた。

従来通り、デジタル化した封切りもかけつつ、フィルムの名作もかけるというプログラムでやっていくという選択肢もあったが、踏み切れなかった。

巨額の設備投資をした後に、フィルムの映写技師を雇い続ける余力はなかった。

五年前、柄本のじいさんは、この映画館を去った。

俊介が肩を叩《たた》いたのだ。

「柄本さん、申し訳ないのですが……」

そう切り出した俊介に、柄本のじいさんは笑顔で応えた。

「ぼん、何も言いなはんな。五十九年間、ありがとうございました。波の上キネマで働けて、映画と一緒に人生を過ごせて、わしは幸せでした」

そう言って、右手を差し出した。

冷たくてゴツゴツしてザラザラした手。その手を触ったのは、何年ぶりだろう。子供の頃に触らせてもらった手より、ずいぶん小さく感じた。

最後の日、映写機にかかっていたフィルムを外し、傷をチェックして缶に収めた後、映写機のランプと反射板の汚れをていねいに拭き取り、油を差して、柄本のじいさんは映写室に深く一礼した。

そしてもう一度俊介の手を強く握って、こう言った。

「ぼん。わしは去ります。けど、ぼんのお祖父《じい》ちゃんが作った、この映画館だけは、手放したら、あきまへんで」

柄本のじいさんの後ろ姿が、俊介の瞳の中で滲《にじ》んだ。

俊介はトイレに入って涙を拭いた。鏡を見ると、目元が汚れている。柄本のじいさんの手についていた、映写機の油だった。

柄本のじいさんに去ってもらってまで選んだ、生き残りへの道。

今、その道の先が、見えなくなっている。

「安室さん」

気がつくと、藤尾が俊介の目の前の席に戻っていた。

「安室さんの映画に対する愛情はよくわかります。私だってね、映画は今でも時々観ますよ。でもね、映画を観るのは、映画館じゃなくてもいい。もうそんな時代になったんです。今じゃ普通に、これでだって観られる」

藤尾は手に持っていたスマートフォンの画面を俊介に向けた。

「スマホで観るような映画は、映画やないです」

俊介は堪《たま》らず言葉を投げつけた。

「ところが今の若い子は、そうは考えない。むしろ、いつだってどこでだって観られるスマホで観る方がはるかに便利だと思っている。それにね、安室さん」

藤尾はスマホの画面に指を滑らせた。

「映画の上映時間は何時間ですか？　だいたい二時間ほどでしょう？　今の若い子は、その間、スマホの電源を切って二時間もスマホをいじれないことに、耐えられないんですよ」

俊介は藤尾の言葉には答えず、喫茶店の壁を見つめた。

俊介が生まれた時からある、古い純喫茶だ。

壁一面に、数え切れないほどのキーホルダーが掛けられていた。客たちが土産物《みやげもの》として旅行先から買ってきたものを店に持ち込み、いつしか壁一面を覆い尽くしたのだ。

子供の頃、柄本のじいさんに連れられて、よくここにかき氷やぜんざいを食べに来た。ぜんざいを食べながら柄本のじいさんは「波の上キネマ」の昔の話を聞かせてくれたのだった。

「壁に答えが書いてありますか」藤尾は言った。

「安室さん、そのパチンコチェーンは、何もこの立花の物件だけを狙っているわけじゃない。正直、もっと立地条件の良いところは他にもある。だからこそ、彼らが手を引く前に決断された方が、安室さんのためにも良いと思って、こうしてご提案しているんです。来月、あらためてもう一度伺います。その時に、お返事を頂戴できますか」

藤尾は伝票を取って立ち上がった。

「伝票は置いていってください」

ガランガランと喫茶店の扉が開く音がして、藤尾が店を出た。

そろそろ『七人の侍』の前篇が終わる頃だ。

七人の客は、そのまま残っているだろうか。

俊介は伝票を取ってレジへ向かった。

第2章　タクシードライバー

1

「ぼん、何か食べるか？」

「白玉ぜんざいがええ」

「ぜんざいが好きか。ぼんのお祖父ちゃんと一緒やな。ぼんのお祖父ちゃんも、いっつもこの喫茶店で、ぜんざい頼んどったわ。わしと同じで甘いもんが、好きでなあ」

祖父の話をする時の柄本のじいさんは、いつも上機嫌だ。

俊介は喫茶店の壁を見つめた。お客さんからもらった土産だろうか。キーホルダーが四つか五つほど、釘《くぎ》に引っ掛けて飾られている。

「ぼんも、この春で、中学二年か。早いなあ」

柄本のじいさんが目を細めた。

「ぼんが生まれた日のこと、よう覚えてるでえ。昭和五十年十二月六日や。ちょうどあの日は、『ジョーズ』の封切り初日やった。朝から超満員で、あんなことは、久々やったなあ。当時はまだ入れ替え制とかなかったから、二回続けて観る人もおってな。映写室の窓から覗《のぞ》いてると、客は、さっき観た、おんなじ場面でまたびっくりするんや。よう、びっくりした時に、椅子から飛び上がるっていうやろ？　あれは、大袈裟《おおげさ》やないでえ。人間は、びっくりした時、ほんまに椅子から飛び上がりよるんや」

柄本のじいさんは客が椅子から飛び上がる様子を再現して見せ、やっぱり上機嫌に笑った。

「三回目の上映の前に、ぼんが生まれそうや、いう連絡が入ってな。慌ててぼんのお父ちゃんが病院に走った。退院したその日に、お父ちゃんが生まれたてのぼんを映写室に連れてきてくれた。かわいい赤ちゃんやったでえ。お父ちゃん、『ジョーズ』のスクリーンを映写室の窓越しに、ぼんに見せてたな。まだ目も開いてないから、見えるわけないのにな。『ジョーズ』を観た人は全世界で何千万人とおるやろうけど、生まれたてほやほやで『観た』んは、世界広しといえども、ぼんだけやろうなあ」

もう何度聞かされただろうか。柄本のじいさんはこの話をするのが好きだった。

もちろん俊介に『ジョーズ』を観た記憶はない。記憶にあるはずがない。しかし柄本のじいさんが何度もその話をするものだから、たしかに自分は生まれてすぐに『ジョーズ』を観た気になっている。

柄本のじいさんがいつも上機嫌で話す話題が、もうひとつある。

俊介が生まれるずっと前の話だ。そのたびに、俊介はまるで遠い昔の、おとぎ話を聞いているような気分になった。

「ぼん、尼崎はなあ、映画王国やったんやで」

柄本のじいさんの話は、必ずその一言から始まる。

「わしが波の上キネマにやってきた昭和三十年ごろには、尼崎の映画館の数は三十を超えてた。当時は日本じゅう、ちょっとした繁華街ならどこでも映画館はあったけど、尼崎は関西随一や。特別に多かった。綺羅《きら》星のごとく、映画館があった」

「キラホシノゴトク？」

「立派な映画館が星の数ほどあったということっちゃ。今でも、わしは、全部覚えてるでえ」

柄本のじいさんは大きく息を吸い込んで、一気にまくし立てた。

「阪神尼崎駅前のオリオン座と南座、尼崎 城址《じょうし》の近くには邦画の三都座《みくにざ》。商店街には洋画の東洋第一、第二劇場。少し西に行ったら東宝封切りの尼崎中央劇場、洋画の日本劇場、その近くに香月劇場。南に下ると、大映封切りの尼崎大映劇場。三和《さんわ》市場には尼崎東映劇場と、日活封切りの有楽座。市場の奥には低料金の三和会館。芝居も観られた尼崎パーク座」

こうなるともう止まらない。

まるで寅《とら》さんの叩き売りの口上だ。

「出屋敷《でやしき》には洋画の東京劇場と、松竹・新東宝封切りの日栄劇場、南には邦画の若草映画劇場。西難波《にしなにわ》には東映封切りの第一劇場、邦画の第一新花月劇場、洋画の第二新花月劇場。杭瀬《くいせ》には松竹映画劇場、邦画の住吉劇場。神崎《かんざき》には近松映画劇場、神崎銀映劇場。武庫川《むこがわ》沿いには尼宝劇場、大島銀映劇場、メトロ劇場。塚口《つかぐち》には塚口中央劇場」

柄本のじいさんはいったん息を継いで間を置いた。

「そしてここ、立花には立花松竹劇場、立花中央劇場、立花グランド、立花東映劇場、ぼんのお祖父ちゃんが作った、波の上キネマや。ああ、疲れた」

柄本のじいさんはわざと大きなため息をついておどけてみせ、椅子に背中をもたせかける。

「当時のお客さんはな、ひと月に映画を何本も観た。封切り上映だけで、洋画と邦画合わせて一年に六百本もあったんやで」

「封切りが六百本？　一年で？」

とてつもない数だと中学生の俊介でもわかった。

「そうや。一ヶ月に五十本、新しい映画が封切られるんや。多いと思うやろ？　それでも足りん。映画館の数に、封切りの映画が追いつかんのや。東京オリンピックの頃には、映画館は尼崎だけで四十館近くあったからな」

尼崎という街は、俊介の感覚では小さくもないけれどさほど大きくもない。

あれは小学校の四年の時だ。尼崎の東の端の神崎川から西の端の武庫川まで、自転車で横断しよう、と近所の宏太《こうた》が言い出したのだ。大変な冒険だ、夕陽《ゆうひ》が沈むまでには、と盛り上がって始めた旅は、小学生のペダルを漕《こ》ぐ足で寄り道しながらでも一時間とからず武庫川にたどり着いて、太陽が傾く前にあっけなく終わった。その程度の広さの街なのだ。

四十館も映画館があるなんて、映画館だらけやないか、と俊介は思った。

「その頃には、もうテレビが普通にあったんとちゃうの？」

「ぼん、ええとこに気づいたな。そこが尼崎の特殊な事情や」

柄本のじいさんの背中が再び椅子から離れた。

「たしかに東京オリンピックで、茶の間にテレビが一気に普及した。全国的に見たら映画館の数はどんどん減っていった。ぼんの言う通りや。ところが、この時期に、尼崎では映画館が増えた。ぼんも学校で習《なろ》うたやろ。阪神工業地帯。尼崎はそのど真ん中や。

国道2号線より南は、でっかい工場がぎょうさんあった。何本もの煙突から、黒い煙が天まで届くんちゃうやろか、いうぐらいもうもうと上がってってなあ」

柄本のじいさんは片手を上げて大仰に上を見上げた。

「そんな工場で働く工員さんらの社宅や安アパートが、2号線より少し北の一帯にひしめいとった。安月給の工員さんにしたら、当時給料の何ヶ月分もするテレビなんか高嶺《たかね》の花や。娯楽といえば、なんというても映画や。料金も他の街より安かったしな。自慢するわけやないが、わしのアパートにもテレビは無かったで。観たい時には近所の銭湯に行ってたなあ」

「松の湯か」

「そうや。工場の兄ちゃんもヤクザの兄ちゃんも、フルチンで仲ようテレビを観たもんや。『てなもんや三度笠《さんどがさ》』とか『ザ・ヒットパレード』とかな」

当たり前田のクラッカー、ヒッパレー、ヒッパレー、と、柄本のじいさんは素っ頓《とん》狂《きょう》な声で俊介が聞いたことのないギャグを放って歌を歌った。

「それでも銭湯には近所で上映中の映画のポスターが何枚も貼ってあってな。銭湯の客がポスターの前で、お、『座頭市』やってるな、とか、『若大将』の新しいやつやってるな、休みになったら観に行こ、とか、みんなで言うてる。やっぱり娯楽の花形は、映画や。それを横で聞いてるのが、なんや誇らしいて、嬉《うれ》しかったなあ」

柄本のじいさんが口元から欠けた前歯を見せて笑った。

「けど、テレビ時代の波は、映画王国やった尼崎にも遅れてやってきよった。大阪万博があった年あたりからやな」

ほころんだ口元が閉じる。

「客足が落ちて、閉館する映画館が相次いだ。ぼんが生まれた昭和五十年ごろには、尼崎の映画館は、波の上キネマも含めて、わずか十館ほどにまで減った。四十あったのが、たった十年で、四分の一。坂道を転げ落ちるように、とはまさにこのことや。しかも残ったうちの半分ほどは、成人映画館や。うちみたいな一般の映画館は、片手で数えられるほどになってしもた。寂しなったな。映画館は、今が一番厳しい時代や」

柄本のじいさんはため息をついた。

「それだけ潰れていったのに、うちの映画館はなんとか持ち堪えた。ぼん、なんでやと思う？」

映画館にやってくるお客さんたちの顔が浮かんだ。

近所の八百屋のおっちゃん、パーマ屋のおばちゃん、小林書店のお姉さん、中華料理の星乃屋《ほしのや》のおっちゃん、高校生のアベック、社宅に入っている若い会社員、昼間かららぶらしているチンピラ風の兄ちゃん……。

「立花の人は、映画が好きなんかな」

「それもあるかな。けどそれだけやない。ぼんのお祖父ちゃんの、先見の明や」

「センケンノメイ？」

「見る目があったということや。まず第一に立地条件や。尼崎の映画館のほとんどは、2号線沿いにあった。ところが国鉄が駅前を開発して、今は田んぼだらけの立花も、将来必ず人口が増える。ぼんのお祖父ちゃんはそう見越してたんやなあ。それだけやないで。ぼんのお祖父ちゃんとお父ちゃんは、映画を見る目も一流やった。優秀な魚屋と一緒や」

「魚屋？」

「繁盛する魚屋が、客の喜ぶ魚を市場で見分けるのとおんなじや。波の上キネマは、封切り作品と、旧《ふる》い作品をくっつけて二本立て興行をしてるやろ。映画館が生き残るためには、どの映画がどれだけヒットするか、もしくはヒットせん可能性が高い場合は、保険でどんな映画をくっつけるかを考えなあかん。ぼんのお祖父ちゃんとお父ちゃんはそのセンスが非凡やったな」

夜遅くまで映画雑誌を何冊も睨《にら》んで研究している父の姿が浮かんだ。

幼い俊介は布団の中に入りながら、そんな父の背中を見つめていた。お父ちゃん、いつ寝てるんやろう、と、いつも不思議だった。

「それからお金の面でも工夫をしようと、画期的な方法を考えた。ぼん、映画はな、一本いくら、で契約する。たとえば一本一週間、二十万円で契約したとしよか。売り上げが三十万円上がれば十万円の儲けや。けど、二十万を下回ればもちろん赤字や」

「それぐらいはわかる」

「ぼん、ほな、なんか読みたい漫画があるとしよう。けど、今ある小遣いだけで買うと、今月はもうピンチや。そういう時、どうする？」

「次に小遣いもらうまで我慢するかな」

「いや。今すぐ、どうしても読みたいんや」

「うーん、友達と半分ずつ出し合《お》うて買《こ》うて、回し読みするかな」

「それや。ぼんのお父ちゃんもそう考えた。一本二十万円の映画を、二つの映画館が金を半分ずつ出し合うて買うんや。たとえば、近くの塚口中央劇場と波の上キネマでな。そうすると一館の出費は」

「十万円」

「そう。つまり出費が半減して、足が出る恐れがぐっと減る」

「けど、フィルムは、一つしかないんやろ？　どっちかの映画館でしか観られへんやん」

「ぼん、そこが盲点や。映画のフィルムは、何巻かに分かれてる。一巻がだいたい十五分。一本の映画は百二十分ぐらいやから、普通、八巻に分かれてる。これを、二つの映画館で前半と後半、四巻ずつに分け合うんや」

「そんなことしたらお客さんは前半か後半しか観られへんやん」

「上映時間をずらすんや。たとえば、その映画の上映時間を、塚口が十時からと十三時から、うちを十一時半からにする。塚口で前半四巻分の上映が終わったら、すぐにフィルムをバイクに積んで十一時半からの波の上キネマに間に合うように届ける。塚口で後半が終わったらまた波の上キネマに届ける。そうしてうちで前半が終わったら、その四巻を塚口の十三時の上映に間に合うようにまた戻す。これを一日に何往復もして上映したんや。要は、一つのフィルムを順繰り順繰り、同じ日に、他の映画館と使い回す。一館でフィルム買うたんと同じ回数を、半分の値段で上映できるというわけや」

　なるほど、と俊介は思った。まるで手品みたいだ。

「まさか、お客さんは、自分が映画観てる間に、高倉健《たかくらけん》や吉永小百合《よしながさゆり》が尼崎の街を行ったり来たりしてるとは、思わんやろうなあ」

　柄本のじいさんは愉快そうに笑った。

「けど、綱渡りやん。届けるのが間に合わんかったらえらいことや」

「そうや。渋滞につかまったり、不手際で遅れたりしたら、それこそ『一巻の終わり』や。そやから、フィルムを確実に届けるために、運転技術の確かな腕利きのライダーを雇うてた」

「腕利きのライダー？」

「そうや。映画フィルムの運び屋や」

そのとき俊介の頭に浮かんだのは革ジャンでサングラスをかけた、とびきりかっこいいライダーだ。

「誰がやってたん？」

「わしらは奴《やつ》のことを、『モヒカン』と呼んどった」

「モヒカン？」

「奴のヘアスタイルが、モヒカンでな。ぼんが生まれた次の年に、『タクシードライバー』いう映画が封切られた。その映画の主人公のロバート・デ・ニーロが、娼婦《しょうふ》の少女を助けに行くシーンがある。デ・ニーロはその前に、頭をモヒカンにするんや。奴はその『タクシードライバー』に影響されて、映画を観た後、おんなじ髪型にしたらしい」

「タクシードライバーやなしに、キネマライダーやな」

「キネマライダーか。なんかかっこええな。映画のタイトルみたいやな。ぼん、うまいこと言うなあ」

「そんなにオートバイの運転がうまかったん？」

「うまかったなあ」

柄本のじいさんは一オクターブ高い声で言った。

「いつも綱渡りの上映スケジュールに、奴は一回も、遅れたことがなかった。たとえばうちから阪神尼崎駅前の尼崎グランドシネマにフィルムを運ぶ。普通ならまっすぐに南下して2号線に入る。せやけどこのルートは渋滞の激しいところや。渋滞なんかに巻き込まれたらえらいことや。特に夕暮れ時は危ない。向こうの劇場では、続きのフィルムが届くのを、今か今かと首を長《なご》うして待ってる。モヒカンはそんな時でも、信号に一つも引っかからん抜け道を使《つこ》うて、蓬川《よもがわ》の河川敷をぶっ飛ばして、十分足らずで届けよった。大したもんや」

やっぱり、とびきりかっこいい、と俊介は思った。

モヒカンのライダーが、俊介の頭の中で尼崎の街を駆け抜けた。

2

なぜ、今頃になって、モヒカンのことを思い出したのだろう。

あの日、喫茶店で柄本のじいさんからモヒカンの話を聞いてから、もう三十年近くも経っているのだ。

俊介は、眠れないまま深夜のベッドの中で天井を見つめながら考えた。映画の中のヒーローばかりに憧れていた少年時代の俊介にとって、モヒカンはあの頃の現実世界の中のヒーローだった。

こんな夜に、いったいどうして……。

傍らでは妻の美也子《みやこ》が寝息を立てている。

俊介は眠ろうと寝返りを打った。目を瞑《つむ》る。やはり眠れない。

記憶は、やはりあの日の喫茶店に戻るのだった。

＊

「モヒカンは、なんでうちの映画館に雇われたんや」

「あいつは、沖縄から尼崎に出てきた青年やった」

柄本のじいさんが答える。

「沖縄？　僕のお祖父ちゃんとお祖母《ばあ》ちゃんの故郷と一緒やな」

「そうや。尼崎には、沖縄から出てきた人がぎょうさん住んでるやろ。ここ、立花にもな。尼崎にぎょうさんあるもんは、映画館と、沖縄料理店や。映画館は数が少のうなったけど、沖縄料理店は、まだまだ健在や」

尼崎はたしかに沖縄の匂いのする街だ。立花の街にも、俊介が知っているだけで五軒以上の沖縄料理店があった。店の前を通ると、必ず三線《サンシン》の音と、陽気な沖縄民謡の歌声が聞こえてくる。沖縄出身の地元客が、故郷の味を求めてやってくるのだろう。

「エーデルワイス」という、全国でも有名な洋菓子のチェーン店がある。その創業者は沖縄の石垣島《いしがきじま》出身で、戦後立花の商店街の小さなケーキ店からスタートしたのは地元では有名な話だ。

「沖縄の人間は立花にも多いけどな、尼崎の東のはずれに、戸ノ内《とうち》というところがある。そこは、尼崎でも特に沖縄の人間がぎょうさん集まって住んでるとこでな。ぼんのお祖父ちゃんは、そこで、モヒカンを見つけた」

「トノウチ？」

尼崎に住んでいる俊介でも、戸ノ内の名前は聞いたことがなかった。

「今度、尼崎の地図があったら、見てみ。二つの川に挟まれて、ちょうど舌をぺろっと出したような形の場所があるわ。そこが戸ノ内や。戦前から沖縄の人たちがぎょうさん住んどった」

柄本のじいさんは、なんでそんなに詳しいんだろう。

俊介の表情に浮かんだ疑問を悟ったのか、柄本のじいさんは言葉を継いだ。

「わしはな、戸ノ内から橋ひとつ渡った、加島《かしま》の生まれやねん。そやから、あの辺のことは、よう知っとる。戸ノ内は川に挟まれとるんで、昔は大雨が降るとすぐ浸水した。だからこそ土地も安うて沖縄の人も容易に移住できたんやろうが、苦労も多かった。水道管を引かれへんから、川を渡って水をもらいにきてた。橋沿いに水道管を引いて共同水道ができるまで、そんな生活やった。昔は炭を作る人が多かったそうな。沖縄の本部《もとぶ》半島の出身が多うてな」

　本部半島は沖縄本島の真ん中あたり。祖母のふるさとの伊江島《いえじま》に近い。

「本部いうとこは昔から炭焼きが盛んなとこらしい。その技術を尼崎で生かしたんやろうな。廃船や川に捨てられた木板、火事場の廃材なんかを集めて、消し炭や炭団《たどん》なんかを作って、大阪に出て売っとったそうや」

「ケシズミ？　タドンって何？」

「まあ、簡単に言うと、庶民が使うてた火種や燃料や。故郷を出て都会に暮らしてる人間は、同郷の者同士、助け合っていかんとあかん。そやから固まって暮らしてる。大阪で沖縄出身者がぎょうさん住んでる大正《たいしょう》区もそうや。そういうたら、大正も川に挟まれた場所やな。デ・ニーロがタクシードライバーをしとったニューヨークのマンハッタンも、大きな川に挟まれとる。川の名前は何やったかな。忘れたけど」

「なんで川の近くに住むんかな」

「川は海につながっとる。故郷に近いと思うんかな。モヒカンも、そんな戸ノ内に住んどった」

　俊介はモヒカンが住んでいた戸ノ内という町に興味を抱いた。

「戸ノ内に入るには、加島からモスリン橋いう橋を渡るんや。けったいな名前やろ。モスリンいうのは、木綿や羊毛なんかを使うた織物や。着物なんかによう使われた。昔はそこに、でっかいモスリン工場があったんや。工場で作ってたもんが橋の名前になるぐらいやから、よほど栄えとったんやろな。戦争中に軍需工場になって、空襲で焼けた。いったんは寂れたんやが、戦後になって、また賑わいを取り戻した。そこに『神崎新地』ができたんや。新地というのは、まあ、ぼんには説明しにくいが、まあ、なんというか、大人の男と女が、店で逢《あ》い引《び》きするとこやな」

「青線地帯やろ」

「な、なんや、ぼん。わかるんか」

それぐらいはわかった。尼《あま》崎の子供は、ませている。周りに性教育の材料は事欠かなかった。

「小学生の時、上級生から、そんな話を聞いたことがある。そういう場所は、もともと阪神の尼崎の駅前にあったけど、そんな繁華街にあるんは良うない、と偉い人が言い出して、ごっそり、どこかに移ったって」

「ぼん、よう知ってるな。そのとおりや。ごっそり移ってきた場所が、戸ノ内や。それが、神崎新地や。随分賑おうたらしい。まあ、それも昔の話で、今はもうそんな時代やのうなってしもたけどな」

柄本のじいさんはそれから、思い出したように言葉を継いだ。

「この前、たまたま居酒屋で会うたタクシーの運転手も、戸ノ内に住んでる、言うてたな。大阪や尼崎のタクシー運転手も、沖縄出身者がものすごい多いんやで。『タクシードライバー』のデ・ニーロも、マンハッタンでタクシー乗ってたな」

タクシー運転手に沖縄出身の人が多い、というのは初めて聞いた話だった。

「ああ、そういうたら、沖縄の人間がよう就く仕事はタクシー運転手だけやないで。実はな、大阪で映画館を経営してる人も、沖縄の出身者がものすごい多いんやで。終戦直後に、何人もの沖縄の人が大阪に出てきて、映画館を始めた。大阪の映画館主の三割が、沖縄県人やと言われてる」

「三割も？」

俊介は柄本のじいさんが立てた三本の指を見つめた。それはタクシー運転手よりずっと意外な話だった。

「大阪の映画文化は、沖縄の人が支えてきたんやな。これは大阪や沖縄の人でさえ、あんまり知らんことや」

「なんで、沖縄の人が大阪で映画館を始めたん？」

「わしもそれが不思議やった」

柄本のじいさんは腕を組んで宙を見つめる。

「知り合いの大阪の映画館主が沖縄出身の人やったんで、わしはいっぺん聞いたことがある。そしたら、安里《あざと》さんいう沖縄の人が、戦争が終わってすぐに、安治川《あじがわ》の近くに芝居小屋を建てたのが最初らしい。もともと製材の仕事をしてはったんで、材木はあるし、自分で建てはったそうや。終戦直後は大阪に、沖縄の人が楽しむような娯楽がひとつもなかったんや。それで安里さんは、小屋を作って沖縄芝居を上演することを思いつきはったんや」

俊介は安治川という川の近くの芝居小屋に集まる沖縄の人たちを想像した。

「当時はＧＨＱが日本を仕切ってたからな。芝居の台本は検閲を受けんならんかった。ひっかかりそうなとこは台本だけうまいこと書き直して提出したそうや。検閲官が朝鮮人やったんで、そのへんは同情してくれたところもあったらしいわ」

俊介にはよく理解できない部分もあった。とにかくいろいろややこしい時代だったのだろう。

「芝居小屋も人気があって繁盛したんやけど、里心のついた役者たちが次々と沖縄に帰ってもうて芝居が打てんようになった。それでやむなく映画館に切り替えたら、びっくりするほど客が押し寄せた。そこで安里さんは郷里の人たちに、大阪に出て来て映画館を始めるように勧めたらしい。そうして沖縄の人は海を渡って、大阪で続々と映画館を始めたというわけや」

「ほたら、お祖父ちゃんは、なんで大阪やなしに、尼崎で映画館始めたんやろう」

「わしも気になってそのへんのこと、何回か訊《き》いたこともあるんやけども、ぼんのお祖父ちゃんは、教えてくれんかった。ぼんのお祖父ちゃんも、お祖母ちゃんも、昔のことはあんまり、というかほとんど語りたがらんかったからなあ」

祖父は、俊介が五歳の時に亡くなった。大正生まれの祖父は、亡くなった時、六十四歳だった。

俊介にとっての祖父の記憶は、髭《ひげ》の記憶だった。幼い自分は祖父の膝の上に抱かれている。祖父は、俊介に頬ずりする。その時の、祖父の髭の、チクチクとした感触を覚えている。

「じいちゃん、痛い！」

しかし、俊介は、その痛さが嫌いではなかった。祖父の強さと優しさが、そのチクリとした痛みの中にあった。

お通夜の時、棺桶《かんおけ》の中で眠る祖父の顔を鮮明に覚えている。祖父の顔には、まっすぐで短い、銀色の髭がうっすらと伸びていた。死んでから伸びたような、不思議な命の輝きを帯びた髭だった。

もう、死んでるのに……。

「俊介、お祖父ちゃんに、最後のお別れをしなさい」

母にそう言われた俊介は「じいちゃん、さよなら」と小声で言った後、祖父の顔に手で触れた。針金のような、硬い、あの祖父の髭の感触が、俊介の指に残った。

「ほんで、モヒカンはなんでうちの映画館に雇われたんや」

おう、すっかり話が逸《そ》れてもうた、その話やったな、と柄本のじいさんはコーヒーを一口すすってテーブルに置いた。

「あれは、十二、三年ほど前の夏、旧盆の夜やった。ぼんのお祖父ちゃんが、戸ノ内に、『道《ミチ》ジュネー』を観に行ったんや」

「ミチジュネーって何？」

「沖縄の旧盆行事で、先祖を供養するために踊ったり、楽器を演奏しながら路地を練り歩くことや。旧盆になると、沖縄人がぎょうさん住んでる尼崎のそこらじゅうでやっとる。なんでその夜に、ぼんのお祖父ちゃんがわざわざ戸ノ内まで道ジュネーを観に行ったのかはわからんのやが、まあ戸ノ内は尼崎でも沖縄の空気が濃いところやから、それに惹《ひ》かれて観に行ったんかな。そしたら、エイサーを一心不乱に踊る一人の青年に釘付けになった。その動きが圧倒的で、神がかり的な迫力があったらしい。それがモヒカンや」

俊介はますますモヒカンに興味を持った。

「それで?」

「ぼんのお祖父ちゃんが声をかけたら、ぼんのお祖母ちゃんと同じ、伊江島の出身やとわかった。仕事は何してるんやと訊いたら、ちょっと前までバイクの修理工場で働いてたけど、職場の人間と喧嘩《けんか》して辞めて、今はぶらぶらしてるという。バイクの運転はできるかと訊いたら、誰にも負けんぐらい得意やというんで、雇うことにした。そういうわけや」

俊介はモヒカンに会った記憶はない。物心ついた頃には、もうモヒカンはいなかった。モヒカンの顔を想像してみる。しかしロバート・デ・ニーロの顔しか思い浮かばなかった。

「モヒカンって、どんな奴やったん?」

「モヒカンは、心根の優しい奴やった。けど、ちょっと、どこか狂気じみたとこがあったな。ある時、こんなことがあった。うちの映画館の前で、近所の悪ガキたちがふざけて野良の子犬を抱えてドブ川に落とそうとしてたんや。それを見たモヒカンは、悪ガキから子犬を奪い取って、悪ガキのリーダーの子供の身体を抱えて、ドブ川に頭を突っ込ませて逆さ吊《づ》りにした。子供は助けて、と泣き叫んだ。そしたらモヒカンはこう言うんや。

『いややろ!　怖いやろ!　犬かて、おんなじや!　心があるんや!　おまえらにあんなことされるのは、いやなんや！　怖いんや！　わかったか！　わかったら、もう二度とすんな！』

『しません！　しません！　もう二度としません！』

子供はようやく許してもらえた。

こっちに出てきた沖縄の人間というのは、やっぱりいろいろと差別されるところもあってな。きっとあいつ自身、いろんなところで、いじめられてきたんと違うかな。あの子犬みたいに」

柄本のじいさんは、ため息をひとつ漏らして、しばらく窓の外を見た。そして声の調子を落として話し出した。

「それから、ちょっとして、あの事件が起こった」

「事件？」

「あの日もモヒカンは、神崎の劇場で朝十時から上映したフィルム四巻を、十一時半までに波の上キネマに届けることになっとった。神崎から立花までは、四キロほど。道もそんなに渋滞することもない。十分もあれば着く。モヒカンにしたら、楽な仕事のはずや。ところがその日、普通なら届くはずの時間を過ぎても、待てども待てどもフィルムが届かん。心配になって神崎の劇場に電話を入れたら、モヒカンはいつもどおりの時間に確かに四巻のフィルムを持って劇場を出た言うやないか。つまりモヒカンは、四巻のフィルムを持ったまま、行方不明になった」

「行方不明？」

「そうや。えらいことや。お客さんには事情を話して、前半だけで上映終了にして、後日観に来てもらえるよう、無料の招待券を渡して納得してもろた。それにしても、モヒカンの行方や。ぼんはまだ小さかったから、覚えてないやろうけど、あれはけっこうな騒ぎになった」

「で、モヒカンは、どこに行ったん？」

俊介は椅子から背中を離して訊いた。

「さあ、それやがな」

柄本のじいさんも身を乗り出した。

そのとき、喫茶店の壁掛け時計が、ひとつ鳴った。

「お、ぼん。堪忍な！　わし、そろそろ映画館に戻らんと。ここから後の話は、モヒカンを探しに行った、ぼんのお父ちゃんから直接聞いた方が、ようわかると思うで」

柄本のじいさんは立ち上がり、伝票を持って出て行った。

俊介はその後の顚末《てんまつ》を、父から聞いたのだった。

……モヒカンの話か。

あれはちょうど、お祖父ちゃんから劇場を任された年やから、よう覚えてる。あの時はなあ、ほんま大変やったで。

四巻のフィルムの行方も心配やったが、モヒカンの身も心配やった。どっかで事故を起こして倒れてるかもしれん。行方不明になったモヒカンを探すために、モヒカンがいつも通るルートを辿《たど》った。事故やとしたら、可能性のあるのは河川敷や。人通りのほとんどない河川敷で事故を起こした相手が逃げて、そのままにされてるかもしれん。そう考えて、くまなく探した。そうしたら、河川敷の途中で、モヒカンのバイクが倒れてるやないか。それだけやない。四巻のフィルムも、そこに置き去りにされてたんや。えらいことや。

バイクとフィルムが転がってる近くを探してもモヒカンの姿はどこにもない。もし事故で病院かどこかに運ばれてたとしたら、必ず劇場に連絡があるはずや。けど、それもない。

悪い予感がした。事故を起こした奴に、どこかに連れ去られたんと違うか……。

その時、お父ちゃんに直感が働いた。このすぐ近くには、モヒカンが住んでる戸ノ内のアパートがある。もしかしたら、何かの事情で家に帰ったんかもしれん。四巻のフィルムを従業員に預けて、一目散にアパートに向かった。

そうしたら、モヒカンが部屋におるやないか。

「いったい、何してるんや！」

そう問い詰めたら、モヒカンは答えた。

「猫が……」

モヒカンが言うには、河川敷を走ってる時、道端に捨て猫がおるのを見つけたらしい。ダンボールに入れられた、まだ目も開いてない生まれたばかりの、三匹の子猫や。

通りかかった時、カラスが三匹の子猫を狙って舞い降りた。モヒカンは、バイクを停めてカラスに石を投げて追い払った。カラスは退散したけど、このまま残して行ったら、また必ずあのカラスがやってきて子猫は餌食《えじき》になってしまう。けど、三匹の子猫を抱いたままバイクを運転していくわけにもいかん。モヒカンはバイクと四巻のフィルムをそこに置いたまま、ダンボールを抱えて、家に持ち帰ったというんや。それで、やせ衰えた子猫三匹にミルクを与えて、元気になるのを待ってたんやと。

「アホか！　猫とフィルムと、どっちが大事なんや！」

お父ちゃんはカンカンになって怒った。

モヒカンには、もともとそういうところがあった。何かに夢中になると、あと先、何にも、見えんようになる。そういう純粋なとこがあった。けど、社会人としては、失格や。

「クビや！　もう劇場に来んでええ！」

劇場に帰って、お祖父ちゃんに事の顛末を伝えた。事情を聞いたお祖父ちゃんは、静かにこう言うた。

「なあ、俊治《しゅんじ》。今回のことは、わしに免じて、堪《こら》えてくれんか。あいつには身寄りがない。モヒカンを許したってくれ。モヒカンを今まで通り、運び屋で使うたってくれ」

そう頼むんや。お祖父ちゃんにそこまで言われて、お父ちゃんは渋々、納得したんや……。

「それで、モヒカンは戻ってきたんか」

俊介は父に訊いた。

「いや。二度と劇場に戻ってこんかった」

「三匹の猫は、どうなった？」

「その事件の直後、お祖父ちゃんが、モヒカンのアパートを訪ねたそうや。モヒカンは、畳に顔をこすりつけて謝った。けど、戻ってこいというお祖父ちゃんの言葉には、首を縦に振らんかった。劇場に大変な迷惑をかけた以上、もう居《お》れません。そう言うんや。モヒカンは、捨て猫の二匹を連れて、尼崎を出た。その後の消息は、誰も知らん」

「二匹を連れて？　三匹と違うんか」

「三匹も育てるのは大変やろうと、残りの一匹は、お祖父ちゃんが引き取って劇場に連れて帰った」

「あの、アイリスか」

「そうや。今、波の上キネマにおる、あのアイリスや。猫にその名前をつけたのも、お祖父ちゃんやで」

*

アイリスは二十年前に死んだ。

モヒカンが尼崎を去ったという一九七八年にやってきて、二十歳まで生きた。真っ白な猫で、劇場のアイドル的存在だった。あれほどモヒカンを怒った父も、結局はアイリスを可愛《かわい》がった。いや、一番可愛がっていたと言ってもいい。

アイリスが死んだ時、父は『タクシードライバー』を劇場にかけた。その時、俊介は初めて『タクシードライバー』を観た。

映画の中にアイリスが登場した。

デ・ニーロが売春宿から救った、少女の名前だった。

俊介は、眠れないまま深夜のベッドの中で天井を見つめた。

そして、もう一度考えた。なぜ、今頃になってモヒカンのことを思い出したのだろう。

そしてアイリスのことを思い出したのだろう。

傍らで静かに寝息を立てていた妻の美也子が寝返りを打った。

その日は夕食後、美也子と今後の「波の上キネマ」について、話し合ったばかりだった。三時間に及んだ末の結論が、俊介の無意識になんらかの影響を与えたのだろうか。

やがて考えるのも億劫《おっくう》になり、俊介は、瞼《まぶた》を閉じた。

今度はすぐにまどろんだ。

ベッドの中の足元に、何かが入ってくるような気がした。子供の頃、布団に入るといつも中に潜り込んできたアイリスだろうか。

まさか。

寝返りを打つと、俊介は眠りの中に落ちた。

第3章　君の名は

1

見上げると、西田敏行《にしだとしゆき》が笑っていた。

約束の時間より早めに着いた俊介は、塚口ルナ劇場の前に立って、上映中の『虹をつかむ男』の看板を見上げていたのだった。

この映画が封切られたのは、俊介が大学生の頃、もう二十年あまりも前になる。ちょうどその年に、渥美清《あつみきよし》が亡くなった。渥美清と共に『男はつらいよ』シリーズを長年手がけてきた山田洋次《やまだようじ》監督が、渥美清に捧《ささ》げるために作った映画だった。徳島の田舎《いなか》町にある、客が入らずに今にも潰れそうな映画館を、西田敏行扮《ふん》する主人公の映画館主が奮闘し、立て直す。そんなストーリーだ。

よりによってこんな日に。

俊介はそのタイミングに苦笑いし、深いため息をついた。

JR尼崎駅前のショッピングモールに入るシネコンを除けば、今、尼崎にある映画館は、二つだ。俊介の波の上キネマ、そして、今日訪れた阪急塚口駅前の塚口ルナ劇場。

これは、ほとんど奇跡に近いことだった。

日本全国で三千五百ほどあるスクリーンのうち、今やその九割近くがシネコンだ。残りもほとんどが封切り映画をかけないミニシアター系で、波の上キネマのような、いわゆる「町の映画館」は、今、関西では片手で数えられるほどしか残っていない。そのうちの二館が、尼崎にあるのだ。

俊介はもう一度、カウボーイハットをかぶって笑みをこぼす西田敏行を見上げた。

これまでどれほどたくさんの映画館のスクリーンで、彼の笑顔が映し出されただろうか。

映画を観終えて感動しながら出てくる観客を見て、『虹をつかむ男』の主人公が、こんなセリフをつぶやくシーンがある。

「世界一金持ちの気分や。今夜は」

映画館主たちは、きっとみんな同じ気持ちで映画館を経営している。

しかし、と俊介は思う。

虹は消えかかっていたのだ。

俊介は、目を瞑る。

闇が広がる。

消えていった「町の映画館」を一つずつ思い出す。

重い扉の向こうの「闇」の中に、灯りがともる。

その一つ一つに、俊介の思い出が染み付いている。

大阪の天神橋筋《てんじんばしすじ》六丁目駅前にあった「天六ユウラク座」。ロビーはちょっと小便臭かった。空調の効きが悪く、夏は壁に染み付いたカビの匂いとお客さんの汗の匂いが充満した。設備投資に回す資金にも苦労していたのだろう。それでも入り口のおばちゃんはいつも愛想良く、パンフレットを買うと喜んでくれた。どこの映画館もとっくにやめていたオールナイト上映を最後の最後まで続けていた。仕事終わりのニューハーフとよく一緒になった。入り口には他ではもうほとんど見かけなくなった手描きの絵看板が掲げられていた。最後に見た絵看板は『相棒』の水谷豊《みずたにゆたか》と寺脇康文《てらわきやすふみ》の顔だ。

今はコンビニと回転寿司店になっている。

あの絵看板を描いていた職人は、今、どこで何をしているのだろう。

地下鉄駒川中野《こまがわなかの》駅近くの「タナベキネマ」は波の上キネマと同じ、座席数が百ほどの小さな町の映画館だった。名画の二本立てが中心だった。閉館の理由は、映画配給のデジタル化だった。一千万円近くかかる新たな設備投資を賄う余裕がなかった。波の上キネマも直面した問題だ。

今はパチンコ店だ。

自信ありげな藤尾の顔が浮かんだ。

大阪の西成《にしなり》、飛田遊廓《とびたゆうかく》へ続く道にあった「飛田東映」。映画館は街を映す鏡だ。労働者のおっちゃんやホームレスが多かった。料金が破格で、三本立てで八百円。曜日によっては五百円の日もあった。歩くと床がベタベタして靴底がくっついた。それでも休憩中は係の人がこまめにゴミ掃除に来ていた。

ある時、片岡千恵蔵《かたおかちえぞう》が金田一耕助に扮する『獄門島』を上映していたことがあって驚いた。かなり昔の映画らしくフィルムはボロボロで雨は降りまくりだが、おっちゃんたちは喜んでいた。面白いところではどっと笑い声が起こる。大声でどなる客もいる。祖父が映画館を始めた時の雰囲気は、きっとこんな感じだったのだろう。

酒を食らって寝ているおっちゃんたちも多く、いつも彼らのいびきが高らかに鳴り響いていた。三年ほど前に閉館した時の、最後の上映は『男はつらいよ』『座頭市と用心棒』『竜二』。俊介も観に行った。

涙と拍手とおっちゃんたちのいびきの中で、飛田東映は幕を閉じた。

「トビタシネマ」も思い出深い。B級映画やアクション映画が中心だった。スクリーンには大きな茶色い染みがついていた。誰かがコーヒーか何かをぶちまけたのだろう。最後の上映はたしか『ダーティハリー』と『大脱走』だった。あの映画館がなくなったあと、行き場をなくした客たちはどこへ逃げ込んだのだろう。

姫路《ひめじ》駅近くの「シネ・パレス山陽座」。歴史は波の上キネマよりはるかに古い。戦前からの映画館なのだ。しかし二年前に、八十年以上続いた歴史を終えた。閉館前の特別上映は、昭和初期の活動写真『血煙高田の馬場』や『番場の忠太郎　瞼の母』をかけていた。活動写真弁士と楽団を招いての上映だった。

その閉館もショックだったが、俊介にとって何よりも応えたのは、東淀川《ひがしよどがわ》区の「淡路《あわじ》東宝」の閉館だった。通っていた大学が同じ沿線にあったこともあり、この劇場にはよく通った。

淡路本町商店街の中にあり、梅田《うめだ》まで電車に乗れば十分程度という立地は波の上キネマと似ていた。数年前に、思い切ってデジタル上映に対応する設備投資をしたのも波の上キネマと同じだった。しかし、それでも観客数の減少は止まらず、閉館を決断したという。去年の五月のことだった。

最後の上映に足を運んだ時、俊介が学生の頃から知っているベテランの従業員は、目に涙を浮かべ、声を詰まらせながら俊介に言った。その言葉が今も忘れられない。

「安室さんのところは、どうか私たちの分まで頑張ってください」

劇場の入り口で待っていた俊介はその声に振り返った。塚口ルナ劇場の戸田《とだ》だった。

「待たせたな」

「相談って、何や」

俊介は、笑う西田敏行を見上げた。そして、目を逸らして言った。

「最後の上映を、何にしようかと思ってな」

「どういう意味や？」

「波の上キネマを、もう閉めようと思う」

「……本気か？」

「ああ。潮時やと思う」

戸田は小さなため息をついた。

戸田と俊介は同じ年の生まれで、尼崎の同業者同士、十五年近くの付き合いになる。戸田は大学を卒業して塚口ルナ劇場にやってきた。今は副課長の身だが、プログラム企画などをすべて任され、実質的な支配人だ。俊介にとってはなんでも腹を割って話せる数少ない人間だった。

「あとは、戸田さんのところで、頑張ってください。そう言いにきたわけ？」

返事はできなかった。

俊介にとっても、祖父の代から続く映画館を閉めるのは、もちろん辛《つら》い。映画館の灯を消すことにも、忸怩《じくじ》たる思いがある。しかし、藤尾の言葉を待つまでもなく、経営的には、もう限界だった。そんな中で塚口ルナ劇場がまだ尼崎に残っている、という事実は、わずかながら俊介の精神的な救いにもなっていた。波の上キネマが消えても、塚口のこの劇場が、尼崎の映画の灯を守り続けてくれる……。

今になって、わかる。

あの日の、淡路東宝の従業員も、きっと今の自分と同じ気持ちだったのだろう。

戸田にそれを先に言われ、俊介は戸惑った。

「今日は俺に一杯おごれ」戸田が言った。「飲みに行こう。ただ、あと一回の上映が終わるまで劇場を離れられん。星乃屋で待っといてくれ」

2

戸田は約束どおり午後九時過ぎに星乃屋に現れた。

星乃屋はＪＲ立花駅の南口にある中華料理屋だ。

「ああ、腹減った。大将、いつものちゃんぽん大盛りで。それから、焼酎は、芋の水割りで」

「はいよ」大将が答えた。

「遅れてすまん。だいぶ待ったか」

「いや。俺もさっき来たとこや。同じもん、頼んだ」

「ここのちゃんぽんは、最高や。今や尼崎の名物やからな」

たしかに星乃屋のちゃんぽんは絶大な人気があった。ちゃんぽんといえば長崎ちゃんぽんが有名だが、星乃屋のちゃんぽんはいわゆる長崎ちゃんぽんとは趣が異なる。とろみのついた「あん」がかかっているのだ。

大将が焼酎だけを先に持ってきた。戸田はグラスを片手に持ち、

「乾杯。というわけにはいかんか。景気のええ話やないからな」

そう言ってグラスを口元に寄せ、ぐいと飲んだ。

「おまえも飲めよ」

俊介は無言のままグラスに口をつけた。

何から話したらいいかわからず、俊介は黙っていたが、戸田も口を開かなかった。

妙な間が空いてしまったのを取り繕うように、戸田が大将に訊いた。

「大将、この店は、いつからやったっけ」

「昭和二十四年からです」

波の上キネマと同じだった。

「たしか、大将は、三代目やったよな」

戸田の顔は大将の方を向いている。

「そうです。店は長崎出身の先々代の祖父が始めたんです」

「長崎から、尼崎に出てきたの？」

「いえ。それがね。長崎におった頃、惚《ほ》れた女ができて、駆け落ちしたんですよ。駆け落ちした先が、満州でね」

「満州？」

「当時は満蒙《まんもう》開拓団とかいうて、満州にたくさん日本人が渡ったんです。夢を追いかけてね」

「長崎発満州経由、尼崎か」

「けど満州に夢はありませんでした。終戦後、命からがら嫁と二人の子供を連れて、朝鮮半島をひたすら歩いて日本を目指したそうです。父は危うく残留孤児になるところでした。なんとか日本に戻ってきて、当時、祖父の兄貴が尼崎で紡績会社の社長の用心棒をやってるというんで、それを頼って尼崎にやってきたんです」

「そんなことがあったんですね。で、中華料理屋を？」

「祖父は最初、本場長崎のちゃんぽんを出してたんですが、それが不評でね」

「なんで？」

「尼崎は、集団就職でやってきた九州出身者が多いでしょ。九州は意外にあんをかけた麺を好むところが多いんですよ。それに、みんな肉体労働してるから、腹持ちのええもんを食いたい。普通の長崎ちゃんぽんを出しても、『あん』かけてんか、と言われるんです」

「関西の地《じ》の人間も、あんをかけたもんを食べたがるしね」

戸田の言葉に大将が相槌《あいづち》を打つ。

「そうなんですよ。最初、祖父は、それが嫌で嫌で仕方なかったらしいです。けど、よう考えたら、長崎ちゃんぽんかて、元をたどれば中国の麺料理をアレンジしたもんやないか。今まで長崎のちゃんぽんにこだわってきたけど、尼崎の人間が食いたいんやったら、長崎ちゃんぽんやない、尼崎ちゃんぽんを作ったらええんや、と祖父は思うたそうです」

「尼崎ちゃんぽんか。そら、ええな」

「尼崎の街が、長崎で生まれたちゃんぽんの味を、変えてくれたんですわ」

「一皿の料理に、これだけの歴史がある。おもろいもんやなあ」

戸田が大将に向かって言った。

やがて特製のちゃんぽんがふたつやってきた。二人は無言のまま食べた。ちゃんぽんをすする音だけが店に響いた。

うまいはずのちゃんぽん麺は、今夜の俊介には味がしなかった。ただ機械的に口に運び、喉から胃に流し込む。

戸田はうまそうに汁まで飲み干した。鉢をテーブルに置いて、戸田はやはり大将に話しかける。

「大将のお店の歴史、教えてもろたんで、お礼と言うてはなんですけど、私もちょっと、塚口ルナ劇場の歴史を喋《しゃべ》らせてもろていいですか」

「ええ。どうぞ、どうぞ」

大将は、俊介が映画館を閉めると決めたことを、まだ知らない。

戸田は俊介に気を遣って、わざと話題を逸らしているのだろうか。それとも、戸田は怒っているのだろうか。さっきから俊介と視線を合わせない。

二人で尼崎の映画館を守っていこうと励まし合ってきた仲だ。波の上キネマを閉める、と俊介が言ったことに対して、裏切られたような気分になっているのだろうか。

それならそれで仕方ない。俊介は半ば投げやりにそう思った。

「創業者は、高田嘉吉《たかだかきち》いう人でね。兵庫県の西脇《にしわき》の出身です」

ああ、西脇、知ってます、と大将は客のいなくなった隣のテーブルの椅子に腰掛けて言った。

「播州《ばんしゅう》ラーメンが有名なとこですね」

「はい。スープの甘いラーメンでね」

「西脇、古い街ですなあ」

俊介は口を挟めない。

「嘉吉はたたき上げの大工でした。そこから身を起こして、製材業で財を成したんです。終戦を迎えた時、西脇の警察署長に呼び出されたそうです」

「ほお」

「警察署長が自分に何の用や、と怖々ながら会いに行くと、西脇に映画館を作ってくれ、と頼まれたというんです」

「警察署長に？　なんでですか」

「嘉吉も同じことを署長に訊いたら、『人助けになる』と答えたそうです」

「映画館が『人助け』？」

「西脇は播州織の名産地でしたからね。地方から出てきた若い女工さんが大勢働いとって、多い時には一万人以上おったそうです」

「一万人もですか」

「けど西脇は田舎ですから、仕事終わりに遊びに行くにも、場所がなかった。そんな女工さんたちのために、映画館を作ってくれ。それが、仕事で疲れた女工さんの心を癒すのや、と。嘉吉もそれほどお金があるわけやなかったけど、よっしゃ、やったろ、と意気に感じたらしい。ほうぼうからお金を工面して、作ったのが、西脇中央劇場です」

星乃屋の大将に話をしていた戸田は、そこで初めて俊介に向き直った。

「これが、うちの映画館のルーツや。長い戦争から解放された安心感もあったんやろうなあ。連日大入り満員やったそうや。女工さんだけやなしに、西脇じゅうの人たちが集まったそうやで」

戸田が自分に話を向けたことで、俊介はすっと気が楽になった。

黙ってうなずいた。

「その頃は、まだGHQの検閲もあったし、洋画も好きな映画をかけられるわけやなかった。邦画もチャンバラ映画は禁止や。敗戦国が、仇討《あだう》ちはまかりならん、というわけや。もっともお客さんは女工さんが大半やったから、嘉吉は邦画の『母娘もの』や『青春もの』や『探偵もの』を積極的にかけた。女工さんは大喜びやったそうや。嘉吉は嬉しかったやろなあ」

「西田敏行」

「え？」

俊介の言葉に、戸田が怪訝《けげん》な顔をした。

「『世界一金持ちの気分や。今夜は』。嘉吉さんも、そう思ったんやろうな」

「ああ」

戸田は、店に入ってから初めて笑った。

嘉吉もきっとあの映画の中の西田敏行のような熱血漢だったのだろう。

「映画の魅力にとりつかれた西田敏行……いや、嘉吉は、それからしばらくして、今度は神戸の灘《なだ》区に西灘《にしなだ》キネマをオープンさせた。その頃には洋画も自由に上映できるようになってたんで、戦時中にはかけられへんかった洋画を積極的に上映して、これまた大人気やったそうや。特に『風と共に去りぬ』の人気は、ものすごかったらしいなあ」

『風と共に去りぬ』の話は、俊介も柄本のじいさんから聞いたことがあった。当時、波の上キネマでも上映したことがあり、大変な評判になってロングラン上映したそうだ。

「『風と共に去りぬ』か。私もリバイバルで観たことありますわ」

大将が話に乗ってきた。「スカーレット役を演《や》った、ほら、あの」

「ヴィヴィアン・リー」俊介が答える。

「そう、その人！　綺麗《きれい》やったなあ」

「南北戦争に負けて没落した女が、復興で立ち直るもんの、幸福にはなれん人生を送るっていうストーリーが、当時の日本人には響いたんかなあ」

戸田の声は徐々に熱を帯びる。

「西灘の劇場が成功して、三つ目に作ったんが、今の塚口ルナ劇場の前身の、塚口中央劇場や。昭和二十八年の年末のことや」

祖父が波の上キネマを立花に作った四年後だ。

「駅前の田んぼの中に、ポツンと映画館だけが建ってたらしい。今は工場地帯の南が発展してるけど、将来必ず北部が発展する。嘉吉はそう読んだんやなあ」

祖父も同じ思いで立花に映画館を作ったのだ。

「嘉吉の読みは当たった。その後、第二塚口劇場、第三塚口劇場と小さな塚口の街に三つも映画館を作って、塚口を『映画の街』にしたんや」

戸田は「映画の街」という部分を、特に力を込めて言った。

「街が発展して映画館を作ったわけやない。映画館を中心に、街が発展していったんや。こんな街が、他にあるか。尼崎市が塚口駅前の開発に乗り出したんは、ずっと後のことや」

俊介はあらためて戸田の顔を見つめた。

自分が働く映画館の歴史についての、戸田の知識に驚いたのだ。

俊介は、考えた。自分は、どうだろうか。

祖父が作った映画館の歴史について、どれほどのことを知っているだろうか。

戸田の熱弁は続く。

「塚口中央劇場の、最初の封切り映画は何やったか、俺はどうしても知りとうなった。劇場には資料が残ってなかったから、中央図書館に行って当時の雑誌や新聞広告をチェックした。塚口中央劇場はどこにも広告を載せてなかった。諦めかけた時に、ふと新聞の東映の正月映画の広告が目に留まった。『曲馬団の魔王』と『真田《さなだ》十勇士　忍術猿飛佐助』の上映劇場の欄に、他のぎょうさんの映画館の名前の中に交ざって、小さく『塚口中央劇場』と書いてあるのを見つけた。この二本立てが最初の封切り映画や」

俊介は再び戸田の情熱に舌を巻いた。

波の上キネマの最初の上映作品さえ、自分は知らないのだ。

「やがて駅前の再開発事業が本格化して、映画館は大手スーパーが入った駅前ビルの中に入った。それが今の『塚口ルナ劇場』や」

戸田はそこまでを一気に語った。

「ここまでは、なんだかんだありながらも、まあ、順調やった。ところがその後に、劇場に大きなピンチが訪れた。JR伊丹駅前に巨大なシネコンができたんや。俺がこの映画館に就職して、すぐのことやった」

ＪＲ伊丹駅前の巨大シネコンの出現は、波の上キネマにも大打撃を与えた。塚口ルナ劇場からも、波の上キネマからも、車で十分ほどの距離にある。

「あそこが、踏ん張りどころやったなあ」

店のテレビからバラエティ番組に出ている芸人たちの乾いた笑い声が聞こえていた。

戸田はしばらく無言でテレビの画面を見つめていた。

急な斜面にへばりついた芸人が滑り落ちまい、と必死でしがみついていた。

「俺らが大学卒業する頃は、どえらい就職氷河期やったよなあ」

戸田はぽつりとつぶやいた。

「大学時代から映画が好きで映画館に通い詰めてた俺は、映画の配給会社に就職したかったんや。けど、求人なんか、ひとつもなかったなあ」

芸人が斜面から滑り落ちた。

「一般の企業にも就職口が無《の》うて、俺は梅田の映画館の売店でアルバイトの口を見つけて働いたんや。映画館通いはその後もずっと続けてた。あの頃は、小ぎれいなミニシアターが街のあちこちにできた頃やったやろ。そこにも随分通うた。けど俺は、どこか客を上から見下してるような当時のミニシアターの経営者らの態度が好きやなかった。映画ってそんなもんやないやろって思うてた」

その感覚は俊介にもよくわかった。

商店街のおっちゃんやおばちゃんが仕事終わりに楽しめる映画。そんな映画を上映する映画館が好きだった。

「高級な中華料理より、町の中華料理屋のちゃんぽんやラーメンが恋しくなる。そんな感覚かなあ」

俊介がそう言うと、

「嬉しいこと言うてくれますなあ。これ、サービスです」

大将がテーブルの上に芋焼酎の瓶を置いてくれた。

ありがとう、と礼を言って、戸田は俊介と自分のグラスに焼酎を注ぎ、口に運んだ。

うまいなあ、と息をついて、戸田は話を続けた。

「バイトを二年続けた頃、映画館に置いてあったフリーペーパーで、塚口ルナ劇場が社員を募集してるのを知ったんや。大学時代に何回も通うたことのある映画館や。俺はこの映画館が好きやった。そんなに立派でもおしゃれでもなかったけど、なんというか、地元の人が気軽に映画を観に来るような、そんな親しみがあった。売店のお姉さんが気さくやった」

「まさに町の中華料理屋みたいな映画館やな」大将が言った。

「ほんまにそうや。ダメ元で応募したら、正社員で雇うてくれた。嬉しかったな。俺はがむしゃらに働いた。映画館の売店でアルバイトしてた経験から、売店を充実させた。パンフレットはもちろん、近所の本屋と組んで、上映作品にちなんだ本を置いたら、結構売れた。それから、トイレや」

「ああ、ルナ劇場のトイレ」大将が声をあげた。

「あのトイレは、綺麗なあ！」

「ありがとうございます。学生時代にほうぼうの映画館に通うてた時、なんぼええ映画を上映してくれてても、トイレの汚い映画館には行く気がせんかった。そこで、俺は思ったんや。トイレをピカピカにして、日本一トイレの綺麗な映画館にしたろ、と」

「それをほんまに実行するから、戸田さんは偉いよなあ」

大将の言う通りだった。塚口ルナ劇場の評判をネットで検索すると、映画好きな人がブログなどにいろいろと評判を書き込んでいる。その中で一番多いのが、トイレの綺麗さに感激している書き込みなのだ。

「映画館には厳しい時代やったけど、売り上げは少しずつ上向いた。そんな折に、できたんが、伊丹のシネコンや。大打撃やった。劇場の売り上げは、目に見えて落ち込んだ。せっかく就職した大好きな映画館やけど、これでクビか。そう覚悟したな」

「クビにはならんかったんは、何があったんですか」大将が訊く。

「うちの劇場は、そこでもう一回、勝負に出た。一ヶ月かけて、全館を改装したんや。座席の傾斜を変え、椅子を変え、音響設備を変えた。売店をこれまで以上に充実させて、もちろんトイレも改装した。それで、お客さんが戻ってきた。嬉しかったなあ」

俊介はまだサラリーマンだった。

塚口ルナ劇場がシネコンに負けないように奮闘している。それは知っていた。俊介が映画館を継ぐことにした、一つの大きな動機にもなっていた。

「あの時なあ、実は忘れられんことがあったんや。この話、まだ安室にはしてなかったな」

　そう言って、戸田はしばらく俊介の目をじっと見つめた。いったいなんだろう。俊介は戸田の口が開くのを待った。

「一ヶ月以上の休館のお詫《わ》びと劇場の新装の祝いとして、名作のリバイバル上映をすることになったんや」

　戸田は当時を思い出すように視線を宙に浮かせた。

「プログラムは、おまえに任す、と、入社二年目の俺に託された。記念すべき劇場新装の作品に、何をかけたらええか。俺は何日も考えた末に、『君の名は』に決めた」

「ずいぶん古い映画やな」

「昭和二十八年。塚口中央劇場がオープンした年に封切られた映画や。劇場の再出発にふさわしいと考えたんや。ところが、甘かった」

　戸田は眉間に皺《しわ》を寄せた。

「フィルムの保存状態が予想以上に悪かった。上映中にフィルムが切れて、そのたびに、二分も三分も上映が中断するんや。それが何回も続いた。ほんまに大変やった。『君の名は』を選んだんは、大失敗やった。上映が中断するたび、そう思うた。俺はせっかく観に来てくれたお客さんに対して、申し訳ない気持ちでいっぱいやった。映画が終わってから、場内に入ってお詫びをした。今日は、満足な状態で上映できずに、本当に申し訳ありませんでした、と頭を下げた」

当時の気持ちを思い出すのだろう。戸田は声を詰まらせた。

俊介も大将も口を挟めない。沈黙が流れた。

「そうしたら」戸田が口を開いた。

「その時、一斉に拍手が起こったんや。『観れてよかったで』『おおきに』『ありがとう』。そんな声が、いっぱいかかった。俺は、映画は好きやけど、映画を観ても泣くことは滅多にない。けど、あの時は、涙が出た」

そう語る戸田の目には涙が浮かんでいた。

「最後に劇場を出たのは、年配のご夫婦やった。……出口でもう一度お詫びをすると、奥さんがにっこり笑って、俺に言うた。……『この映画を観たのは、二回目なんです。若い頃、うちの主人と一緒に最初に映画館で観た映画が、この映画でした。塚口の映画館でした。もう五十年も前のことです。またこの人と一緒に、この映画を、この映画館で観られるやなんて、思ってもなかったわ。今日まで生きてて、よかった。ほんまに、いい思い出になりました。ありがとう』。……そう言うて俺の手を握ってくれた」

戸田はそこまで話し、ぽつりと言った。

「心が折れそうになった時、俺はいつも、あのときのことを思い出すんや」

三杯目の芋焼酎を飲み干し、戸田は明日があるから、と店を出た。

3

「で、結局、戸田さんとは、そのまま別れたの？」

妻の美也子がダイニングのテーブルでリンゴの皮を剝《む》きながら言った。

「ああ。今年いっぱいで劇場を閉める、ということを伝えに行ったんやけど、戸田は、そのことについては、一切、何も訊かんかった。ただひたすら、自分のとこの劇場の歴史を語って、じゃあな、と帰って行った」

「戸田さんらしいわ。でも、『君の名は』を観に来たご夫婦の話、いい話やね」

「老夫婦が最初に二人で観た映画が『君の名は』っていうのは、時代やな」

「私たちが最初に、二人で観に行った映画、覚えてる？」

「『モスラ２　海底の大決戦』」

ちゃんと覚えていた。大学の四回生だった。

妻とは大学の映画研究サークルで出会い、初めてのデートで京都に行った時、河原町《かわらまち》の封切り映画館で観たのだった。たしかあれは年末で、美也子は当時大ヒットしていた『タイタニック』を観たいと言ったのだが、俊介が強引に、隣でやっていたこの映画に誘ったのだった。

「デビューしたての満島《みつしま》ひかりが、可愛かったわね」

「羽野晶紀《はのあき》も可愛かった」

「あの映画、いつか、どこかで、リバイバル上映してくれるかな」

「かなり難しいな。やっぱり『タイタニック』にしといたら、よかったな」

結局、あれだけ世間で大ヒットしたにもかかわらず、『タイタニック』はその後、二人でも一人でも観ることはなかった。DVDでも観ていない。

「いいやん。歳《とし》取って、もしどこかの映画館でやってたら、あの時、観いへんかった『タイタニック』を一緒に観に行こ。老後の楽しみに、取っとこ」

いつか、そんな日が、来るだろうか。年老いた夫婦が街の映画館で、『タイタニック』をリバイバル上映しているのを見つける日が。

「で、あなたが今日、戸田さんに会いに行った、本当の目的は、何？」

美也子がリンゴの皮を剝く手を止めた。

「もしかして、映画館を閉めるの、止めて欲しかったの？」

「まさか。このことは、美也ちゃんとも、散々話し合ったやろ。結論は、もう出てる。

ただ」

「ただ？　何？」

「今日、戸田と会って、ひとつ、思ったことがある。映画館を閉めるにしても、やっておかなあかんことがあるなと気づいた」

「やっておかなあかんこと？」

「そうや。戸田から、塚口ルナ劇場の話を聞いて、気づいたんや。俺は、うちの劇場の歴史を、何にも知らん。お祖父ちゃんが、どうやってこの尼崎の立花の街で映画館を始めたのか。俺は、何も知らんのや」

「訊いたことは、あるんでしょ」

「ああ。けど、お祖父ちゃんは、そのことについては、語らんかった。柄本のじいさんから、終戦後に大阪で映画館を始めたのは、沖縄出身の人が多いって聞いてたから、お祖父ちゃんも、その一人やったんかな、ぐらいにしか思ってなかった。けど、本当の理由は、何やったんやろう。尼崎に戻ってきて何か商売を始めるにしても、お祖父ちゃんは、なんで映画館を始めたんやろう」

俊介は腕組みして天井を見上げた。

「映画館を閉めるにしても、波の上キネマがこの地に産声をあげた歴史を、今、掘り起こしとかんと、配給会社の倉庫からジャンクにされて永遠に消えていったフィルムと同じように、誰にも知られんまま、なくなってしまう」

視線を落とし、美也子の目を見据えて言った。

「まだ映画館があるうちに、波の上キネマがこの世に生まれた証《あかし》を残す。それが、お祖父ちゃんからこの映画館を受け継いだ、俺の、最低限の義務のような気がするんや」

「手がかりは、あるの？」

「うーん。お祖父ちゃんと同世代の、沖縄から出てきて始めた映画館の館主やったら、お祖父ちゃんのことを何か知ってるかもしれんけど、今は、その映画館は全部潰れてる。同じ場所で別の商売してるにしても、代替わりしてるはずやから、もうほとんどわからんやろうな。うちの両親も亡くなってるし」

「沖縄のお祖母さんが生きてるやん。訊いてみたら」

祖母は沖縄で今も健在だ。大正九年生まれ。長寿だが、沖縄では祖母ぐらいの長寿の老人はざらにいる。

若い頃、祖父と一緒に尼崎に出てきて映画館を経営したが、父が死んだ後、沖縄に帰りたいと言い出した。しかし故郷の伊江島の親戚たちは、あの戦争で全員死んで、もう知り合いは誰もいない。伊江島は沖縄戦で激しい戦闘地帯となったのだ。

それでもどうしても沖縄に帰りたいと祖母が望み、今は、本部半島の老人ホームで暮らしている。開放的な施設で、祖母も気に入っているようだ。

施設の部屋の窓からは、故郷の伊江島が見える。

まだ祖母が尼崎にいた頃、小学生だった俊介は、時々祖父との馴《な》れ初《そ》めや、若い頃、なんで祖父と一緒に沖縄から尼崎に出てきたか、訊いたこともあった。

祖母は一言、

「自然と、そうなったのさー」

と言ったきり、ただ笑うばかりだった。

「お祖母ちゃんも、昔のことは、語らんからなあ」

祖父は尼崎で生まれ育ったが、若い頃に親の故郷の沖縄に移り住んだという。曽祖父母の故郷も本部半島と言っていたが、詳しい出生地はわからない。故郷も何もかも捨てて、戦後、もう一度、尼崎に帰ってきた、と父には語っていたという。

「お祖父さんの写真、ちょっとやけど残ってたよね」

「ああ。たしか、ここに」

俊介は洋服簞笥《だんす》の引き出しの奥からアルバムを取り出した。

アルバムは昭和二十四年の開館当時の波の上キネマの写真から始まっていた。

しかし写真はそれ以降のものばかりで、開館してからの映画館の足跡はたどれるものの、それ以前のことを知る手がかりのようなものはなかった。

俊介はアルバムの最後のページに大判の赤茶けた封筒が挟まっているのに気づいた。

その中には一枚の絵が入っていた。

絵は極めて簡素だった。流れるような曲線で、女性の横顔を鉛筆で描いたスケッチ画だった。

しかしその簡素な描線は、祖母の特徴をはっきりと捉えていた。

「ああ、この絵」

俊介は思い出した。

「あれはまだ小学校に入る前や。居間でこの絵を懐かしそうに眺めているお祖父ちゃんを見つけて、訊いたことがある。『お祖父ちゃん、その絵、何?』って。

お祖父ちゃんは教えてくれた。

『これはな、お祖父ちゃんの、大切な宝物や。お祖父ちゃんとまだ結婚する前の、若い頃のお祖母ちゃんの絵や』

あとでお祖母ちゃんに、そうなん？　て訊いたら、お祖母ちゃんはただ『昔のことさー』って笑うだけやったけど」

「昔の物をほとんど残さんかったお祖父さんが、なんでこの絵だけは、こんなに大切に持っとったんやろうね」

「さあ、なんでやろ」

俊介はもう一度、その絵をじっくりと見た。

「ここにサインがあるな」

子供の頃は、絵に添えられたサインに気を留めることはなかった。

「F……最初の文字は読めるけど、その後の文字が擦《かす》れてて読みにくいな」

「見せて」

美也子がスケッチ画を手に取った。

「F……、Fouji……かな。その後にも、文字が続いてるようやけど、擦れて読めへんわ」

「Fouji……? 誰のことかな。外国人? 沖縄の人の名前? それとも、名前以外の、別の言葉かな」

「わからんわ」

美也子は首を傾《かし》げた。

スケッチ画の若き祖母が、二人を見つめていた。

4

俊介が年内で映画館を閉めると決めてから、二週間ほどが過ぎたある日のことだった。

俊介の携帯が鳴った。

「もしもし、安室俊介さんでしょうか。私、毎朝《まいあさ》新聞の阪神版記事を担当しております記者の岩田《いわた》と申しますが、今、少しだけお時間、よろしいでしょうか」

新聞記者？　いったい何の用件だろう。俊介は怪訝に思いながら話を聞いた。

「あのう、実はですね。安室さんが経営なさっている立花の波の上キネマなんですが、年内いっぱいで閉館されるという話を伺ったんですが」

俊介はえっと思わず声を出した。

閉館を考えていることを、俊介はほとんど他人に話していない。

知っているのは、妻の美也子と塚口ルナ劇場の戸田、あとは三共興産の藤尾だ。

「どなたに聞きはったんですか？」

「それはちょっと申し上げられないんですが……」

藤尾の顔が浮かんだ。

藤尾には、まだ決めたわけではない、正式な返事は年内にする、と含みを持たせて言ったに過ぎない。

「そのことについてぜひ、お話を伺いたく……」

おそらく藤尾は、俊介の気持ちが閉館に傾いたことを知り、ここぞとばかりに既成事実を作ろうと新聞社にリークしたのだろう。

「いや。まだ正式に決めたわけではありませんよ」

「しかし、最近の経営は、なかなか大変だと」

「はい。それはその通りですが」

「創業は、昭和二十四年ですよね」

「はい」

記者は映画館の歴史をある程度調べた上で連絡してきたようだ。

「まさに戦後の尼崎とともに歩んできたわけですよね。なぜ立花で映画館を始められたのか、そのあたりの経緯について、お話を伺えれば」

「それが、実は、開業した祖父から、きちんとした話を聞けてなくて、詳しい経緯がよくわかっていないんですよ。ですので、私も、閉館するまでに歴史をしっかりと調べようとしているところです」

「情報を探している、ということですね」

「まあ、そうですね。ですので、しかるべき時期がきましたら、こちらからご連絡いたしますので、それまでお待ち願えませんか」

わかりました、と相手は言って電話を切った。

ところが一週間後、俊介は新聞を見てあっと声をあげた。

「波の上キネマ　年内に閉館へ　69年の歴史　幕閉じる」

の見出しが目に飛び込んできたのだ。

俊介は記者に閉館すると決めたわけではない、と言ったはずだ。なのになぜ記事になったのだ。

俊介は携帯の着信履歴にリダイヤルした。すぐに岩田が出た。

「おかしいじゃないですか。まだ決めたわけではない、と言ったはずですよ」

「ええ。ですから、『年内に閉館する見通し』とちゃんと書いているはずですよ」

岩田は悪びれた様子もない。

「困りますよ」

俊介は憤慨した。

「でも、安室さん、映画館の歴史の情報を探しているとおっしゃっていたでしょう」

たしかに新聞記事には、俊介のコメントとしてそのことも載っていた。

「その後、何か情報は集まりましたか」

実際のところ、ほとんど何も進んでいなかった。

「新聞に載れば、波の上キネマの歴史について、何か情報が集まるかもしれませんよ。

そう思って記事にさせてもらったんです」

岩田はそう言って電話を切った。

記事の反響は予想以上に大きかった。閉館を惜しむ声が相次いだ。しばらく俊介の携帯はその件で鳴りっぱなしだった。もちろん映画館にも直接電話がかかってきた。マスコミからの取材も多かったが、俊介はすべて断った。

騒動が起こって一週間ばかり経ったころだった。出張から帰宅した俊介に美也子が言った。

「今日、映画館に、不思議な電話があったって」

「どんな電話？」

「安室俊英《しゅんえい》さんのご子息かご子孫はおられますか、と訊いてきたらしい」

「何の用件やろう？　その人は、なんでお祖父ちゃんの名前を知ってるんやろう？」

「それは言わんかったらしいの。名前だけ言って、またかけますと言い残して、切ったって。あ、メモがあるわ」

美也子はリビングのコルクボードから、ピンで留められた一枚のメモを外した。

「その人の名前は？」

「……その人の名前は……」

美也子は名前を読み上げた。

「……リュウ・ツァイホン」

第4章　ストレンジャー・ザン・パラダイス

鬱蒼《うっそう》としたジャングルの中を二人は歩いていた。

膝の下まで泥に足を取られながら、マングローブが生い茂る暗い水辺を一歩ずつ進んだ。

遠くで何かが鳴いている。鳥なのか獣なのかさえ判別できない。

沼の表面からは人面瘡《じんめんそう》のようなコブだらけの奇怪な根が無数に顔を出している。膝を曲げて座っている痩せこけた老人の脚のようにも見える。

男は俊介の前を歩きながら言った。

「樹《き》の生えている近くを歩いてください。樹と樹の間隔の広いところは、浅くは見えていてもマングローブ林が溜《た》め込んだ泥が堆積して底なし沼になっています。下手に足を入れると頭まで埋まってしまいます」

俊介と男はマングローブが生い茂る川の上流までボートで遡《さかのぼ》り、そこからボートを降りてジャングルの中に分け入ったのだった。

ようやくマングローブの林を抜けると、人の頭ほどもあるどぎついオレンジ色の果実をつけた植物が太い茎を互いに絡み合わせながら密生し、二人の行く手を阻んだ。細くて硬い葉の縁や裏側には鋭いトゲがびっしりと生えている。

「アダンの葉です。トゲは葉先に向いたものと根元に向いたものが交互に生えているから触れると必ず身体に刺さります。それから、これはナンテンカズラ。トゲが逆向きに生えているので身体に刺さると食い込んで簡単には抜けません。無理に引っ張ると刺さった肉ごと引きちぎれますよ」

真夏なのに植物のトゲを避けるため長袖に身を包んだ身体はすでにびっしょりと汗をかいている。人の背丈よりもはるかに高い亜熱帯植物の太い幹や葉を山刀《やまがたな》で伐《き》り倒しながら前へ進んで行く。

頭上にも植物が生い茂り、空は見えない。展望のきかない圧迫感が不安となって俊介を襲う。一時間ほど歩いてようやく空が見えた。

巨大なシダ植物の群生を見上げると、俊介はまるで太古の地球に迷い込んだかのような錯覚に陥った。

「こんなジャングルの奥地に、かつて映画館があったなんて、信じられますか？」

男が流暢《りゅうちょう》な日本語で俊介に言った。

男の名は劉彩虹《リュウツァイホン》。

あの日突然、映画館に電話をかけて来た見知らぬ男と、俊介は今、密林の中を歩いている。

「ここが、日本だってこと自体が、信じられませんよ」

俊介は息を切らしながら答えた。

必死の思いで劉の後に続きながら、俊介はこの男と初めて会った日のことを思い出していた。


「あなたに話したいことがあります」

電話の向こうで劉に告げられたのは、今からわずか三週間ほど前だ。

「詳しくは、会ってお話しいたします」

キーホルダーが壁いっぱいにかけられたあの駅前の喫茶店で、俊介は劉と名乗る男と向かい合っていた。

「今日、私が日本に来たのは、あなたのお祖父様のことをお話しするためです」

男は自己紹介を終えると、すぐにそう告げた。

「最初に教えてください。台湾にお住まいのあなたが、どうして私の祖父のことを知っているのですか。そして、どうして私の連絡先を知ったのですか」

「まずは最初の質問にお答えしましょう」

男は俊介の目の前に一枚の写真を差し出した。

古びた白黒写真だった。かなり昔の写真だろう。

不思議な光景が写っていた。

四方を鬱蒼としたジャングルで囲まれた中央に、そこだけ平地が拓《ひら》け、簡素な屋根を持つ長屋風の建物が並んでいる。中には二階建てのものもある。

手前には運河が掘られ、船が一隻停まっている。なにやら物を運搬する船のようだ。

左手の奥は一段高くなっており、長い階段が続いている。高台は広場のようで、旗が立てられている。そこには平地の長屋とは違う一軒家のような建物が数軒ある。

どうやらそこは、ジャングルの中に切り拓かれた「町」のようだった。

男は高台の右側に写る、大きな建物を指差して、言った。

「この建物、なんだかわかりますか」

俊介は首をひねった。

男が答えた。

「これは、映画館です」

「映画館？」

俊介は顔を上げた。まったく予想もしない答えだった。ジャングルと映画館が頭の中でうまく結びつかない。

もう一度写真を見つめた。

「こんなジャングルの中に、映画館があるんですか」

「はい。もちろん今はありません。今からおよそ八十年も前の話です」

「八十年前？　戦前ですか」

「ええ」

男はうなずいた。

「ここは、かつてあなたのお祖父様と私の祖父が暮らしていたところです」

祖父が暮らしていた？

ジャングル……映画館……八十年前……。

焦点をうまく結べない俊介の頭はさらに混乱した。

「どういうことですか？」

「私の祖父は、五年前に亡くなりました。九十六歳でした。二ヶ月ほど前に、蔵の中を整理していたら、古い柳行李《やなぎごうり》の中から、祖父の日記と、この写真が出てきたのです」

男は写真から顔を上げて言った。

「日記はかなり分厚いものでした。祖父は、私たち家族に自分の過去のことを語りませんでしたから、そんな日記をつけていたことにびっくりしました。その日記の中に、安室俊英という名前と、『波の上キネマ』という名前が出てきました。私はいろいろ調べました。インターネットで『波の上キネマ』で検索すると、記事がヒットしたんです。もうすぐ閉館する、という記事でした。館主は安室という名前でした。それで私は、あなたの映画館に連絡した、というわけです」

いったいこの男は何者だろう。

あらためて名刺を見る。しかしそこには劉彩虹という名前と、台湾のどこかの住所しか記されていない。

「ずいぶん日本語がお上手ですね」

「祖母は日本人でしたし、祖父も日本語を話しました。当時の台湾は日本統治下でしたから、みんな日本語を話せたんです。私も大学で日本語を勉強しました。今は台湾で小学校の教師をしています。あなたのお祖父様、安室俊英さんについて、私が知っていることを話したいと思います。そのために、日本にやってきたのです」

この男は、祖父の秘密を知っている。おそらくは俊介が想像もできないような、大きな秘密を。

俊介の胸が高鳴った。

期待からなのか。不安からなのか。どちらかわからなかった。

「この写真は、どこなんですか？」

「沖縄の西表島《いりおもてじま》です」

「西表島？」

意外だった。どこか外国のジャングルだと思ったのだ。

「その島に、私の祖父と、あなたのお祖父様の秘密があります」

聞きたい。この男が「秘密」と言う、その言葉の先を。

「ぜひ教えてください」

男は言った。

「西表島に、一緒に行きませんか？　詳しいことは、そこでお話しいたしましょう」

そのとき男が口にした島に、今、俊介はいる。

西表島。

沖縄、八重山《やえやま》列島の、石垣島の西にある離島。

幻の野生の猫、イリオモテヤマネコが棲《す》むという、現代の「秘境」。

この島を訪れるまでの、俊介の知識はその程度だった。

「秘境なんて言葉は大げさだと思っていました。ずいぶん甘く考えていました」

それが実感だった。

東西およそ三十キロ。南北は二十キロ。「離島」という言葉から小さな島を想像していたが、西表島は思っていたよりはるかに大きな島だった。しかもそのほとんどが原生林で覆われている。

日本中に道路網が張り巡らされている現代でも、この島には全島を一周する道路はない。道路がない、というのは自動車が走れる道がない、という意味ではない。島の南西部は完全に分断され、徒歩ですら進んで行く道がないのだ。船か、ジャングルの中をかき分けて歩くしか先に進む手立てはない。南西部以外も外周道路から一歩でも内に入れば、そこはもう太古の姿をそのまま残す原生林だ。

俊介は、今まさに、文明から遮断された西表島北部のジャングルの中にいるのだった。

俊介と劉はもう一時間近く歩いていた。息がつまるような密林から、山裾を縫うように走る獣道に出た。

これまでより幾分かは足元が良くなり、話をしながら歩く余裕が出てきた。

「西表島は、東京から二千百キロ以上、那覇《なは》からも四百六十キロ離れています。那覇と西表島の間に、東京から大阪までと同じほどの距離が、海となって横たわっているんです。しかし私の住む台湾からは、およそ二百キロ。西表島は、那覇より台湾の方がはるかに近いんです。日本じゃない、というあなたの感覚も、あながち間違っていませんね」

劉は答えた。

「その証拠にね。この島に飛んでいる蝶《ちょう》のうち、かなりの数が台湾から飛んできて棲みついた蝶なのです。それに植物も。ここに、綺麗な花が咲いているでしょう？　蘭《らん》の一種です。これも台湾原産の蘭です。この島には、台湾と西表島にしかいない生き物や植物がたくさんいます。それだけ、二つの島は近いのです」

「詳しいですね」

「何度か訪れたことがありますから。理科の授業で教えるんですよ。生き物から見えてくることは、他にもいろいろあります。たとえば、とても不思議なテナガエビがいます」

「テナガエビは日本じゅうにいるんじゃないですか」

「さっき我々がボートで渡った浦内川《うらうちがわ》などの上流域の沢にしか棲息《せいそく》していない珍しいエビです。ところが西表島以外に、海外でこのエビが棲息している場所があるんです」

「台湾ですか」

「中国の揚子江《ようすこう》、つまり、長江《ちょうこう》です。しかも、かなり上流域です。どうして、西表島と、中国の長江のはるか上流域にだけこのエビがいるのか？　不思議だと思いませんか」

「なぜなんですか」

「はるか大昔、西表島は、中国大陸と陸続きだったからです。そしてあの長江が、今、私たちがいるこの西表島の浦内川とつながっていた。しかし長い年月のうちに、海面が上昇して、西表島は大陸から切り離されて島になった。陸地であったところが海になって、そのテナガエビはほとんど絶滅したけれど、長江の上流と西表島の川の上流に逃げ込んだエビだけが、奇跡的に生き延びた。それが、はるか大昔、西表島が中国大陸と陸続きだったことの証拠になるんです。そんな話をすると、子供たちは喜びます」

おそらくは数億年という時の潮流に乗って、テナガエビがこの南の果ての川にまで流れ着いて生き延びた。そういうことだろう。俊介はそこに壮大な生命のドラマを感じた。冷たい季節風が海を渡ってこの島の渓谷まで届く時、テナガエビは淀《よど》みの底ではるか昔、大陸の川にいた頃の微《かす》かな記憶を思い出しているのかもしれない。

「たしかに面白いですね」

「西表島は、とても良い教材です。理科だけでなく、社会の授業でも教えることができます」

「社会の授業で？」

「日本と台湾の近代の産業についての授業です。近頃、日本でも、産業遺産、などと言って、今、私たちが向かっているような『場所』を残そうという動きが盛んですね」

産業遺産。それは俊介も耳にしたことがあった。

長崎の軍艦島。群馬の富岡《とみおか》製糸場。日本の近代化を支えてきた歴史的建造物などを残そうという動きだ。

「今、私たちはジャングルを進みながら『あの場所』に向かっていますが、それは、当時の祖父たちの苦労を少しでも追体験しようと、あえてそうしているわけです。実はもっと楽に行ける道が、八年ほど前にできています。その道を使えば、歩いて二十分ほどで『あの場所』に行けます。私は、それはいいことだと思っています。祖父たちの流した血と汗と涙の記憶が、一人でも多くの人の心に残るのでしたら」

「訪れる人は多いのですか」

「ほとんど誰も訪れません。先ほどボートで遡った浦内川をさらに上流に進むと、カンピレーという大きな滝があります。そこは観光地になっていて、たくさんの人が訪れます。しかし、その途中にある『あの場所』には、歩いていける道ができても、訪れようとする人はいません」

二人は獣道をさらに歩き続けた。突然劉が立ち止まった。

「着きました。ここが、あなたのお祖父様と、私の祖父が、暮らしていたところです」

まさか。ここが？　俊介は辺りを見回した。すぐそばにまで樹木が迫り、まだ昼間なのに周囲は鬱蒼として暗い。ジャングルのまっただ中であることに変わりはない。

こんなところに、かつて人が住んでいたなんて、俊介には信じられなかった。

「ここが、あの写真で見た場所ですか」

「ええ。そうです」

写真で見た「町」は、すでに完全に密林に呑み込まれていた。

しかしよく目を凝らすと、一切が自然の緑に覆われた密林の中に、人工物があった。

レンガで造られた柱が数本、ジャングルの中に屹立《きつりつ》していた。

何かを支えていた柱なのだろう。表面にはガジュマルの幹が絡み付いていた。

「ガジュマルは、別名、絞め殺しの樹と呼ばれています。他の大木に絡み付いて、養分を吸い取り、その樹を枯らしてしまうんです。しかし、さすがのガジュマルも、レンガの柱は絞め殺せなかったようですね」

レンガはすでに植物と一体化し、まるでそれ自体が四角柱の植物のようだった。

少し歩くと川のほとりに出た。

コンクリートで固められた船着き場のようなところがあった。

運河の跡だろうか。泥の中に朽ちた鉄の塊があった。船のエンジンのようだった。

少し歩きましょう、と劉は密林の中に分け入った。

「井戸の跡がある。このコンクリートの平らな台は、炊事場か、洗い場だったんでしょう。足元をご覧なさい」

湿った土の上に白く光るものがあった。

「かつてここに住んでいた人たちの、茶碗《ちゃわん》の破片ですよ」

拾って見ると、白地に赤と青の模様が付いていた。陶器の冷たい感触が指に伝わる。たしかに誰かがこの茶碗で飯を食らい、この場所で生きていた。それは、祖父だったかもしれない。茶碗はそれから八十年間、誰の手にも触れられることなく、ここで眠っていたのだ。

崖の下には、長方形のコンクリートの囲いがあった。

「ここは風呂場でしょう。崖からパイプが出ている。山から湧き出る水をここに溜めたんでしょう」

劉が言った。

「いったい、何でしょうね。私は、不思議な気がします。たとえどんなに人里離れた山の奥であっても、まったく人が住んだことがない場所では、寂しいという感情が湧き起こることはありません。ところが、かつて人が住んでいたところ、賑わっていたところ、誰かがそこにたしかに生きていたという生活の跡が残っているところ、そんな場所にこうして立つと、なんとも言えぬ、深い寂しさを覚えます」

風が吹いた気がした。

「何人ぐらいの人が、ここに住んでいたんですか」

「おそらくは千人以上」

「このジャングルの中に？」

劉はポケットから写真を取り出した。

初めて会った時に見せられた、あの写真だった。

「ここに映っている映画館。この映画館は、三百人が収容できたと聞いています」

「三百人も？」

「三百人が収容できる映画館があるジャングルの中の町。かなりの規模の町だったことは間違いありません。アセチレンガスの灯りで、夜でも明るかったそうですよ」

俊介はその光景を想像した。

夕暮れが迫るジャングルの中、人々が映画館の建物に吸い込まれていく。その群れの中の一人は、若き日の、祖父だ。

「映画館があった場所に行ってみましょう」

劉は歩き出し、ほとんど崩れかけた石段をたどって斜面を登った。

小高い丘の上で劉が立ち止まった。

「ここが、映画館のあったところです」

ところどころに石柱の跡が地面に埋まっている以外、そこにかつて映画館があったことを偲《しの》ぶよすがは、何もなかった。

ただ映画館のあった場所だけは、他の場所と比べて明るい感じがした。

よく見ると、生えている樹が違っていた。そこだけが松林だった。

劉が言った。

「これはリュウキュウマツです。人が手を入れた土地というのは、よく肥えた表土が剝がれてしまって粘土質がむき出しになる。そんなところに生える樹は松ぐらいなんです。松は間隔をおいて生えるし、土に栄養分がないからそこに他の樹は生えない。だから、松の林は他の場所より明るい。この石柱の脇に生えている松は大きいですね。もしかしたら、映画館があった頃から生えていた松かもしれませんね」

「祖父たちは、ここでどんな映画を観たんでしょうか」

「とても長い話になってしまいます。そろそろ日が西に傾きはじめました。ジャングルの日暮れはあっという間です。宿に戻ってから、今夜ゆっくりお話ししましょう。あなたと、映画の話ができるのが、私はとても楽しみなんです。そして、私の祖父と、あなたのお祖父様の話ができるのも」

今夜、祖父の秘密が、この男から語られる。松林から漏れる斜光がその横顔を照らしている。劉はまぶしそうに目を細めた。

「帰りは、新しく造られた道で帰りましょう。今からジャングルに入ると危険です。ボートは明日、取りにきましょう」

二人は再びガジュマルに絡み付かれたレンガや船着き場のある場所に戻った。

その一角には高さ一・五メートルほどの石碑が立っていた。

碑には「萬骨碑《ばんこつひ》」と刻まれていた。

「ここに住んでいた多くの人々は、二度と故郷に帰ることが叶わず、ここで骨となってジャングルの土になりました。彼らの霊を弔うための碑です。手を合わせましょう」

俊介と劉は目を瞑り、手を合わせた。

川の流れと風の音に混じってコオロギの鳴き声が聞こえた。

碑の前の川沿いには小道が延び、やがて整備された林道になっていた。この道をたどれば、容易に浦内川の河口まで歩いて戻れるようだった。

幾分か気分が晴れたのか、小道を歩きながら、劉が話しかけてきた。

「ところで、あなたが、今まで観た中で、一番好きな映画は何ですか？」

俊介は言い淀んだ。

映画館をやっているのでよく訊かれる質問だったが、うまく答えられたためしがない。

「『ダイ・ハード』『素晴らしき哉《かな》、人生！』『第三の男』『スモーク』……答えはいくらでも出てきます。たくさんありすぎて。一つに絞るのは」

「そうでしょうね。わかります。今の四本は、いずれも素晴らしい映画です」

「映画にお詳しいんですね」

「ええ。台湾は日本に負けず劣らず、映画は盛んですよ。特に外国映画は、作品によっては日本よりも早く封切られるぐらいです」

台湾で映画が盛んなのは俊介も知っていた。台湾製作の映画にも秀作が多く、日本でヒットした作品も少なくない。

劉は言った。

「私は小津安二郎《おづやすじろう》が好きです」

海外で人気があるとはいえ、小津安二郎の名前を挙げるとは、やはり劉はかなりの映画通だ。

「『東京物語』『晩春』『出来ごころ』」

劉は小津作品の名前をいくつか挙げた。

「どれも、いいですね」俊介は答えた。

「ああ。それから、ジム・ジャームッシュも好きです」

ジム・ジャームッシュはアメリカの映画監督だ。八〇年代のミニシアターブームに乗って、彼の映画は日本で公開された時も話題になり、ちょっとしたブームとなった。ファッションアイコンのように扱われて、「オフビート」という言葉も彼の映画から流行した。

「特に好きなのは『ストレンジャー・ザン・パラダイス』です」

ジム・ジャームッシュの出世作だ。俊介も観た。強烈に印象に残っている。

小学校の教師が好きな映画としては、意外な感じがしたが、すぐに合点がいった。

「ジャームッシュは、小津の影響を大きく受けていますからね」

「おっしゃる通りです。この映画の中にも、さっきの小津の作品が出てきます。『東京物語』『晩春』『出来ごころ』。いずれも、主人公たちが競馬で馬券を買うレースの馬の名前としてね」

たしかにそんなシーンがあった。

「小津を彷彿《ほうふつ》とさせる映画のスタイルも好きなんですが、タイトルが好きなんです。『ストレンジャー・ザン・パラダイス』。いいタイトルです」

「もともと五〇年代アメリカのミュージカルで使われてヒットしたポピュラーソングのスタンダード『ストレンジャー・イン・パラダイス』をもじったものでしょう」

「そうなんです。歌の方は『理想郷《パラダイス》への訪問者』といった意味でしょうが、映画のタイトルの方は、文法的にちょっとおかしくて、意味が通らない。そこもジャームッシュの遊び心でしょう」

俊介はふと疑問に思った。

いったいなぜこの男は、こんな話をしているのだろう。

俊介の怪訝な顔に気づいたかのように、劉は言った。

「『理想郷への訪問者』。実は、あなたのお祖父様も、私の祖父も、八十年前、その訪問者の一人だったんですよ」

「さっき見た、あの場所が？　理想郷？」

「かつて、『あの場所』は楽園《パラダイス》と呼ばれていました。密林の中の理想郷です。だからこそ、私の祖父と、あなたのお祖父様、安室俊英さんは、八十年前、楽園の眩《まぶ》しい光に惹かれてここへやってきたのです。アセチレンガスの妖しい光に導かれた蛾《が》のようにね」

いったい、『理想郷』とはなんだったのか。

多くの人間が、故郷に帰ることの叶わなかった理想郷とは、いったい……。

突然キョロロロロというけたたましい鳴き声が聞こえた。

鮮やかな朱色の鳥が緑の中を横切った。

「帰り道を急ぎましょう。お話は、宿に戻ってから、ゆっくりといたしましょう」

第5章　伊豆の踊子

1

「小林多喜二《こばやしたきじ》が、特高警察に虐殺されたらしい」

待合の席で新聞を読んでいた男が、鏡の中の男に話しかけた。

「虐殺？」

鏡の中の男の眉が吊り上がった。

「ああ。とうとう、やられよった」

「いつや」

「一昨日《おととい》のことらしい」

床屋の主人に髪を切られている男は三十がらみ。順番を待つ男はもう少し年配だろう。新聞を読む男よりも先客として長椅子に座っていた安室俊英は、二人の会話を聞くともなく聞いている。

俊英は鏡の中の男の顔をもう一度見た。

磨き抜かれた大きな鏡には、男の背後に窓ガラスの向こうの風景が映っていた。外套《がいとう》の襟を立てた男や鳥打ち帽を被《かぶ》った商人風の男が、鏡の中を横切って行く。

二月下旬の昼下がり。大阪の街は誰もが急ぎ足でせわしない。

やがてべちゃついた液体が鏡越しの風景に張り付いて、街は灰色に塗りつぶされて見えなくなった。どうやらみぞれが降ってきたらしい。

「ちょっとその記事、読んでくれまっか」

散髪台の客が新聞を持つ男に促した。男が新聞を読み上げる。

「杉並区馬橋《まばし》三五の自宅から行方を晦《くら》ましたプロ作家同盟書記長小林多喜二（三一）が最近雑誌『改造』に創作を発表したことから警視庁特高課で各署に手配して鋭意捜査中のところ十九日正午頃赤坂区溜池《ためいけ》の花柳街頭で同志某と街頭連絡を行わんとすることを築地《つきじ》署で探知、同署特高係数名が張り込んで約二十分に亘《わた》り格闘の末電車通りで遂《つい》に逮捕したうえ午後一時ごろ本署に連行、水谷特高主任が取調べを開始したところ午後四時ごろ突然発病して苦悶《くもん》をはじめ同五時半ごろ重体に陥ったので築地一ノ二四築地医院長前田博士の来診を求めた結果心臓麻痺《まひ》の危険があるとの診断に取調べを中止して直ちに入院させたが約一時間後遂に死亡した。警視庁特高課では同夜北海道小樽《おたる》の同人の母親に打電、同女の上京を待って死体を引渡すべく目下同院階上に安置し吉井検事が出張取調中である」

「取調べ中に突然発病して苦悶を始めて重体？　そんなことあるか」

「そやから虐殺されたて言うとるんや。特高に拷問受けたに決まってる。なんせ特高が目の敵《かたき》にする共産党の立て直しに活躍した作家や。活動家のシンボル的な存在やからな。ついにやられよった」

「他の新聞にも出てるか」

「ああ、出てる。それもこれも、治安維持法のせいや。あの法律ができたんが、大正も終わりの頃やったな。改正の時は国会でえらいもめたけど、そんなもんお構い無しで強行や。結局あそこが曲がり角やった。今や、特高がアブないと睨んだ奴は誰でもしょっぴくことができるようになった」

「おいおい。あんまり大っぴらに滅多なこと喋らん方がええぞ」

「ほんまやな。どこで誰が聞いてるやわからん」

「もっと、景気のええ話は、新聞に載ってまへんか」

床屋の主人が別の話題に水を向けた。

「そんなもん、載ってまっかいな。右も左も上も下も、どもならん記事ばっかりで。国際連盟が、日本軍の満州撤退勧告を決めるらしいでっせ。日本はこの先、どうなるんや。あ、また、いらんこと、言うてもうた」

男は口を手で塞いだ。

「世の中、不景気ですさかいな」

床屋の主人が続ける。

「この近くの今里《いまざと》新地にも、地方の農家から、ぎょうさん娘が売られてきよります。親も、食うや食わずで、泣く泣く娘を女郎屋に売るんやろな。かわいそうなことで」

「俺はな、もうこんな大阪は離れるで。ええ働き口を見つけたんや」

鏡の中の男が口を挟んだ。

「どこや」

新聞を読む男が訊く。

「海の向こうとだけ言うとこか」

「日当は？」

「聞いて驚くな。五円や」

「五円！　大学出た学士さんの給料が月五十円やで。日給が五円て、途方もない額やがな」

「そやろ。二年も働いたら、ちょっとした財産ができる」

「わしも行きたいけど、家業の鰹節《かつおぶし》屋をほっぽり出すわけにもいかんからなあ」

「あんたの方が幸せや。その商い、細うても、堅い」

「鰹節だけになあ」

鏡の中の男が笑った。

「なんか、おもろそうな活動写真はやってまへんか」

「おお。活動写真の広告、載ってまっせ。『制服の処女』。そそるタイトルでんな。ドイツの映画やて」

「あちゃらの映画は苦手や。日本の映画はおまへんか」

「こんなんは、どうだす？『伊豆の踊子』」

「おお。川端康成《かわばたやすなり》の、だっか。主演は誰がやりまんねん？」

「田中絹代《たなかきぬよ》」

「おお、あら、べっぴんだんなあ」

「子供の頃は、ここからほん、近くの、てんのじ村に住んでましたんやで」

「田中絹代が？　あの芸人長屋に？」

「そうだんねん。学校にも通わんと、琵琶《びわ》弾いてましたんや」

「あの貧乏芸人の巣窟の、てんのじ村から、今や日本の名女優でんがな。出世しよりましたなあ」

「今日の新聞で、たったひとつ、明るい記事がおましたな。へえ、お客さん、できましたで」

「おおきに。しばらく大阪ともおさらばや。散髪してもろてさっぱりしたし、うどんでも食うて、活動写真でも、観にいくとするか」

「よろしいなあ」

「へえ。おまっとおさん、次の方、どうぞ」

俊英の番だった。俊英は弾《はじ》かれたように立ち上がった。

しかし俊英は散髪台に座ることなく、そのまま店を出た。

「あ、お客さん、散髪は？　今まで待っとったのに、けったいな客やな！」

背中から店の主人の声が聞こえた。

みぞれはいつの間にか雨になっていた。

二月の冷たい雨が、傘のない俊英のぼさぼさの髪を容赦なく濡《ぬ》らした。

俊英は、先ほどの客の後を追いかけた。

「あの」息を切らしながら声をかけた。

「なんや、さいぜん、床屋におった若いもんやないか。どないしたんや」

「仕事が欲しいんです。さっき、言うてた仕事、俺にも、教えてもらえませんか」

2

「さいぜんの、わしが日給五円のええ働き口見つけた、いう話か」

千日前通《せんにちまえどおり》の喫茶店で、俊英は男と向かい合っていた。

「はい。ぜひ、教えてもらえませんか」

「あの話なあ」

男がコーヒーを一口すすってから言った。

「嘘《うそ》や」

「嘘？」

「ああ」

俊英はぽかんと口を開けた。疑問が頭の中を駆け巡る。

「なんで、そんな嘘を？」

「あんた、あの店で、鏡に映るわしの顔を、チラチラと見とったやろ。あんたが鏡の中を覗き込んでる顔、わしの方かて、鏡ごしに、よう見えてたんやで。あんたは、わしの話に必ず乗ってくる。わしは、そうにらんだ」

「なんで、わかったんです？」

「長年この仕事をやってたら自然にわかる。こういう話に乗ってくる奴の顔がな。何かに絶望してる。どこでもええ。ここやないどこかに行きたい。そこで金が稼げるなら稼ぎたい。そんな風に思うてる奴の顔がな」

「……けど、なんで、嘘つきはったんです？」

「まあ正確に言うと、あの話は、嘘が半分。ほんまが、半分や」

「……どういうことですか？」

男が身を乗り出した。

「まず、嘘の方から言おか。わしが、日給五円の働き口を見つけて、そこへ働きに行く。それは、嘘や。ほんまの方を言おか。日給五円の働き口がある。そこがほんまや。俺はその口利き屋を知っとる。なんなら、あんたに紹介してやってもええ」

「ぜひ、お願いします」

俊英は頭を下げた。

「よっしゃ。請け合お。口利き屋は、あんたの目の前におる。つまり、わしや」

「あんたが？」

「そうや」

男は涼しい顔で答える。

俊英はわけがわからず目を瞬《しばたた》いた。

「ややこしい手順を踏んで悪かったな。あの床屋で、あんたが仕事口を探してるんがすぐにわかったんで、ちょっと小芝居を打ってみた。堪忍してや」

男が片方の口角だけを吊り上げて微笑《ほほえ》んだ。

「あんた、幾つや」

「十八です」

「それはええ。たんまり稼げるで」

腹を減らした野良犬に肉切れを放り投げるような口調だった。

「どんな、仕事ですか？」

俊英はその肉切れに食いついた。

「楽な仕事や。暑いとこは平気か？」

「はい」

「もってこいやがな。働き場所は、南の島や」

「南の島？」

「南の果ての島。沖縄や。鹿児島よりも、ずっと南。八重山というとこや。まあ、台湾の近くと思うたら、そない間違《まちご》うてはない」

「俺は、生まれてから今までずっと尼崎です。けど、両親の里は沖縄です。八重山は、名前だけは聞いたことあります」

「沖縄の人間かいな。道理であんたの顔は彫りが深いはずや。ようよう見たら、ええ男やな。まあともかく、それやったら話が早いがな」

男が声を弾ませた。

「今度その八重山の西表島というところに、新しい製糖工場ができる。仕事いうのは、そこでの簡単な労働や。まあ、サトウキビの伐採とか、ちょいとした作業とかな。あんたぐらいの若さと体力があったら、なんちゅうこともない。ちょいと辛いことがあるとしたら、朝が早いことと、遊ぶとこがないことぐらいかな。それぐらいは我慢してくれ」

男は、あらためて俊英を頭の先から足元まで舐《な》めるように見た。

「失礼やけど、あんまり、ええもんは着てへんな。服の袖口はボロボロで薄汚れとる。靴も先が破れとる。頭もぼさぼさ。床屋に行く金が、ようあったな」

「金なんか持ってません。今日は頭が鬱陶しいて、あんまり気がクサクサするもんやから、後先考えんと、思いつきで入ったんです。散髪し終わったら、走って逃げるつもりやった」

「食い逃げ、いや、髪の切り逃げかいな。まあ、切羽詰まって強盗に押し入るよりはましか。世の中にはあんたみたいな、糞詰《ふんづ》まってどないもこないもならん若もんが溢《あふ》れてる。それで小林多喜二みたいなお方が奮闘しはることになるんやが、お上《かみ》も甘《あも》うないな。

結局は、しょっぴかれてあの有り様や。いくら何でも、殺さんでもええと思うけどなあ。生きにくい世の中になってしもうたもんやな」

男は首をすくめた。

「ところであんたは、いままで何して食うとったんや」

「川に捨てられた木板とか、火事場で出た廃材なんかを集めて、消し炭を作って売りに行ってました」

「あんまり儲かりそうな仕事やないな。けど、もう心配せんでええ。あんたがこれから行くとこは、楽園や。まずは賃金。これは最初に言うたな。日給五円。破格の賃金や。しかも、大阪からはるか離れた南の島や。一年中温《ぬく》いから、着るもんはいらん。冬でも裸でおれる。こっちからは、何にも持って行かんでええ。厚生施設もちゃんとある。もちろん床屋もな。週にいっぺんでも安い金で散髪してもらえるで。あんたの男前がますます上がるで。おまけにそこには女もぎょうさんおる。食うもんかて心配あらへん。食堂があるし、金使うのが嫌やったら、パインはその辺に生えててなんぼでも勝手に食い放題や。バナナも窓から手ぇ出したら、いくらでもとって食べれる。これで金が貯《た》まらん方がおかしいやろ。働くのに、こんなええところはないで」

「島に行くまでの旅費は？」

「そんなもん、全部こっちが出すがな。何にも心配せんでええんや。稼ぐだけ稼いで金掴《つか》んだら、本土に戻ってきたらええ。行ってみて製糖会社が悪い思たら、すぐに戻ってきてもええ。南の島は、温うて、ええで。生活が気に入ったらそのまま八重山でも沖縄でも好きなとこに住み着いて悠々自適に暮らすんもええ。八重山からは台湾も近い。なんやったら、海渡って台湾に行ったたってええ。台湾もええとこらしいでえ。どないしようと、あんたの自由や」

男はポケットからタバコを取り出して吸った。

「人間の運命いうのは、ほんのちょっとしたことから、変わるもんやなあ。わしは、こんな仕事するようになってから、つくづく、そう思う。あんたの場合は、今日たまたま、あの床屋に入ったことや。そこでわしに出会うた。それでこんなうまい働き口にありつけた。考えてみたら、どんな人間でも、そうとは気づかんだけで、いろんな運命に流されて生きてるんやろなあ」

運命。

運命ってなんだ。

その言葉が俊英の心に引っかかった。

ただいい働き口を見つけて、たまさか数ヶ月、長くて一年かそこら、そこで働くだけではないか。俊英はなぜ男がそんな言葉を使うのか、その意味を考えてみようとした。が、答えが出るはずもなかった。

俊英の心を見透かすように、男が言った。

「ついさっきまで、自分が沖縄のはるか南の島に行くことになるとは夢にも思ってなかった。そんなあんたが、今はもう行く気になっとる。目には見えん何かが、あんたの背中を押した。それが、運命や」

目には見えない何か。

俊英はこの数日を、自分の意思ではどうにもならない奔流に流されて過ごした。両親を亡くし、今まで守ってくれた人たちに背を向けて、あと先を考えず、行く当てもなく故郷の橋を渡った。

あの事件がなければ……。

橋を渡ることはなかっただろう。

そして今、誰ともわからぬ男と出会ってどことも知れぬ南の島に行こうとしている。目に見えない何かに流されている。そうかもしれない。

それでもいいではないか。俊英は半ば投げやりにそう思った。今はただ、ここではない、どこかに行きたい。それだけだ。

「その運命いうのは、歴史の大きな流れにもあるな。昭和に元号が変わってから、恐慌の嵐が吹き荒れて散々やったけど、おととしの満州事変あたりから、持ち直してきとる。国防の流れに乗って軍関係の産業が潤うとるからな。日本はもう何年かしたら、おそらく中国にも進出しよる。そしたら、また景気はようなる。このご時世に南の果ての島に製糖工場ができるんも、そないな大きな歴史の流れの中にあるんや。あんたの運命もな」

男は宙に向けて大きく煙をふかした。

「さあ、話はついた。いつから行ける？」

「いつでも」

「よっしゃ。そしたら、五日後の午前十時に神戸の第三突堤から沖縄行きの船が出る。そこに来てくれ。おお。支度金がいるな。これ、とっとけ」

「五円？」

「少のうて悪いが、五円あったら五日はしのげるやろう」

「五日どころか、一ヶ月しのげる」

「ははは。そやな。余った金で、さっき、床屋で言うてた、映画でも観に行け」

「映画？」

「カツドウや。活動写真や」

「ああ」

「観たことないんか」

「ないです」

「さすがに南の島に、活動小屋はない。帰ってくるまでしばらくは観れんやろうから、今のうちに観とくんもええやろ。そやなあ、さっき、床屋で言うてた活動写真……、そう、『伊豆の踊子』や。あれも悪うはないはずや」

「イズノオドリコ？」

「ああ。川端康成いう小説家の原作や。孤児として育って、ちょっと根性の歪《ゆが》んどる貧乏な若い男が、旅先で旅芸人の一座の踊子に出会うて恋心を抱く。そんな話や」

「コジ？」

「みなしごや。物語を書いた川端康成自身が、子供の頃、両親を亡くしてみなしごで育ったらしい。あれは、自分のことを書いたんやなあ」

「俺も……みなしごです」

「そうか。それは身につまされるなあ。ほたらやっぱり、観に行っとくか」

「いや。やめときます。どうせ嘘の話やろから。そんなんに金使うぐらいやったら、貯めときます」

「ええ心がけや。けどな。今、思い出した。活動写真も、悪うないで。『伊豆の踊子』の踊子もな、小説の中で、活動写真を観るのを楽しみに旅を続けてるんや」

男がタバコを灰皿に押し付けた。

「そしたら、五日後や。わしの名前は、佐古《さこ》や。あんたの名前は？」

「安室俊英」

「港には、わしはおらん。第三突堤に行ったら、そこにおる男に佐古から聞いたと伝えて名前を言え。あとは、船に乗ったらええだけや。柿を持っていけ。船酔い止めになる」

「今は二月やし、柿はありません」

「ああ。そやったな。せいぜい船酔いに気ぃつけや。ほな、わしは、ここらで往《い》ぬで。田中絹代の顔を拝んでくるわ。五日後、必ず来いよ」

佐古は立ち上がった。

そしてもう一度、俊英の顔を見た。

「俺は今まで、俺の話に乗ってきた奴らの目を数え切れんほど見てきた。みんな、飢えた目をしとった。あんたも同じじゃ。けど、あんたは、不思議な目をしてるな。人の心に残る目や。光は強いのに、透き通ってる」

去り際にそう言って男は店を出た。

俊英は映画館のある難波《なんば》の方に背を向けて、もと来た道を引き返した。懐に入った金で、あの床屋で散髪をしてもらうためだった。

緩やかな上り坂が目の前に延びている。何かせいせいした気分だった。

あれほど冷たかった二月の風さえも、今は頬に心地よかった。

第6章　渦

1

白い波に混じって、何かが揺らめいた。

なめらかな灰色の肌を翻して泳ぐイルカの群れだ。

海鳥以外に、水平線が分かつ空と海の間で動くものを見たのは久しぶりだった。

宮古丸《みやこまる》と名付けられた貨客船が神戸港を出たのは二日前の午前十時。一日目に関門《かんもん》海峡を越え、二日目に鹿児島沖に出てからは、時折はるか遠くに二、三の島影を見た以外は、ただ茫漠《ぼうばく》とした群青《ぐんじょう》の海が目の前に広がるばかりだった。二日目の深夜、奄美大《あまみおお》島《しま》の名瀬《なぜ》という港に着いた。二時間ほど停泊して、再び出港。

朝、目覚めて甲板の上に出ると、海の色が違っていた。群青から明るみを帯びた翠《みどり》色《いろ》に変わっていたのだ。俊英は今まで見たことのない海の色を見つめて飽くことがなかった。

イルカを見るのも初めてだった。船の先端が作る白波と戯れている。太陽は中天にあり、南国の陽光が南の海に棲む生命の肌をきらめかせた。俊英にはそれが眩しかった。

「故郷の海を、思い出すなあ」

話しかけてきたのは、俊英と同様に口利き屋の紹介で神戸から乗ってきた男だった。図体《ずうたい》が大きく、壁のようにのぺっとした顔にどんぐりのような目がついていた。話し方も動きもどこか緩慢で、鈍重な牛を連想させた。

ずっとここまで一緒にきたが、この男とはまともに話したことがなかったし、向こうも話しかけてはこなかった。

目の前の明るい海が、どんぐり目の男の心をも開いたのだろう。

「故郷は、南の国ですか?」俊英は訊いた。

「いいや。山口県の長門《ながと》というところじゃ」

聞いたことのない土地の名だった。

「そこは南国でもなんでもない。ひなびた裏日本の寒村じゃ。ところが、海の色は、ものすごい碧《あお》いんじゃ。ちょうど、目の前にある、この海、みたいにな」

そう言って水平線を見つめた。

俊英はふと思い出した。

昨日の夜、この男は、船底の大部屋で蜜柑《みかん》箱を机がわりにして、鉛筆の先を舐めながら何やら一所懸命に書いていた。

「昨日、何か書いてましたね」

「ああ、あれか。妹への手紙を書きよった」

どんぐり目は答えた。

「船から見たこの海のことも、書いちゃろう」

どんぐり目はそれだけ俊英に言って、そそくさと船底に戻っていった。

彼が西表島を目指す理由を、俊英は知らない。

知らなくてもいいような気がした。少なくとも、彼は語りたくはないのだ。故郷の碧い海の美しさほどには。

俊英と同じ口利き屋に大阪で声をかけられ、この船で南の島を目指している男たちは、俊英を入れて四人だった。

一人は先ほど甲板に上がってきた、どんぐり目。

一人は小柄な遊び人風の男で、二の腕に「小政《こまさ》」と彫った刺青《いれずみ》があった。

もう一人はつかみどころがない。まったく口を利かないのだ。これといって特徴のないおとなしそうな顔をしているが、どこか神経質そうだ。喧嘩でもして嚙み切られたのだろうか、右の耳の上半分がちぎれてギザギザになっていた。

どんぐり目と「小政」と刺青を彫った男は俊英よりは年嵩で、おそらく二十代半ばだろう。耳がギザギザの男は、俊英と同じぐらいの年恰好《としかっこう》だ。

どんぐり目以外の二人は乗船してから甲板の上に出てくることはなかった。大抵は船底の大部屋で寝転がっている。「小政」と刺青を彫った男は、他の乗船客を誘って博打《ばくち》をしているのだった。

俊英も誘われたが断った。賭ける金など持ったことがないからやったことがなかったし、何より一人でいたかった。付き合いが悪い奴やというような目で見られ、同じ部屋にもいづらいので、夜中に寝るとき以外は、ずっと甲板で過ごして海を眺めていた。

「やや遅れているようですが、あと、二時間ほどで、那覇に着きますよ」

どんぐり目と入れ替わるようにして、見知らぬ男が話しかけてきた。最近流行《はや》りのロイド眼鏡というのだろうか。見るからにインテリ風の若い男だ。

蔓《つる》と縁が茶色の、真円に近い丸眼鏡をかけていた。

一緒に船に乗り込んだ連中とは、明らかに人種が違う。

「イルカの姿が見えるようになると、沖縄は、もうすぐです」

ロイド眼鏡の男がイルカを見ながら微笑んだ。

「沖縄は、初めてですか」

男が訊く。

「はい」俊英は短く答えた。

「神戸から？」

「尼崎です」

「ああ、尼崎。私の大学の先輩が、そこで医者をしております。中島《なかじま》という男です」

「医者？」

「ええ。私も、医者の卵です。京都の医科大学で勉強をして、故郷の沖縄に帰るところです。春からは、那覇の保健所の医官として働くことになっています」

男は眩しそうに海を見つめた。長い前髪を風が揺らした。

「沖縄は、良いところですよ。まず、食べ物がいい。上陸したら、アーサーのお汁にゴーヤのチャンプルーを是非食べてみなさいな。酒はもちろん泡盛が安くて上等です。酒がダメなら甘菓子も美味い。美しいのはデイゴの花とサンゴ礁と辻《つじ》の女です」

「辻の女？」

「ええ。島の者は、『チージ』と呼んでいます。辻というのは、本土で言うところの、まあ、花街です」

「遊廓ですか」

「ええ。……いや、本土の遊廓とは、違うな。そもそもは、琉球王国を押さえた薩摩《さつま》藩の役人やら中国の使節やら、外から来た者を接待するために作られた里です。女が身体を開いて男の接待をする、ということでは『遊廓』です。けど、辻はそれだけではない」

いったい何が違うというのだろう。

「女たちが一流の踊りや芸事を宴客に披露します。女たちは芸事も一流なんです。特に『花風《はなふう》』という踊りは、見事なものです」

「京都にも、そういう場所はあったんやないですか」

「ええ。祇園《ぎおん》とか、島原《しまばら》とかね。しかし、そこで宴を開ける人間は、ごく限られた一部の人間です。けど辻は違います。島の人間は、大きな宴会や会合は、必ずこの辻の料亭を使います。政財界や官公庁はもちろん、宗教家や学校の先生たちもおおっぴらにここで歓送迎会を開きます」

「学校の先生が遊廓で宴会?」

「そんなことは普通です。島には、辻以外に大きな宴会を開けるような場所はどこにもないんです。私も京都に出る時は、学校の先生たちに辻で送別会をしてもらいました。あらゆる人間が辻で酒食の宴を開くんです。本土から来た軍人の集まりと、これまた本土から来た無政府主義者《アナキスト》たちの酒宴が隣同士の部屋で行われていた、なんて話も聞きました」

その遊廓は俊英の知っている遊廓とは様子が違うようだった。しかしいずれにしても、俊英にとっては自分には関係のない、どこか遠い世界の話のように聞こえた。

「それから、辻が本土の遊廓と違う一番大きな特徴は、『女だけの里』だというところです」

「女だけの里？」

「男は客として出入りすることはできても、そこに住むことは許されません。生きていくことの一切合切を、女だけで仕切っている。辻の街ができてから二百五十年もの間、ずっとです。女がすべてを治めているんです」

「女は、どこから集まるんですか」

「貧しい家に生まれた女児《おなご》の行き着くところは、本土も沖縄も同じです。困窮を極めた親が、なにがしかの金銭と引き換えに、娘を辻に売る。売られてくる女児は、まだ四歳から十歳ぐらいの幼子《おさなご》です」

「四歳から？」

俊英は耳を疑った。

「そんな小さな子が？」

俊英がこれまで生業《なりわい》にしていた消し炭や炭団を売りに行く先には尼崎や大阪の遊廓も

あった。そこでは女郎たちに交じって幼子の姿を見ることもあった。しかしあの幼子たちは女郎たちが何らかの事情で産み落とした子供たちのはずだ。五歳にも満たない子が売られてくるという話は聞いたことがなかった。

「まだおぼこい女児たちはもちろん男の相手はしません。辻で働く女は侏偶《ジュリ》と呼ばれます。幼子たちは『ジュリの卵』と呼ばれて、辻の中で育てられ、歌舞音曲《かぶおんぎょく》の芸事や、花街での礼儀作法をみっちり仕込まれます。育てるのは、実の親から女児を預かった廓《くるわ》の管理主、アンマーと呼ばれる女たちです。そのアンマー自身も、ほとんどがかつて同じような年頃に売られて辻にやってきた女たちです。アンマーとジュリは、血の繋がっていない母と子ですね。同じアンマーに育てられているジュリは、姉妹。生まれ故郷とは別の、もう一つの家族です。この関係は、一生続きます」

俊英はロイド眼鏡が語る話に興味を持った。

「アンマーは、本人が望めばジュリの卵を学校にも通わせます。読み書きを覚えさせるんです。首里《しゅり》や那覇の名士や本土の客を相手にしますから、学が必要なんです。大和言葉《やまとことば》もきっちりと話せます。大和の客を相手に俳句の一つも詠むようなジュリだっていますよ。もし大人になったジュリに子供が生まれたら、子供の世話をするのはアンマーで、自分の孫として育てるんです。本土の廓でそんなことをしているなんて話は聞いたことありませんね」

俊英は自分が住んでいた戸ノ内の集落の人々のことを思い出した。

沖縄の人々は血縁関係を大事にする。しかしそれは血の繋がりのない者をおろそかにする、ということではない。むしろ内地の人間よりはるかに、血の繋がっていない人間同士の絆《きずな》を大事にする。親を亡くした子を、親がわからない子を、周りの人々が親となって育てる。自分もまたそうして育てられてきた。小さい頃学校へ行けず読み書きのできない自分に、字を教えてくれたのも、戸ノ内に住む近所のオジイだった。拾ってきた新聞や雑誌で字を教えてくれたのだった。自分は読めないのに、どこかから本を見つけてきては俊英にくれるオジイもいた。

遊廓など俊英には縁がない世界だ。

しかし女の里、と呼ばれる辻で生きる人々と、自分には、同じ血が流れている。

俊英はそう感じた。

「それでも、辻の女は、哀れです。琉球王国時代から、ジュリたちの出身は決まって貧しい農村や漁村です。『ソテツ地獄』という言葉を知っていますか」

俊英は首を横に振った。

「このあいだの戦争の後の大恐慌の煽《あお》りを受けて、沖縄では砂糖の値段が暴落しました。これが決定的な打撃になりました。農民は米どころか芋すら口にできない。沖縄ではどこにでも生えているソテツの実や幹を食べて飢えをしのぎました。しかし、ソテツの実には強烈な毒があって毒抜きの加工が不十分だと中毒死することがあります。それでも死ぬのを覚悟で、みんなソテツを食う。そんな悲惨な窮状を『ソテツ地獄』と呼んだのです」

貧しさには慣れているはずの沖縄の人々が「地獄」と呼ぶのだ。自分には想像もできないほどの苦しみなのだろうと俊英は思った。

「本土の中央政府からの苛酷な収奪も、農民たちの苦しみに拍車をかけました。地租に加えて戦費の特別徴税や地方税が加算されて搾取されたんです。加えて、税は金銭で支払うことになった。これまで作物を物納していた農民にとって、これは辛いことです。農民が現金を手に入れるのは困難を極めました。農民は、貢納のために借金をして、自分の農地さえ借金の抵当に取られ、さらなる借金のために、娘を身売りするんです」

税金を納めるために、娘を売る。

あまりに理不尽ではないか。俊英は怒りがこみ上げた。

「生活の苦しい沖縄を後にして、ハワイや南米や南洋の島に移民を決意する農民たちもいました。その渡航費を得るために、泣く泣く娘を売る親も大勢います」

家族が海外に移り住むために、やむなく売られる幼子がいる。海を越えた家族と別れ、売られていった幼子の心情を思うと、俊英は胸が張り裂けそうになった。

「零細な沖縄の庶民がまとまった現金を手にすることができる唯一の方法は、我が子の身売りしかなかったんです。『花ぬ島』、つまり辻への身売りです。これが『ジュリ売《ウ》り《イ》』です。それが、貧しい境遇の中で、最後に残された生きるための道だったんです。それを思うと、彼女たちが優雅に踊る花風の踊りも、切ないものに見えてしまいます」

　男はそこで口をつぐんだ。

　俊英は男とともに海を見つめていた。

　頭上で海鳥が鳴いていた。

「湿っぽい話になってすみません。沖縄は、どちらへ」

「西表島というところです」

「西表島？」

　男が怪訝な顔をした。

「仕事ですか？」

「ええ。製糖工場で働きます」

　男がまた怪訝な顔をした。

「製糖工場？」

「砂糖の価格が暴落して、今、八重山の製糖は振るわないと聞きましたが」

「満州事変の特需で、また盛んになりつつあると聞きました」

「そうですか」

男は、しばらく言い淀んだが、やがて口を開いた。

「西表島に行かれたら、ひとつ、気をつけた方が良いことがあります」

「何ですか？」

「マラリアです」

「マラリア？　何ですか？」

「伝染病ですよ。感染すれば、かなりの確率で命を落とします。今、南の島で、猖獗《しょうけつ》を極めています。特に、西表島では……」

その時、甲板に髭の男が上がってきた。

神戸の港で俊英を待っていた仲介人だ。

「あなたの幸運を、祈ります」

ロイド眼鏡の男はそう言い残して、甲板を下りた。

「おい、若いの。そろそろ、那覇に到着や。下船の準備をせえよ」

「準備も何も、荷物なんかありません。身、ひとつです」

「そやったな」

仲介人は懐からゴールデンバットを取り出して口にくわえ、マッチで火をつけた。

火がついたタバコを黙って俊英に差し出した。

所在なくタバコを受け取り、吸い込んだ俊英は、思い切り咽《む》せ返った。

「なんや、吸うたことないんかいな」

仲介人が目元に下卑《げび》た笑いの表情を浮かべた。

「西表島は、まだはるか南方や。今日は那覇で一泊して、明日、別の船に乗り換える。今晩は、せいぜい羽を伸ばして楽しめ。ええとこに連れてったる」

「そんな金、ありません」

「何を心配しとるんや。金は全部こっち持ちやと言うとるやないか」

西表島には、あんなええとこはないからなあ、と仲介人は付け足して、また笑った。

やがてはっきりと島が見えてきた。

晴れ渡った空の下に白い街が見えた。

「あれが那覇の街や」

丘の上に家々がひしめいている。赤い瓦が白い街に映えて美しいと俊英は思った。

「おお。ナンミンさんが見えてきたで」

「ナンミンさん？」

「あの岬を見てみい。赤いお宮さんが見えるやろ。あれがナンミンさんや。航海安全の神様や。神戸からここまでの航海無事の御礼や。手ぇ合わせろ」

仲介人は目をつぶって手を合わせた。俊英もそれに倣った。

「今夜の行き先は、あそこや。あのナンミンさんの足元には、女の里が広がっとる」

「辻?」

「おお、よう知っとるがな。今夜、連れてったる。前祝いや」

船が港に入った。二対の大きな帆を張った船がいくつも浮かんでいた。神戸の港では見ない、中国かどこかの異国の船のようだった。

どうやら船は岸壁に横付けするようだ。

神戸の港では、大きな船は直接港に着岸できない。船は沖合に停泊し、港から船に乗り降りする時には港と船の間を渡る小舟に乗り換えなければならなかった。

那覇の港は神戸よりはるかに立派な港だった。

俊英は船から降り、沖縄の港に足をつけた。

四十八時間ぶりに踏みしめた大地に吹く風には、濃密な潮の匂いと湿気が含まれ、俊英は一瞬、たじろいだ。

2

那覇は猥雑《わいざつ》な喧騒にあふれていた。

風は生暖かい。二月が終わったばかりだというのに、街には夏の空気が漂っていた。

男たちの多くがパナマ帽をかぶっている。女たちは絣《かすり》の着物に身を包み、団子状に髪を結っている。

港近くの官庁街の建物は立派で、台風に耐えるためだろうか、鉄筋コンクリートの堅牢な建物も少なくない。汽車の停車場があった。沖縄に鉄道があることが俊英には意外だった。那覇は俊英が想像していた以上に都会だった。

それでも、本土の風景とはやはり違う。

目の前の丘には庶民たちが住む家々が見える。漆喰《しっくい》で塗り固めた家々の瓦の赤とサンゴを敷きつめた道の白さが俊英の目に眩しく映った。

大通りを人力車がひっきりなしに行き交い、道端には客待ちをする車夫たちがひしめいている。街路には南国の樹が植わり、その木陰に竹かごを置いて露店が出ている。

野菜。果物。芋。鰹節。あらゆるものを売っている。

野菜や果物は本土では見たこともないどぎつい色のものばかりだった。

道ゆく女たちはほとんどが着物だが、たまに日傘を持った洋服姿の女もいる。

子供をおぶった女性。皺の深い老人。歯のない老婆。

頭に商品を載せた物売りがいる。

茶碗や土鍋、急須などの瀬戸物を載せて売る女、メリケン粉を入れた大きなたらいを載せ、一升マスの量り売りをする女、巨人な豚の頭をたらいに入れて、それを軽々と載せて運ぶ女。中には自分と同じぐらいの大きな荷物を載せた女性もいる。小柄な身体からは想像もできないほど島の女たちは逞《たくま》しかった。

街の雑貨店にはキューピー人形やボンタンアメの広告が貼ってある。

その賑わいと品揃《しなぞろ》えの豊富さは大阪の百貨店にヒケを取らない。

土くさいものと新しいものが入り交じった街。俊英の那覇の印象は、そんなところだった。

「今日の泊まりは、辻の遊廓や」

「遊廓？」

一緒に船に乗って来たどんぐり目の男が訊き返した。

「俺は、今里の遊廓に売られた妹を取り返す金を稼ぐために、西表島に行くんじゃ。遊廓になんか行ったら、妹のことを思い出す。俺は、行かん」

俊英はどんぐり目の顔を見た。鈍重に見えたこの男にそんな事情があったのか。

「心配するな。辻の女は、おまえらみたいな本土から来た一見《いちげん》の男は相手にせん。裏座《うらざ》に通されることはない。今夜は宴会部屋でええもん食いながら、琉球の女たちの歌と踊りをせいぜい楽しめ。それも悪うはない」

「なんや。そんなつまらんとこなら、俺は行かん」

小政が言った。

「西表島で大金を摑んだら、そこから先は通い放題や。ジュリの旦那になって毎晩でも通える。後学のために、今夜は覗いとったらええ」

どんぐり目と小政は渋々納得したようだった。

ギザ耳は例のごとく黙っていた。

「宴会には、もう少し時間があるな。時間つぶしに、沖縄芝居か、カツドウでも観に行くか。どっちがええ？」

芝居がいい、とどんぐり目が言い、カツドウがいい、と小政が言った。

ギザ耳は黙っている。

俊英も何も言わなかった。

「おい、若いの。おまえは、どっちや？」

俊英は投げやりに答えた。

「カツドウ」

実のところ、どっちでもよかったのだ。


活動写真小屋は大きな赤い鳥居の傍《そば》にあった。

「陽炎座《かげろうざ》」という看板が掛かっていた。

上映されていた映画は『渦』という題名だった。それは映画というよりは、映画と芝居を合わせたものだった。

暗闇の小屋の中で、舞台の上の映写幕に、かご、人力車、自転車、煙をあげて走る蒸気機関車、蒸気船、軽便鉄道、馬など、あらゆる乗り物が走っている姿が延々と映し出される。

すると、突然幕が天井に引き揚げられ、今度は舞台の上で役者たちが沖縄の言葉で芝居を始める。

それが、俊英が生まれて初めて観た「映画」だった。

動く乗り物の映像は迫力があった。しかし、ただそれだけのことだった。

いったいこれの何が面白いのか。それが正直な感想だった。

どうしてこの「映画」の題名が『渦』なのかも、さっぱりわからなかった。

みんなが喜んで観に行くカツドウというのは、こんなものか。俊英はひどくがっかりした気分になった。

3

活動写真小屋の目の前にある大きな鳥居をくぐった先が、辻遊廓だった。

鳥居の傍には「波上宮《なみのうえぐう》」と刻まれた石碑が建っていた。

「この鳥居をくぐって参道をまっすぐ行った先がナンミンさんや。今日、船の上から見えてたやろ。あのお宮さんや」

ナンミンとは、「波上宮」を縮めて言った言葉のようだ。

仲介人について、俊英と小政とどんぐり目とギザ耳は鳥居をくぐった。

まずはナンミンさんにお参りや、と仲介人は言い、一行は参道を歩いて波上宮に向かった。

参道脇にはすでに灯りがついた石灯籠《いしどうろう》が並んでいる。

階段を登り、拝殿に手を合わせた。

小高い丘の頂きにある境内から、辻の街が見渡せた。

右側は黒々とした闇に包まれ、一切灯りがない。そこは墓場だという。

墓場の向こうに、石灯籠の灯りが三筋並んでいる。その灯りに照らされ、辻の街がぼうっと闇の中に浮かんでいた。

「辻というのはな、本土の人間がつけた当て字や。『チージ』というのは、沖縄の言葉で、『頂き』とか、『高いところ』という意味や。この小高い丘の足元に広がっとる『花ぬ島』、それが、チージや」

階段を下り、参道を戻ると、中ほどに大通りがあり、右に曲がる。

街の匂いが、はっきりと変わった。

白粉《おしろい》の匂いと化粧水の匂い。口紅の匂い。鬢《びん》付け油の匂い。それは、なんとも言えぬ、むせかえるような女の匂いだった。

「ここが、辻の目抜き通り、中道《なかみち》や」

広い道が一直線に延びていた。

那覇の大通りで見たのと同じ南国の樹《き》が道の両側に生い茂っている。

ガジュマルというのだ、と仲介人が言った。

ガジュマルの樹の向こうに二階建ての楼廓が居並んでいた。

高嶺楼、正鶴楼、静和楼、福山楼、愛染楼、松竹楼、大盛楼、巴楼、春雨楼、聚楽楼、思君楼、玉栄楼、福徳楼、小松楼、小湾楼、高砂楼、三日月楼……。

楼廓の中から、艶《あで》やかで悠長な、南の島独特の節回しの歌が聞こえてきた。まるで別世界だった。ここでは俗世よりも時がゆったりと流れている。そんな気がした。

別の楼廓からは酔客たちの囃《はや》す声と男と女が掛け合いで歌う声が、踊り出したくなるような軽快な音色に乗って聞こえてきた。賑やかな音の方を見上げると、男と女の踊る姿が影絵になって揺れていた。三味線の音とは違う、艶のあるあの音色は何だろうか。

しばらく歩くと仲介人が立ち止まった。

「ここが、辻のちょうどヘソのあたり。わしらが今夜泊まるのは、ここや」

そこは十字路の角にある楼廓だった。

高い石垣に囲まれた、沖縄独特の赤い屋根を持つ旅館風の建物だ。

入り口に敷き詰められた石はぴかぴかに磨き上げられていた。

屋号は「月地楼《つきじろう》」とあった。


玄関を入ると、二十畳はあろうかというほどの板の間があった。板の間も磨き上げられ、木目の白い地が浮かび上がっている。

仲介人は沖縄の言葉で何やら中に向かって声をかけ、俊英たちはそのまま突っ立って待っていた。

やがて女が迎えに来た。仲介人とは顔なじみらしい。

女に連れられ、長い廊下を歩いた。

突き当たりの手前の部屋に通された。すでに宴席の用意が整っていた。


俊英たちの酒席で楽器を弾き、踊りを踊るのは、まだ十一、二歳の少女たちだ。

琉球独特の形に髪を結い、紺地の絣に身を包んだ少女は白足袋《しろたび》を履き、肩に花染めの手巾《しゅきん》、手に紫色の日傘を持って踊っていた。

踊りに合わせ、二人の少女が三味線のような楽器を弾きながら歌っている。

その音色と歌声は、大通りを歩いていた時に聞こえてきたものと同じだった。

しっとりと、緩やかな曲調だった。踊りも流れるようにゆったりとしている。

小政は手巾と日傘を艶やかに操って踊る少女の所作に見とれていた。

どんぐり目はずっとうつむいて少女たちを見ようとしない。

ギザ耳は相変わらず無表情なまま黙っていた。

俊英は船の上で、ロイド眼鏡から聞いた話を思い出していた。

女たちは、年端もいかぬ子供のうちにここに売られてくる。

……少女たちの花風の踊りは、哀《かな》しい踊り……。

目の前の少女たちも、男たちに春を売る年齢になるまでに、芸事をみっちりと仕込まれるのだろう。

俊英はやりきれない気持ちになって厠《かわや》に立った。

仲居風の女がついてきた。

厠は男女の区別はなく、いくつも戸が並んでいる簡素なものだった。

用を足す間、女はずっと戸の前で待っている。そういう習わしなのだろう。後から誰かが来た時に隣同士にならないよう、番人として前に立っているのだった。

用を足して出ると、女は柄杓《ひしゃく》で手に水をかけてくれ、さっと手拭きの布を出してくれた。

その奥ゆかしい配慮に感心し、布を受け取った。

その時だった。

二階に続く階段から、十四、五歳ぐらいの少女が突然転げるように駆け下りてきて、俊英にぶつかった。

少女は弾けるように倒れた。

先ほどの宴席にいた少女たちと同じように髪を結い、紺地の大柄な琉球絣を着ている。

少女は廊下に頭をこすりつけるようにして俊英に深く頭を下げた。

「グブリーサビタン！」

戸ノ内に住んでいた沖縄の人たちが使っていた言葉と同じだ。

ご無礼しました、と少女は謝っているのだった。

女が少女をたしなめるように怒鳴った。

「チルー！」

そうして少女を無理やり立たせた。

少女の目から、涙がボロボロとこぼれた。

俊英の心が波立った。

奥から騒ぎに気づいた年配の女性が出てきて、強引に少女の手を引いて連れて行った。

手を引かれた少女は振り返りながら俊英に向かって、もう一度叫んだ。

「ウニゲーサビラ！　タシキークィミソーレ！」

俊英はその言葉に立ち尽くした。

紅を差した唇の赤と、白粉を塗った首筋の白さ。

そして、涙で濡らしながらも、何かを強く訴える大きな瞳。

まだ幼さを残す少女の瞳は、俊英を捉えて離さない。

少女は女に連れられて階段を上がり、すぐにその姿は見えなくなった。

それは一刹那の出来事だ。

俊英は少女が消えた階段の上り口をじっと見つめたまま、動けなかった。

付き添った女が廊下に落ちた布を拾い上げ、俊英の手に渡した時、ようやく我に返った。

宴席に戻ると、歌と踊りはまだ続いていた。俊英には歌も踊りも、頭に入らなかった。

ただ、先ほどの涙で濡れた少女の瞳と言葉だけが、俊英の中に残っていた。

宴は深夜まで続いた。

お開きになって、皆は寝る部屋に入った。小政もどんぐり目もギザ耳も仲介人も、しこたま酒を飲んだと見え、床に入るとすぐに大いびきをかいて眠った。

俊英だけが、一睡もできなかった。

床を抜け出し、縁側に出た。

白い月が浮かんでいた。

界隈《かいわい》の喧騒も、もう聞こえない。

厠の前で女に連れて行かれながら俊英に叫んだ少女の声が、蘇る。

「ウニゲーサビラ！　タシキークィミソーレ！」

（お願いします！　助けてください！）

青白い光が冴《さ》え冴《ざ》えと、南国の夜空を明るく照らしていた。

第7章　野生の蘭

1

俊英は岸壁から船を見上げた。

那覇から八重山に向かう船は俊英の想像よりもはるかに大きな貨客船だった。

「この船の最終の行き先は台湾や。途中、宮古島と石垣島に寄る。石垣島に着くのは明日の夕方ごろや。あんたたちはそこから西表島に向かう。さあ、早よ乗った、乗った」

仲介人が俊英たちを急《せ》かした。

甲板から梯子《はしご》が下ろされた。梯子を登るのは、実にさまざまな人種だった。

大きな籠を背負う商人たち。こざっぱりした背広姿の紳士や役人たち。金時計を腰にぶら下げて葉巻をくわえた成金風の男と、洋装につば広帽の厚化粧の女。おそらく台湾語だろう、聞き慣れない言葉で怒鳴りながら、子供の手を引く貧しい親子。掏摸《すり》のような怪しい目つきの男。着物に身を包んで大荷物を抱える、どこか常人と違った雰囲気を放つあの一団は、旅芸人の一座だろうか。

「台湾は景気がええからなあ。おまえらも、西表島でたんまり稼いで、帰りは台湾で豪遊するこっちゃ」

仲介人は口元を歪ませて笑った。

午後四時、明石丸《あかしまる》と名付けられた船は那覇を出港した。

あっという間に那覇の港が遠ざかると、眼前に広がるのは見渡す限りの水平線だ。

海は凪《な》いでいた。

俊英は、甲板の上で大きく伸びをした。神戸から那覇までの航路では、初めての旅にまだ幾分かの緊張があった。しかし、今はそれもない。日がな一日、海を眺める。ただそれだけだ。

空はいつもより広く、海はどこまでも青かった。砕けては散る白い波が目に眩しい。こんな弛緩《しかん》した気分で日を過ごすのは初めてだった。物心がついてから、ずっと、毎日が食うことに必死だったのだ。

俊英の足元に、何かがころころと転がった。

野球のボールだった。甲板でキャッチボールをして遊んでいた子供たちのボールが転がってきたのだ。

俊英はボールを拾って、子供に投げ返した。

ボールは子供が構えていたグローブにすっぽり収まった。

「ドォーシャー」子供はそう言ったあと、日本語で言い直した。

「ありがとう」

「あんた、野球、やってたんか?」

誰かが話しかけてきた。

ギザ耳だった。

俊英は一瞬、目と耳を疑った。

神戸の港で初めて出会ってから、この男は今まで一言も口を利かなかった。そんな男が、初めて口を利いた。しかも、向こうから話しかけてきたのだ。

空耳だったのだろうか。

「野球、好きやろ」

やはりギザ耳が話している。

俊英は戸惑いながらも答えた。

「いや。子供の頃、草野球でやっただけ。棒切れと、布巻いたボールで」

どんなに貧しくても、野球だけはそのへんにある道具でできた。

「なんで？」俊英が訊き返した。

「フォームでわかる」

「誰でも、野球のボールぐらい投げれるやろ」

「そうか。あんたは、運動神経がええな。身体も、しなやかや」

ギザ耳はデッキに佇《たたず》む俊英と並んで海を眺めた。

一緒にやってきた三人の中では、この男が一番年齢が自分に近そうだった。

ずっと黙っていた男が突然口を開いたことに興味を抱いて、今度は俊英が訊いた。

「あんたは、やってたんか？」

「ああ」

「どこで？」

「台湾の中学で」

「台湾の中学？　台湾人か？」

「半分はな。親父が日本から台湾に渡って、台湾のお袋と出会うた。そこで俺が生まれた」

俊英はギザ耳の横顔を見た。半分ちぎれた耳がはっきりと見えた。

なぜこの男は、突然俊英に話しかけたのだろう。

「なんで、今まで、口利かへんかったんや」

ギザ耳は、ふっとため息のような声を漏らしたあと、ぽつりと言った。

「俺には、おかしな血が流れてるんや」

「おかしな血？」

「親父も、おかしかった。俺は、親父の血を、引いてるんや」

「お父さんは日本人や言うたな？」

「ああ。大阪の生まれで、腕のいい畳職人やった。普段は借りてきた猫みたいにおとなしいて、優しかったけど、酒を飲むと人が変わった。きちがい水、とは、あのことや。狂ったように暴れまくって、お袋や俺にあたった。俺の耳、半分ちぎれてるやろ？　小さい頃、酔うた親父に嚙み切られたんや」

「お父さんが？　息子の耳を？」

「酔うてしもたら普通やなかった。結局、お袋は酒を飲んだら手に負えん親父と別れて、俺を連れて里に帰った。けど、それまでの苦労が祟《たた》ったんか、里に帰ってからすぐに肺病を患《わずろ》うて死んだ。それから先は、お袋の両親に育てられた」

「お父さんは？」

「知るか。今頃、どっかで野たれ死んどるやろ」

「俺も、小さい頃、親父もお袋も亡くしたんや」

「誰に育ててもろた？」

「住んどった土地の人たちや。両親は沖縄で、同郷の人らが集まって生きとった。みんな貧しかったけど、みなしごの俺を育ててくれた」

「どこや？」

「尼崎いうとこや」

「尼崎か」

「わかるんか」

「わかる。すぐ隣の、甲子園に行ったことがあるからな」

「甲子園……？」

「ああ」

俊英が驚きの表情を見せたことにギザ耳は気づいたようだ。

「甲子園が、どうかしたか？」

俊英は言い淀んだ。

それをギザ耳に語るつもりはなかった。

「いや……。別に」

ギザ耳は怪訝な表情を残しながらも話し出した。

「祖父さんと祖母さんは、台湾の南の村のサトウキビ農家の百姓やったけど、頑張って俺を上の学校に入れてくれた。地元の農林学校や。けど俺は、その頃、なんや自分でもようわからん心の病気にかかってしもうてな。学校に入ってから、誰とも口を利かんようになった。もちろん友達もおらんかった。口も利かんような奴と、友達になる人間はおらんからな。祖母さんも心配して、よう学校に来て俺のことを先生と相談してた。俺は学校で、完全な問題児やった」

「毎日、何してたんや」

「学校のすぐ近くに、サトウキビ畑を潰して作ったグラウンドがあった。放課後、いつもそのグラウンドの隅の、クスノキの樹の下に立って、野球部の練習を眺めてた」

「野球部の練習を？　なんで？」

「理由はわからんのや。野球なんかやったことなかったし、好きというわけでもなかった。学校の周りは、サトウキビ畑のほかは、何もない。見渡す限りのサトウキビ畑や。そんな中に、あのグラウンドだけが、畑に穴を開けたように拓けてた。雨が降ったらぬかるんで、凸凹だらけやったけど、あの村の中で、何もない、あのだだっ広い空っぽのグラウンドだけが、俺が今いてる世界とは違う、特別な場所に見えたんや」

俊英はギザ耳の言葉に心を捉えられた。

これまで何も語らなかった男が、急に語り出したのだ。

この男は、何を語ろうとしているのだろうか。

「その野球部は、強かったんか？」

「全然。のんびりしたもんや。時々そのグラウンドで他の中学と試合しとったけど、いっつも気持ちええほどのぼろ負けや」

ギザ耳は遠い水平線を眺めながら、呑気《のんき》な口調で言った。しかし次の瞬間、その瞳が光を帯びた。

「ところがな。あるとき、内地から新しい教練の先生がやってきて、その先生が野球部の監督になったんや。なんでも、内地で監督をしとった学校を全国大会まで導いたことがあるらしい。その監督は、めちゃめちゃ厳しかった。のんびりした練習が、スパルタ式の練習に変わった。午後、二時間の農業実習の後、グラウンドで練習する前に、町を一周、多い時には二周、ランニングさせる。グラウンドに戻ってきても、ダッシュと走塁の練習。日がとっぷりと暮れるまで、とにかくやたらと走らせる。何人かの部員は辞めた。俺はいつものように、クスノキの樹の下で野球部が走っとるのを見とった。

『おまえ、いつもここで野球部の練習、見てるな。野球が好きか？』

ある日、新任の監督が話しかけてきた。

俺はうなずきも、首を横に振りもせんと、黙ってた。

『やる気があるんなら、一緒にやらないか？』

俺は黙ったままや。

そのうち、監督はなんにも喋らん俺に呆《あき》れて、グラウンドに戻るやろう。そう思ってた。けど、監督は戻ろうとせん。じっと、俺の顔を見つめてる。

『どうだ？　野球は、見るより、やる方が、ずっと楽しいぞ』

俺は答えた。

『野球、したことない』

久しぶりに人と話した言葉やった。

監督は言うた。

『俺が教えてやる。ただ、野球をやるのに、必要なことがふたつある。ひとつは、走ること。もうひとつは、声を出すこと。それができるか？　それができるんなら、明日の放課後、野球部の部室に来い』

それから、監督は、俺にこう言うた。

『俺たちと一緒に、甲子園に行こう』

甲子園？　俺は心の中で笑《わろ》うた。行けるわけないやろ。こんな田舎の学校が。

それでも次の日、俺は借り物の練習着を着て、グラウンドに立っとった。

もちろん最初はボールなんか触らせてもらえんかった。他の部員と一緒に来る日も来る日もランニングや。

みんなで、同じ掛け声を出して走るんや。掛け声は、こうや。

『コウシイエン！　コウシイエン！　コウシイエン！』

甲子園なんて、台湾の田舎のチームにしたら、夢のまた夢や。けど、不思議なもんや。毎日、毎日、そうやって声を出してると、俺らの目標は、ほんまに甲子園に行くことや、と思えてきた。

掛け声の『まじない』と、監督の教え方がうまかったんやろう。チームはメキメキと力をつけていった。

チームメイトは喋らん俺のことを最初は敬遠してた。そのうちあいつはそういうやつやと割り切ったのか、同じ仲間として扱ってくれるようになった。

けどランニングが終わって他の部員がバッティングや守備の練習に移っても、俺だけは、日が暮れるまで、一人、相変わらずランニングや。俺は打撃も守備もからきしあかんかったけど、足だけはチームの誰よりも速かった。走るのは苦しかった。それでも俺は楽しかった。なんでやろな。それが、今でも不思議や」

「甲子園に出る気やった？」

「ああ。監督は本気やった。そのうち俺らも本気になった。全国中等学校優勝野球大会。それが俺らの目標やった」

「台湾の中学の代表が、甲子園に？」

「それまでも、台湾の代表は甲子園の全国大会に出てた。台北《タイペイ》一中や台北商業や。ただ、台湾代表というても、台北の選手たちはみんな日本の政府関係者や会社員の息子、つまり日本人や。せやけど、俺がいてた嘉義《かぎ》農林学校は違うてた。日本人が六人、漢人が三人、台湾の高砂族《たかさご》が四人。いろんな人種が交じったチームやった」

「高砂族って何や？」

「漢人や日本人が来るずっと前から台湾にいてる住民や。俺の母親も高砂族や。監督は、俺たちによう言うてた。親が日本人やからとか、日本人やないとか、そんなことは野球に関係ない。むしろ、日本人だけやないとこが、このチームの一番ええとこや。日本人は守備がうまい。漢人は打撃が得意や。高砂族は走るのが速い。それぞれの持ち味を生かしたら、最強のチームができる。監督はその言葉通り、選手の持ち味を生かしてチームを作った。俺は、完全な代走要員やった」

「代走？」

「そう。走り専門。どうしても走者を二塁に進めたい時、ホームに走者を生還させたい時、俺が呼ばれた。どうやら、父親のおかしな血だけやなしに、高砂族の母親の血も引いとったみたいやな」

ギザ耳は笑った。

俊英は、ギザ耳の笑った顔を初めて見た。

これまで無表情だった男が見せた笑顔は、無防備で人懐っこい。俊英にはそれが意外だった。

「そんなチームが、次の年の台湾大会の決勝で、日本人の息子ばっかりの台北商業を11－10で破った。初めて台湾の南のチームが、優勝したんや。地元の嘉義は、もう大騒ぎや。台湾の南の人間にとって、それがどれほど嬉しいことか、あんたにはわかるか」

俊英は想像した。もし沖縄の代表が九州の強豪校たちを破って甲子園に出場したら、同じような大騒ぎになるのだろう。しかし沖縄の代表が甲子園に出場したなどという話を俊英は聞いたことがない。そんな日が来るとも思えなかった。しかし台湾の彼らはそれを成し遂げたのだ。

「わかる」

「そうか」

ギザ耳はまた笑った。

「とにかく俺らは甲子園の切符を手にした。二年前の夏や。甲子園は遠かったな。嘉義から蒸気機関車で八時間かけて港のある基隆《キールン》まで行った。基隆で一泊して、次の朝、『大和丸』という大きな船に乗って港を出た。神戸までは千五百キロ。二昼夜と半日かかった。朝、船が神戸に近づいた時に見た六甲山《ろっこうさん》の美しい山並みが今も忘れられん。尼崎の学校の寮が俺たちの宿舎やった」

「それで尼崎がわかるんか」

「そういうことや。甲子園大会の下馬評では、嘉義農林は弱すぎて本土のチームには相手にならんと言われてた。ところが初戦に3－0で勝って、その後は快進撃。決勝まで行った。相手は、はっきり覚えてる。本土の名門中の名門、中京商業。その日、甲子園球場は超満員やった」

「名古屋の中学やな。ほとんどが中京商業の応援やろう」

「ところがその日、中京商業と嘉義農林の応援が半々ぐらいやった。もちろん台湾からも応援団は来てた。けど数は知れてる。内地の人間が、決勝までの俺らの戦いぶりを見て、応援してくれたんや」

ギザ耳は記憶を手繰《たぐ》り寄せるように水平線を見つめて目を細めた。

「決勝は、相手に先制点を取られて、終始、追いかける展開やった。最終回、俺は三塁ランナーの代走で出た。俺が甲子園の試合に出たのは、その一回だけや。結局、最後のバッターも相手のエースに抑えられて、俺はホームベースに帰ることはできんかった。甲子園も遠かったけど、あのホームベースは、もっと遠かった」

俊英はもちろんその試合を観ていない。しかし、俊英の頭の中には三塁ベースとホームベースの間で呆然《ほうぜん》と立ち尽くしているギザ耳の姿が、ありありと浮かんだ。

「チームは、準優勝旗と共に、台湾に帰った。俺らは、帰りの船の甲板の上でも野球をして楽しんだ。さっきの子供たちみたいにな」

二年前の夏、自分が住んでいる尼崎と武庫川ひとつ隔てたすぐ近くの甲子園で、そんなことがあったのを俊英は知らなかった。生活に汲々《きゅうきゅう》としてまるで余裕はなかった。

俊英の胸に、大きな疑問が浮かんだ。

「なんで、西表島に行こうと決めたんや」

「学校を卒業して、チームメイトたちは、大学に進んで野球を続けたり、教職や農業技術者を目指して進学したりした。けど、俺は違うた。日本に行きたい、という気持ちが芽生えた。台湾の田舎町より、日本は輝いて見えた。というて、日本に進学する金はない。もうこれ以上、貧しい祖父さんと祖母さんに頼ることはできん。卒業後、俺は日本に仕事を求めて、もう一度、大和丸で海を渡った。けど、甘くはなかった。そう簡単に仕事は見つからん。恐慌も始まって、タイミングも悪かった。

そんな時に、西表島に行く話を持ちかけられた。サトウキビの工場で働く話や。もちろん、金が要る、ということもあった。けど何より俺は、西表島、という場所に惹かれた。

西表島は、甲子園目指して台湾の港から船に乗って大海原に出た時、最初に見えた島やった。俺が、生まれて初めて見た、台湾以外の島。それが、西表島やった。その島を見た時の気持ちは、まだ野球を始める前、クスノキの樹の下で、野球部のグラウンドを見つめてた時と、同じ気持ちていうたらええやろか。俺にはそこが、何か特別な場所に思えたんや」

ギザ耳は、溜め込んでいたものを一気に吐き出すように話した。

これまでの会話で、俊英はこの男に、どこか自分と近いものを感じていた。

しかしギザ耳が話した、西表島を目指す理由は、自分とは違ったものだった。

俊英にとっては、船の行き先はどこでもよかったのだ。しかしこの男は、これから行く島に意味を見出《みいだ》して渡ろうとしている。

自分にはないものを、この男は持っている。

ギザ耳の答えを聞いて、俊英は幾分か落胆し、幾分か安堵《あんど》した。そして羨望を抱いた。

それはうまく言えない、複雑な気持ちだった。

ひとつの疑問が生まれた。

「なんで、俺に話しかけてきたんや」

しばらく沈黙が続いた。

「目や」

「目？」

「あんたのその大きな目、その奥に、ふっと柔らかい光が見える時がある。きっと優しい人間に育てられたんやろうな。あんたには、話してもええような気がした」

ギザ耳は俊英の目を見つめた。

俊英は視線を外すことができなかった。

ずっと心を閉ざして生きてきたこの男の瞳の奥には、何が見えるのか。

その答えをつかむ前に、ギザ耳は視線を海に移した。

また沈黙が二人の間に流れた。

船は青い海を切り裂いて白波を作りながら進む。

「こうして、船に乗って白い波を見てると、思い出すことが二つある」

ギザ耳が再び話し出した。

「ひとつは、初めて台湾から甲子園に向かう船に乗った時に見た景色。もうひとつは、嘉義の駅前の映画館で、チームメイトたちと観た映画や」

「映画？」

「ああ。みんなで銭湯に行った帰りやった。誰かが気まぐれに誘うたんや。駅前の映画館で、映画を観ようって。俺は子供の頃、一度だけその映画館で、まだ生きとったお袋と一緒に映画を観た記憶がある。題名は忘れた。ちょび髭を生やした貧乏な男が、靴を食べるシーンだけ覚えてる。チームメイトとみんなで観た映画は、タイトルもはっきり覚えてる。『野生の蘭』や。ものすごい綺麗な女優が出てた。世の中にあんな綺麗な女がおるのかと思った。俺はその女優に一目惚れした。女優の名前は、グレタ・ガルボ。亭主との旅行中に、ジャワの貴族の青年に言い寄られる人妻の役やった。グレタ・ガルボが、ジャワの青年と出会うのが、ジャワ航路の大きな船の上やった。

グレタ・ガルボが、甲板に立ちながら、青年と二人で白波を見つめるシーンがあった。ほんまに美しかった。そんなシーンを、今、思い出した」

「映画というのは、活動写真のことか」

「そうや」

「一度だけ観たことがある。あんたも一緒に観たやろ？　那覇の街で。走ってる乗り物が延々と映って、そのあとに芝居が始まって。何も面白くなかった」

「観た映画が悪かったな」

ギザ耳が笑った。

「ほんまのことを言うと、俺はな、アメリカに渡りたいんや。そのための渡航資金が要る。それを稼ぐために、西表島に行くんや」

「アメリカ？　なんでアメリカや」

ギザ耳の目が輝いた。

「憧れの国や。グレタ・ガルボのおる国や」

「アメリカは遠いやろ？」

「甲子園も遠かった。それでも行けた。アメリカにも、いつかきっと行ける」

そう言ったきり、ギザ耳はまた貝のように口を閉ざした。

何を言っても答えなかった。ただじっと海の向こうを見つめていた。

そのうち船底の三等客室に戻っていった。

2

翌朝。水平線の向こうに初めて大きな島影が見えた。

甲板の上の誰かが言った。

「宮古島や」

船はサンゴの岩礁を縫って進み、港の沖合で錨《いかり》を下ろした。

下船する者たちは迎えに来た小さな舟に乗り換え、代わりに何人かが明石丸に乗り込んできた。

船は再び動き、石垣島を目指す。

夕刻になって、ようやく島影が見えた。

石垣島だ。

船はやはり石垣港には寄港せず、海上に停泊している。

やがて小さなポンポン船がやって来て、乗客が梯子を伝って乗り込んでくる。

乗り込んできた乗客たちは、昼間、船待ちの間、石垣島の映画館で観た映画の感想を話していた。

「田中絹代は、ほんまに可憐《かれん》やなあ」

「わしも、椅子に座っとる間、ずうっと田中絹代の顔に見とれとったよ」

どうやら映画は、俊英が今里の床屋で評判を聞いた『伊豆の踊子』らしかった。

乗客が乗り終えると、今度は貨客船に乗っていた者が何人か降りてポンポン船に乗り換える。

ポンポン船が離れると、船は再び進み出した。

沖合に出る。サンゴの海は再び濃紺の海に変わった。

石垣島の島影が見えなくなる頃、やがて前方に黒い島が現れた。

「見えてきたぞ。西表島や」

「あれか。俺たちの行く島は」

気がつくと小政とどんぐり目も甲板に上がっていた。

これまで見えた八重山の島影と、西表島は明らかに違っていた。

それは島というより、海に浮かぶ巨大な山脈に見えた。

途中に見てきた宮古島も石垣島も、大きな島だった。しかし、標高の高いところはあるにしても、沖合から見れば全体は平坦な島だった。

西表島は違う。人が近づくのを拒むような威圧感があった。

闇のように黒々とした巨大な塊は、船が近づくにつれ、黒ではなく濃緑の密林だとわかった。密林は山塊の表面を覆い尽くしていた。

「これが、ほんまに島なんか」

「平坦な場所がないやないか」

「ちょっと待て。こんな密林の島にサトウキビの畑なんかあるんか」

船は岬を回り込み、湾に入った。そこで錨を下ろして停泊した。

湾に抱かれるようにして、小さな離れ島が見えた。海岸べりまで密林が延びており、無人島かと思った。

しかしよく見ると湾に面した島の絶壁には、蜂の巣のようにたくさんの穴が空いている。

山のところどころに煉瓦《れんが》でできた煙突が何本も立ち、黒い煙をあげていた。

「あの穴と、煙はなんや」

小政の問いに甲板にいた乗客が答えた。

「石炭を採掘してるんだ」

「石炭？」

「知らないのか？　今や西表島は日本有数の炭鉱地だ。恐慌以降、一時寂れていたが、満州事変からこっち、増産、増産で再び活況を呈している。ここで採れた石炭を、本土や台湾や中国まで運ぶんだ。この船もしばらく停泊して、石炭を積み込むはずだ」

西表島の港から粗末なポンポン船がやってきた。

甲板から梯子が下ろされた。今までどこかに姿を消していた仲介人が突然現れた。

「よし。着いた。四人はあれに乗り換えろ」

仲介人と四人が梯子を降りると、船は港に向かった。

降り立った埠頭《ふとう》にはレールが敷かれた長い桟橋が海に延びていた。

レールを伝ってトロッコに載せた石炭が運ばれてきた。

人夫たちが石炭をダルマ船に積み込む作業を始めた。

人夫たちの顔は人間の顔つきではなかった。まるで生気がなく、異常に青白い。

南の島で暮らしているなら、もっと日焼けしているのが普通ではないか。

どうしてこんな南の島にいて、あんな青白い顔をしているのだ。

「今から舟で川を遡る。そこがおまえらの働き場所や。さあ、舟に乗れ」

仲介人の口調が変わっていた。

「おい。俺たちを、どこに連れて行くつもりや」

「サトウキビ畑は、どこにあるんじゃ」

小政とどんぐり目が問い詰める。

「この先や。日が暮れる。早よ乗らんかい」

気がつけばあたりに夕闇が迫っていた。

舟は狭い川に入った。コブだらけの奇怪な植物の根が川面《かわも》から浮き出ていた。無数の根を伸ばしている樹たちは植物というよりも何か別の生き物のようで、今にも蠢《うごめ》きそうだった。

舟はほとんど流れのない川をゆっくりと遡る。誰も口を利かなかった。

暮れ泥《なず》む風景の中に明滅する光があった。

蛍だった。

三月に、この島には蛍が飛んでるんか。俊英は心の中で呟《つぶや》いた。

行けども行けども密林だった。

「こんな密林の中に、サトウキビ畑なんか、あるんか」どんぐり目が呻《うめ》くように言った。

仲介人は黙っている。

突然、船着き場が現れた。

「降りろ」

仲介人が促した。

そこは簡素な艀《はしけ》があるだけの船着き場だった。背後に広がるのは密林の闇だ。

「おまえたちの働く場所や」

「サトウキビ工場は？」どんぐり目が震えた声で訊く。

「そんなものはない。おまえたちはこの島の穴の中で、石炭を掘る」

「石炭？」

「ああ、ここは、石炭を掘り出す炭鉱や」

「炭鉱？　騙《だま》したな！　俺は帰る」小政が叫んだ。

「だまれ。もう遅い」

「さっきの港まで引き返せ！　俺はあの船に乗って台湾まで行く」

小政が懐から短刀を取り出し、仲介人を羽交い締めにした。

「やめろ！」

「帰せ！　帰さんというんなら、おまえを殺す」

その時、ゴンと鈍い音がした。

小政が頭から血を流して地面に倒れた。

背後から男が現れ、小政の頭を棍棒《こんぼう》で殴ったのだ。

殴った男が俊英たちに言った。

「これから俺たちには、二度と逆らうな」

男が三人の顔を睨みつけた。

「おまえたちに、最初に言うておく。この島から、生きて抜け出せると思うな。逃げようとした奴の命の保証は、ないと思え」

小政は泡を吹いて倒れたままだ。

一匹の蛍が小政の眉間にとまり、暗闇の中で血を流すその顔を明滅させた。

第8章　夜

1

「今日から、この納屋がおまえたちのねぐらや」

棍棒を持った男が俊英たちに言った。

船着き場から少し歩いた川沿いには茅葺《かやぶ》きの粗末な長屋があった。

入れ、と男に促され、足を踏み入れる。

強烈な臭気が鼻をついて思わず鼻と口を塞いだ。肥溜めの匂いだ。

低い框《かまち》の向こうに板の間が続き、その両側に小部屋が並んでいる。片側に二十か三十。全部で五十はあるだろうか。男が手前の部屋の前にかかっているムシロを上げた。

狭い板の間の奥に二畳の畳が敷いてある。畳はボロボロに破れて汚かった。

「この部屋を二人で使え」

一人に畳一畳。二畳に二人の小部屋が五十ほど。およそ百人がこの汚い納屋に押し込められている計算になる。

まるで監獄だ。

部屋の中は暗く、手の届かない頭上に人一人這《は》い出ることのできない小さな明かり窓があるだけだった。部屋の窓からバナナが取り放題、と口利き屋が言ったのは、真っ赤な嘘だった。

俊英ははっきりと確信した。口利き屋や仲介人が島に来る前に言ったことで本当のことなど、何ひとつないのだ。

「全部嘘やったんじゃな！　騙したな！　ちくしょう！」

どんぐり目が泣きながら叫んだ。

「騒ぐな！」

男がどんぐり目の背中を思い切り棍棒で打った。

「一緒に来た仲間みたいになりたいか」

鈍い音とぎゃっと叫ぶ声が納屋に広がった。

「やめとかんかい」

土間に別の男が入ってきて棍棒を持つ男を制した。

「穴の中の空気を吸うてひと月もしたら、直《じき》に諦めておとなしいなりよる」

口元に髭を生やし、肉付きのいい頬はたるんでいる。

島に来て、このような血色のいい男を俊英は初めて見た。

「若い衆。よう来たな。俺の顔と名前をよう覚えとけ。今後、おまえらを監督する、納屋頭《がしら》の荒俣《あらまた》や」

荒俣と名乗る男が三人の顔を見回した。

「俺はおまえらに、あんまり手荒な真似《まね》はしとうない。しかし俺がそのつもりでも、人《ひと》繰《ぐ》りの連中は、そういうわけにはいかん。さっきみたいに手を出さんならんことになる。あんまり手を煩わせんようにせいや」

棍棒を持っている男たちは「人繰り」というらしい。監獄の中の看守のようなものだろう。

「ここでの決まりを簡単に説明するからよう頭に入れておけ。酒や博打は納屋の中でやるな。やるなら表に食堂があるからそこでやれ。どんなに酒を飲んでも博打にうつつを抜かしてもおまえらの勝手や。ただし就寝の鐘が鳴るまでに必ず納屋に戻れ。夜九時には消灯。以後は、決して外に出るな。外に出た場合は逃亡とみなす」

納屋の入り口には屈強な身体つきをした人繰りが棍棒を持って座っていた。

あの男の目を盗んで外に出ることは不可能だろう。

「朝は午前三時に起床。おまえらの作業の内容と役割は、明日、あらためて俺の方から説明する。これは今晩の弁当や。今日はゆっくり休んで、明日から気張れ」

荒俣はそれだけ言うと弁当を置いて出て行った。

俊英とギザ耳とどんぐり目は人繰りに指示されてそれぞれ別々の離れた小部屋をあてがわれた。

あてがわれた部屋の前で俊英の足がすくんだ。部屋に入る一歩を踏み出せなかった。一歩中に入ったが最後、一生、そこから出られないような気がした。

「早よ入れ！」

棍棒を持った男に尻を蹴られ、俊英は部屋の中に転げ落ちた。

部屋には寝具も蚊帳《かや》もない。あるのは小さなカンテラの灯りだけだ。暗く、蒸し暑い。

納屋に入った時に鼻をついた肥溜めの匂いは部屋にも充満していた。

俊英があてがわれた部屋には毬栗頭《いがぐり》の男が青白い顔をして寝転んでいた。男は寝返りを打って俊英をジロリと見た。

港で見た大勢の男たちと同じ顔だ。

落ち窪《くぼ》んだ目で頬骨が張り、洞窟の中の蝙蝠《こうもり》を思わせた。

この島にいる坑夫は皆同じ顔をしている。この納屋にいるだろう百人近い坑夫たちも同じ顔をしてここに閉じ込められている。そう考えた時、俊英はぞっとした。

今、目の前にいる男の顔は、未来の自分の顔なのか。言いようのない不安に襲われ、ずっと黙っていることができなくて俊英は咄嗟《とっさ》に口を開いた。

「なんでここは、こんな臭いんですか」

「土間の横に便所がある。満潮になると、そこに川の水が入って、溢れ出す」

毬栗頭が抑揚なく答えた。

「そのうち、慣れる」

そう言って、寝返りを打って背中を向けた。

俊英は弁当の包みを開けた。梅干しが載っただけの日の丸弁当だった。便所の匂いでとても食欲が湧かず、傍に置いた。

「無理してでも食っておいた方がいい」

毬栗頭が背中を向けたまま言った。

「栄養摂《と》らずに体力が落ちたら、この島では間違いなくヤキーにやられる」

「ヤキー？」

「マラリアよ」

マラリア。

俊英は、沖縄航路の船で出会ったロイド眼鏡の男の言葉を思い出した。

……伝染病ですよ。感染すれば、かなりの確率で命を落とします。今、南の島で、猖獗を極めています。特に、西表島では……。

毬栗頭が続けた。

「マラリアには三通りある。軽いやつ。それから、高い熱が三日から五日続くやつ。ほとんどはこれだ。命を落とすかどうかは五分五分と思え。あとは、腹が膨れるやつ。腹が膨れるやつにかかると、まず命は三日と持たない」

「薬はないんですか」

「あるがほとんど効きはしない。たとえ運良く助かっても、その間の薬代は、賃金から引かれてますます借金の蟻《あり》地獄にはまり込む。食っておけ」

それでも俊英は弁当に口をつける気がしなかった。

擦り切れた畳の上に身を横たえた。なにも考えたくなかった。

ただ天井を見つめた。

何かがさっと動いた。

ヤモリが天井を這ったのだ。

その時、なぜかふと辻遊廓で出会った少女のことを思い出した。

ヤモリはしばらく天井でじっとしていたが、やがてまた動き出し、俊英の視界から消えた。俊英は再びがらんどうの意識の中に自分を閉じ込めた。

そのうちに鐘が鳴った。納屋頭の荒俣が言っていた、就寝の鐘だろう。

毬栗頭がカンテラの灯を消した。

坑夫たちのいびきが響き渡る納屋の中で、すすり泣く声が聞こえた。

どんぐり目の泣き声だろうか。それとも別の坑夫だろうか。

目を瞑ったが眠れなかった。俊英は寝返りを打った。

半時ほど経っただろうか。

ようやく意識が眠りの底に落ち込もうとした頃、突然わき腹に針で刺されたような痛みが走った。

刺されたのが夢の中の出来事なのか現実の出来事なのか判然としなかった。

たちまち今度は太股《ふともも》に激痛が走り、間をおかず背中もやられ、俊英は飛び起きた。

背中に手をやると、バラバラと黒いものが落ちた。米粒ぐらいの塊を指でつまんで凝視する。南京虫《なんきんむし》だった。

寝床は彼らの巣窟のようだった。指で潰しても潰しても際限なく襲来する。

身体は疲れ切っているのに、夜中じゅう、まんじりともできない。

俊英は寝るのを諦めて身体を起こし、足を投げ出して座った。

「そのうち慣れる」

毬栗頭がつぶやいた。

寝言なのか起きているのかわからなかった。

すぐに寝息が聞こえた。

毬栗頭は夢の中から俊英に忠告してくれたのだった。

頭上の明かり窓を見上げた。

一瞬、明滅する光が窓の外を横切った。

蛍だろうか。

ふと小政のことを思い出した。小政は、眠れているだろうか。

川辺で打たれて気を失った後、人繰りたちが詰める部屋に連れて行かれたのだ。

そこで手当てを受けているのか、あるいはさらに打たれているのか、俊英たちにはわからなかった。

ギザ耳は、どうしているだろうか。

船の上で突然饒舌《じょうぜつ》になったギザ耳は、それから再び沈黙の殻の中に閉じこもった。

高窓の向こうは漆黒の闇だった。

俊英は再び床に身体を横たえた。外から生き物たちの鳴き声が聞こえる。地の底から湧いてくるような不気味な鳴き声だった。

鳴き声はだんだん大きくなる。満潮の海水が川に流れ込むように足元から俊英の身体に迫り、やがて鳴き声の海に頭まで浸かって溺れ死にそうになりながら俊英は知らぬ間に眠りについた。

「起きろ！　起きろ！」

人繰りの怒鳴り声で目が覚めた。

まだ夜は明けきっていない。

「坑夫は全員、朝食！　新人三人はそのまま残れ！」

坑夫たちは手拭鉢巻とふんどし姿のまま重い足取りで納屋から出ていった。

入れ替わりに荒俣が入ってきた。

「新人三人、よう眠れたか？　ここに並べ。午前三時半までに食堂で朝食を食べ終えろ。食ったら炭坑の中で昼に食う弁当を支給するから受け取れ。今日から二日間は仕事を覚える見習い期間とする。給金は三日目から払う。ただしこちらが指定した炭量を掘り出せたらや。掘り出すまでは穴の外に出てくるな。泣いてでも掘り出してこい。二日の間に、先山《さきやま》と後山《あとやま》の仕事を一日ずつ覚えろ。先山というのは、鉱山から石炭を掘り出す役。後山は、先山が掘り出した石炭を地上まで運び出す役。それから先の詳しいことは坑内係が教えてくれる。言うことをよう聞いて早よう仕事を覚えることや」

「石炭掘りなんか、やったことない。俺はやりとうない」どんぐり目が訴える。

「観念しろ。この期《ご》に及んでもう後には戻れん。ほれ、服と道具はこれや。先山の道具はカンテラとツルハシ。後山の道具は石炭を入れるスラ箱とスラ箱を引っ張る麻縄。朝飯を食うたら、売店に行って受け取れ。受け取ったら借用書に名前を書け」

「借用書？」

「後払いで貸し付けたるというとるんや。ありがたいと思え」

「なんで道具まで買わなあかんのじゃ」

「ええか。これは肝に銘じとけ。ここでおまえらが、ただでもらえるもんは何ひとつない。縄一本もな。百円の借金と合わせて、精進して早よう借りを返せ」

「百円の借金？　何のことじゃ？」

「おまえらがここに来る前に渡した支度金。ここまでの渡航費。食費。辻での飲み食い代金。それから、口利き屋に渡す斡旋《あっせん》料。しめて一人、百円や」

「アホなことを言うな！　そんな話は聞いてない」

「金を借りて聞いてないは道理が通らんな。文句言う暇があったら返せ。百円の借金は、早よう返すのが身のためや。利子が利子を生んで、たちまちどえらい金額になるからな」

「賃金はどうなっとるんじゃ。日払いか」

「二日間の見習いが終われば、それからは一日、二円。賃金は、二日後に払う」

「二円？　五円と聞いたぞ」

「炭鉱《やま》には炭鉱の決まりがある。二円といえば二円や。泣き言はそれぐらいにしとけ。炭坑の入り口に坑内係が待っとるから、道具を提げて早よう行け」

濃緑の山の中腹に、黒々とした穴が空いている。まるで巨大な怪物が口を開けているように見える。そこが坑道の入り口だった。

「増産！　増産！　石炭は国の宝や！　生命線や！　お国のために精進しろよ！」

大声で叫んでいた男が俊英たちに気づいた。

「おう、新米はおまえらか。よう、吉次《きちじ》、こいつらを穴の中に案内したれ」

吉次という男は俊英たちをぎろりと見た。目の底に何の感情も読み取れなかった。

「よし。今日は、先山の仕事をおまえらに教える。まずは全員、この草鞋《わらじ》を履け。履けたらツルハシを腰に差せ。それができたらカンテラを腰に提げろ。途中で落としちゃおおごとだ。しっかりと腰に結わえろ。結わえたら二、三度跳んでみろ。落ちないようなら上等だ」

俊英は言われた通りに跳んでみた。

「よおし。それでいいだろう」

そこで初めて、吉次の目の底に表情が浮かんだ。

「地獄の入り口へ、よく来たな」

笑ったように見えた。

「ついてこい」

俊英は穴の中に足を踏み入れた。

五歩も歩かないうちに目の前がさっと暗くなった。

か細いカンテラの灯だけを頼りに闇を手探りで搔《か》き分けながら歩く。足元はまったく覚束《おぼつか》ない。俊英は振り返った。もう背後に光はなかった。

突然、俊英の首筋に冷たいものが触れた。天井から雫《しずく》が落ちたのだ。

雫はポタポタと間断なく落ち、濡れたカンテラがチリチリと音を立てた。

雫でカンテラが消えてしまわないか俊英は不安になった。

歩くほどに天井は低くなり、やがて頭がつかえて身をかがめないと歩けなくなった。

「今歩いてるのは本坑だ」

坑道の中は反響が強く、吉次の声は壁に跳ね返ってわんわんと俊英の耳に響いてくる。

「恐ろしいか」

恐ろしい。わっと叫んで逃げ出したいほどに。言い知れぬ恐怖が足元から湧き上がる。何もかも投げ捨てて駆け戻りたかった。

しかし言葉が出なかった。二人も黙っている。

「こんなんで恐ろしいと思っちゃあ務まらん。よく見ろ。ところどころ横穴が延びているだろう。これが支道だ。おまえらが入って掘るのはここだ」

横穴は、かがむどころか這っていかないと入れないほどの天井の低さだ。

横穴から誰かの足だけが伸びている。

俊英は死体が転がっていると思ってギョッとした。

「誰かが倒れてる」

「倒れてるんじゃない。石炭を掘ってるんだ」

カンカンカンと乾いた音が穴の中から聞こえてくる。

「俺は出る。こんな仕事はようやりきらん。出してくれ」

どんぐり目が泣きながら訴えた。

吉次はそれを無視した。

「よおし。腰に差したツルハシを手に取れ」

2

そこは生き地獄だった。

穴の中は、昼も夜もなかった。カンテラの仄暗《ほのぐら》い灯りしかない暗闇は、死の世界だった。

高さ三尺（約九十センチ）余り、横一間半（約二・七メートル）の幹線坑道が奥へ六町（約六百五十メートル）ほど入り、そこから支道が樹木の枝のように分かれている。西表の炭鉱は炭層が薄い。坑道の低いところはわずか一尺五寸（約四十五センチ）。ようやく這って入れるほどのものだった。低い坑道の中では立つこともできず、這って採炭しなければならなかった。

俗に「タヌキ掘り」と呼ばれる原始的な掘り方だ。

一度坑道の中に入ると、その日自分に割り当てられた採炭量（一トン半と決められていた）を掘るまで、外に出ることは許されなかった。先山と呼ばれる者がツルハシで炭壁を掘り崩す。それを後山と呼ばれる者が箱にかき集め、何度も曳《ひ》いて運び出す。スラ箱と呼ばれる箱をいっぱいにして五十キロ。要するに、石炭五十キロの箱、三十杯分。それだけ掘り終えるまで、絶対に外に出て来られなかった。

一時間、どんなに必死に掘っても、慣れない手では箱二杯が精一杯だった。

つまり、三十杯分掘るのに、十五時間。

朝の四時に入って、作業を終えて穴から出て来られるのはどんなに早くても午後七時。要領が悪ければあと一、二時間はかかる。月二回ほど石炭を積みに来る船を満杯にできない時はさらに割当量を増やされ、地上に這い出てくるのが真夜中になることもざらにある。

小便も大便も坑内で済まさねばならない。大便は、ボタという掘った石炭のカスを上からかければ匂いはしなかった。

坑道に入る前に朝飯を食い、昼の食事は握り飯と瓶に茶を入れて持って入った。しかし真っ暗で汚れた炭坑の中では食欲など湧かず、昼食の握り飯には手をつけられなかった。

ようやく穴から這い出し、共同風呂に入って食堂で夕食を食い終われば、九時の就寝時間が来るまでに睡魔が襲って泥のように納屋の寝床で眠った。そして午前三時に起床。その繰り返しだ。

とても持たない。俊英はそう思った。

朝、目が覚めるのが怖かった。目が覚めても、夜よりも深い闇が待っているのだ。しかし明くる日もその次の日も決して休むことは許されなかった。

どれほど辛い労働であっても、その対価として賃金を稼げるのなら、生き地獄のような労働も耐えられたかもしれない。

賃金は、一日の労働が終わった後、前々日分が事務所で納屋頭から支払われることになっていた。

見習いの二日間が過ぎてから三日目の労働を終え、俊英たちは初日分の賃金を受け取りに事務所に行った。

事務員がじろりと三人の顔をにらんだ。

事務員というのは名ばかりで実態はヤクザと同様だ。坑主が炭鉱を暴力で管理するために前科者や荒くれ者を使っているのだ。

納屋頭の荒俣が事務所の奥から出てきた。

「ご苦労やったな。坑内係から伝票は届いてる。これが初日の分や」

どんぐり目が目を剝いた。

「ふざけるな。これは、ただの紙切れやないか」

「よう見てみ。炭鉱のハンコが押してあるで。五銭、十銭、二十銭、と書いてあるやろ」

「バカにするな！」

どんぐり目が紙片を床に投げつけた。

「こんな子供騙しなもんで何が買えるんじゃ！」

「子供騙しやないで。それは『炭鉱切符』というてな。炭鉱の売店に持って行ったら、酒もタバコも買える。腹が減ったら食いもんも買える。博打もここでは公認や。これを好きなだけ使うて、せいぜい楽しめ」

「俺たちをどこまでコケにするんじゃ。現金をくれ!」

どんぐり目の顔はいつにも増して真剣だった。

俊英は、辻の遊廓に行く前にどんぐり目が言った言葉を思い出した。

……俺は、今里の遊廓に売られた妹を取り返す金を稼ぐために、西表島に行くんじゃ……。

「前にも言うたはずや。炭鉱には炭鉱の決まりというもんがある。それに従えんというなら、また手荒な真似をせんならんことになる」

事務員が凄《すご》みを利かせてどんぐり目に近づいた。

「警察を呼べ!」どんぐり目が叫んだ。

「穏やかやないな。おお、そういえばさっきまで八重山の警察署長が事務所に来てたんやが、ぎょうさんお土産渡したら、喜んで帰ったとこや。署長さんは、わしらにはほんまようしてくれて、助かっとるんやで。日頃の付き合いというやつやな」

荒俣はわざと呑気な口調で言う。

どんぐり目は引き下がらない。

「賃金は二円の約束のはずじゃ。四十銭しかないいやないか」

「物覚えが悪いな。もう忘れたんか。道具代の前借りの天引きが四十銭。それから飯代が一日四十銭。百円の借金の返済分が、一日、六十銭。わしらへの手数料が一割で二十銭。きっちり計算合うてるやないか」

「そんなアホな！　あれだけ死ぬ思いで働いて四十銭か！　タバコ一箱でも八銭じゃぞ。一日四十銭の賃金でどうして生きていくんじゃ」

「どうせこの島では金を使う暇も場所もあらへんやろ」

「こんなわずかな金で……。しかも、ここでしか使えん金で……。俺らを、一生ここに閉じ込めるつもりじゃな。おまえらは、血も涙も無い鬼じゃ！　鬼畜生じゃ！」

どんぐり目の声は震えていた。

「口の利き方に気ぃつけや。わしらこの事業、ちゃんと政府の許可をもろうて、やってるんやで。あの額、見てみい。鉱山の採掘許可証や。内務大臣のハンコが押してあるやろ。坑主の麻沼《あさぬま》はんは、藍綬《らんじゅ》褒章ももろうてはる。鬼が藍綬褒章もらえるか？　お国のための立派な労働施設やで」

「何が立派な労働施設じゃ。牢獄《ろうごく》と同じじゃないか」

「それなら言うたろう。そうや。ここは牢獄や。観念せい。若いもんが手荒な真似をせんうちに、床に落ちた炭鉱切符を拾うて帰れ！」

どんぐり目は床をにらんだまま立っていた。

「早よう拾わんかい！」

荒俣がどんぐり目の腹を蹴り上げた。

どんぐり目は身をよじらせて膝を折った。そして泣きながら切符を拾った。

俊英も這いつくばって拾うのを手伝った。泣きじゃくりながら切符を拾うどんぐり目の横顔が見えた。ギザ耳は放心したようにただまっすぐ前を向いたまま突っ立っている。

その時、ずっと堪えていた何かが俊英の中で崩れた。俊英の目から涙がこぼれた。炭鉱に来て初めて俊英は泣いた。

「ああ、それから言うといたろう。炭鉱の売店のタバコは一箱、八銭やない。十五銭や。ここまで運ぶ船賃と手間賃がかかるんでな」

「手紙を……」

「なんやて？」荒俣が訊き返した。

「妹に手紙を出したい」

ふん、と荒俣は鼻で笑った。

「ここでは、坑夫が手紙を出すのはご法度や」

「そんなアホな決まりがあるか」

どんぐり目が荒俣をにらんだ。

「そうか。それなら出したろう。その手紙、出したるから俺に預けろや」

俊英はどんぐり目の袖を引いた。

荒俣に手紙を預けたところで、彼が投函《とうかん》するわけがない。握りつぶされて終わりだろう。

「ほら、そこにまだ切符が落ちとるで」

残った切符を拾ったのはギザ耳だった。ギザ耳は無言のまま切符をどんぐり目に手渡した。

三人が事務所を出ようとした時、荒俣が呼び止めた。

「おお、ちょっと待て。せっかくやから紹介しといたろ。うちの新しい事務員や」

事務所の奥から男が出てきた。

小政だった。

「小政……」

「あんた、なんで？」

小政は答えず、荒俣がその後を継いだ。

「おまえらと一緒に来たんやったな。初日はいきなりドスで人繰りを脅しよって手を焼かせたが、なかなか骨のある奴やと見込んで、人繰りとしてうちの事務所で働いてもらうことにした。これからは、おまえらを取り締まる立場や」

小政は目をそらした。小政の手には棍棒があった。

食堂で出された夕食は、南方産の蘭貢米《ラングン》に少しばかりの内地米を混ぜた飯と、素麺《そうめん》の汁だった。とても腹一杯にはならない。

「奴隷」が重労働で倒れぬように命をつなぐための最低限の糧だった。

豚肉か魚が欲しければ別に売店で買わなければならなかった。

それも「炭鉱切符」で買わなければならない。

一皿、十銭。

すでに俊英たちの手元に炭鉱切符は残っていなかった。

売店で酒を買ったのだ。泡盛が一升で一円二十銭。三人で手元にあった四十銭ずつを出し合った。それで一日の賃金が吹っ飛んだ。酒はさほど好きでも強くもない。しかし飲まずにはおれなかった。

コツコツ働いて借金を返す。そんな計画は無意味だということがここに来て数日ではっきりとわかった。騙されて背負わされた借金は賃金から天引きされていずれ返済できるかもしれない。しかし、そこから先、苦労して「炭鉱切符」を貯めたとしても、それはこの炭鉱以外では紙くずだ。待っているのは「絶望」しかない。「絶望」から逃れるために必要なものが、売店で一円二十銭で売っていた。

どんぐり目は泡盛を呷《あお》りながらまだ泣いている。

ギザ耳は相変わらず、一言も口を利かずに飲んでいる。

その時、三人の食卓に豚肉と魚の皿が置かれた。

「食っておけ」

俊英と相部屋の毬栗頭だった。

「俺はここに来て二年だ。二年で親しい坑夫仲間をマラリアで八人亡くした。口も利いたことのない坑夫も入れたら数え切れない。食わない奴から死んでいく。食っておけ」

三人は肉と魚に箸をつけた。

「ありがとうございます」

「この恩は忘れません」

俊英とどんぐり目は毬栗頭に礼を言った。ギザ耳は無言で頭を下げた。

「俺はこの島から逃げる」

どんぐり目が小声で囁《ささや》いた。

俊英はとっさに周囲を見回した。俊英たちの食卓に気を留める者はいなかった。

毬栗頭は無言でどんぐり目を見つめている。

「妹を救う金を稼ぐためにここに来たんじゃ。それが果たせんのなら、こんな島におる意味はない。それに、もうあんな辛い労働はまっぴらじゃ」

それからどんぐり目は毬栗頭に訊いた。

「あんたは、なんで逃げようらんのですか」

毬栗頭が即座に答えた。

「逆に訊こう。どう逃げる？」

どんぐり目はしばらく考えてから答えた。

「川沿いに逃げて港に出る。満潮から干潮に変わる時、川の流れに乗って、泳いで港に出る」

毬栗頭が首を振った。

「川べりには見張りがいる」

「なんとか隙をついて逃げちゃる」

「港に出てどうする。船は全部炭鉱会社のもんだ。そこで捕まる」

「港には他の住民もおるじゃろう」

「全員炭鉱会社の関係者だ」

「なら、ジャングルを横断して、山を越えて反対側の海岸に出る」

「追っ手がすぐにやってくる。船の上から見ただろう。この島の山は普通の山じゃない。あの深いジャングルの中を歩き通すことができるか。もちろん道なんかない。入り込んだら西も東も北も南もわからなくなる。ジャングルから抜け出せずに死んだ逃亡者の白骨が、あの山の中にはいくつも転がっている」

「イチかバチかじゃ」

「追っ手にも捕まらず運よく海辺まで出られたとしよう。その先は果てしない海原だ。

どうやって島を出る？」

「この島は無人島やないじゃろう。海辺に集落らしいのがあるのが船から見えた。どこかの村に出たら、村人に頼んで舟で助けてもらう」

「西表の東海岸には海沿いに集落がある。しかしその集落には炭鉱会社が見張り人を駐在させている。無論逃亡者を逃がさんためだ。村人たちは逃亡者を見つけたらすぐに彼らに通報して、連れ戻される」

「俺たちに同情する村人もおるじゃろう」

「逃亡した坑夫は人殺しと同じぐらいに恐れられている。間違いなく通報される。連れ戻された逃亡者に待っているのは、人繰りたちによる折檻《せっかん》だ」

「折檻？」

「リンチだ。それで死ぬ者もいる」

どんぐり目は黙った。しばらくしてようやく口を開いた。

「あんたはなんでそんなに詳しいんじゃ？」

毬栗頭は答えた。

「俺の仲間がこれまで四人逃亡した。三人は連れ戻されて、うち一人は折檻で殴り殺された。二人は折檻のあと、体力が落ちてマラリアで死んだ。あとの一人は帰って来なかったが、一週間後、山の中で遺体で発見された。餓死してたそうだ」

誰も言葉を発しなかった。

沈黙を破ったのは毬栗頭だった。

「最初の質問に答えようか。なんで逃げないか。逃げられないからだ。俺たちは完璧な牢獄の中にいるんだ」

「牢獄……」

「鉄格子の代わりに、海と、密林に囲われた『緑の牢獄』だ」

緑の牢獄。

その言葉が俊英の心に深く刻まれた。

3

逃げる隙などなかった。

炭鉱のいたるところに見張り台があった。人繰りと呼ばれる男たちが棍棒を手に、いつも坑夫たちの行動を監視していた。

それでも、脱走者は絶えなかった。

過酷な労働に耐えかねて、目算のない逃亡に走るのだ。

脱走者が出ると人繰りたちによる徹底的な山狩りが行われ、追跡される。彼らは西表島の地形に精通しており、逃亡者がどのようなルートで逃げようとするかを熟知している。

脱走者は早ければその日のうちに、遅くとも二、三日中には炭鉱に連れ戻された。毬栗頭が言った通りだった。

逃亡者に待っているのは、見せしめのための残酷な折檻だった。

俊英たちが初めて逃亡者の折檻を見たのは、島に来て七日目の夕方だった。

逃亡に失敗した坑夫は事務所の前でひざまずき、その膝の上に何十キロもあるトロッコの車輪を載せられて人繰りたちに鞭《むち》と棍棒で打たれていた。

折檻は延々と続いた。

夜、納屋で寝ていると、ピシピシと鞭を打つ音が部屋の中まで聞こえてくる。寝ている坑夫たちの耳に折檻の恐怖を植え付けるためにわざわざ深夜に坑夫を打っているのだ。

その音はすべての坑夫の寝床にまで届いているはずだ。

鞭を打つ音と一緒に聞こえてくるのは坑夫たちの大きないびきだった。

仲間が鞭で打たれても平気で寝ている坑夫たち。

鞭の音よりも、人間であることを忘れた獣のようないびきの音に底知れぬ恐怖を感じ、俊英は耳を塞いだ。

炭鉱へやって来て半月あまりが過ぎた。

俊英にはこの半月あまりが五年にも十年にも感じられた。

自分がこの環境に慣れる日は来るのだろうか。そんな日は永遠に来ない気がした。

重い球が繋がれた足輪をはめた奴隷と同じだ。苦しさは決して切れない鎖のように延々と続く。もがけばもがくほど繋がれた球の重みが足首に食い込んでどくどくと血を流す。

それでも走って逃げてしまいたい衝動に駆られる。しかし逃げたとしてもすぐに見えない鎖に足を取られる。その先にあるのは絶望だけだった。

労働を終えて事務所の前を通ると、一人の坑夫が折檻を受けていた。

後ろ手に縛られ、樹に宙吊りにされていた。

人繰りたちに右から左から棍棒で殴られ、聞き慣れない言葉を叫んでいる。気を失うと水をかけられ、また殴られた。

人繰りの一人が俊英たちに気づいた。

「おい、新入りども。ええところに来たな。逃げたらおまえらもこうなるんや。よう見とけ」

どんぐり目は震えていた。あの日、食堂で「俺は逃げる」と言った時の気持ちは完全に萎えているようだった。

「やめろ」

小さな声が聞こえた。

「やめてくれ」

ギザ耳だった。

やがて呟きは大声になった。

「台湾人をいじめるな。やめてくれ！」

ギザ耳は坑夫の言葉がわかったのだろう。折檻を受けているのは台湾人のようだ。

ギザ耳の声に人繰りが手を止めた。

「おい、若いの。今、叫んだのはおまえか」

ギザ耳の顔が引きつるのがわかった。

「おまえか、と訊いとるんや」

「はい」と彼は上ずった声で短く答えた。

「頼みます。あの台湾人を助けてください」

ギザ耳は頭を深く下げた。

「逃げた奴を助けようとした奴も同じ罪やという掟《おきて》を、どうやら知らんようやな。こいつを助けたいと言うんなら、おまえも痛い目に遭わしたる。こっちへ来い！」

人繰りがギザ耳の腕を引っ張った。

俊英がとっさに人繰りの手を払いのけ、射るような強い目で睨んだ。

「なにするんじゃい！　おまえもか！　ひとまとめに面倒見たろうやないか」

二人の人繰りがギザ耳と俊英の身体を押さえ、ひざまずかせた。

「おい！　中のもん、手を貸せ。トロッコの車輪持ってこい」

事務所から二人の事務員が出てきた。そのひとりは小政だった。事務所の裏からトロッコの車輪を転がし、俊英とギザ耳の膝の上に置いた。

小政と目が合ったが、彼はまた目をそらした。

膝が潰れるほどの重さに俊英は声をあげた。

「おい、新入り。こいつらはおまえが打て」

人繰りが小政に棍棒を渡した。

小政は一瞬、逡巡《しゅんじゅん》した。しかし意を決して棍棒を構えて振り下ろした。

ギザ耳が悲鳴をあげた。

「ちょっと待て」

誰かの声が飛んだ。

「そいつらは逃げたわけやないやろう。許してやれや」

「古賀《こが》のおっさん、あんたはもう、俺らにそんな口を利ける人間やないやろう」

「ええから、放したれ」

「だまれ」

男は怯《ひる》まなかった。逆に人繰りを睨んだ。

しばらく沈黙があった。

人繰りが舌打ちして、顎で合図した。

俊英とギザ耳の膝から車輪が外された。

「早よう納屋へ戻れ」

男はそれだけ言って立ち去った。


夜、俊英の膝の痛みは消えなかった。

消灯の時間になっても、ピシピシという鞭で叩く音と台湾人の唸《うな》り声がいつまでも聞こえた。

俊英は眠ることができなかった。

膝の痛みのせいではない。

台湾人を痛めつける荒俣と人繰りに対するどす黒い感情が腹の底から湧いてきた。

人を殺したい、と思ったのは初めてだった。

こみ上げてきた感情を抑えることができなかった。

「早く寝ろ。明日がある」

相部屋の毬栗頭の声だった。

毬栗頭はそれだけ言って、寝返りを打った。

第9章　冷血

1

翌日の夕飯は俊英ひとりだった。ギザ耳とどんぐり目はまだノルマをこなせず穴の中にいるようだ。

数人の坑夫たちの会話が聞こえてきた。

「あの台湾人の男はどうなった？」

「さあな、夜中までうめき声が聞こえていたが、途中で聞こえなくなった。あれから姿を見ない。おそらく、どこかの浜か川辺に埋められたんやろう」

「俺はこれまで、人繰りに連れられて、十体ぐらいを川の向こう岸に埋めたことがある。

皆、脱走して連れ戻された坑夫だ。身体じゅう、紫色のアザができていたな。顔は誰かわからんぐらい腫れ上がってな。全部撲殺だろう。ここじゃあ、マラリアだ栄養失調だ逃亡だ、で、毎日一人か二人は死んでいく。みんなそこに埋めるんだ。前に埋められているのを知らないで掘ったら、そこから人間の手がぬっと出てきてゾッとしたよ」

俊英は席を立ち、坑夫たちの会話が聞こえない席に移った。

食堂の片隅に、あの男がいることに気づいた。昨日、自分たちを救ってくれた男だ。たしか、人繰りが古賀、と呼んでいた。

男に近づいて隣に座った。

「古賀さん……昨日はありがとうございました」

「ああ、昨日の、あんちゃんか」

「俺も下手したら浜に埋められるところでした」

「あんまり無茶するな。あんなこっちゃ命がいくつあっても足らんぞ」

「もう、ここに来たからには死んだも同じです」

「命を軽く扱うな」

「どうせ死ぬなら荒俣や人繰りたちを全員殺して死にます」

「口を慎め」

男が俊英の言葉を制した。

「外の風に当たろうか」

食堂の出口には人繰りがいた。人繰りは俊英を睨んだが、横に古賀がいることに気づいて、目をそらした。

男は夕闇が迫るジャングルの中へと入っていく。歩き慣れた道筋のようだった。

十分は歩いただろうか。古賀は歩みを止めない。どこまで連れて行かれるのだろう。

急に不安になった。しかし古賀に対する興味の方がそれに優《まさ》った。

少なくとも古賀は、他の坑夫とは何かが違うことだけは確かだった。

俊英は古賀の背中を追った。まだ歩くのかと再び不安が頭をもたげた頃、古賀が立ち止まった。

「着いた。ここはわしだけの隠れ家だ。誰かに話を聞かれる心配もない」

古賀は渓流の傍の大きな岩の上に腰を下ろした。

「そこに座れ」

俊英は傍の岩に座った。

「食堂であんな話はするもんじゃない。荒俣や人繰りの耳に入ったら、えらい目に遭うぞ」

月はすでに山の端に昇っていた。

月明かりが男の顔を照らす。年の頃は四十半ばぐらいだろうか。頭と顎の鬚《ひげ》にはすでに白いものが交じっている。

「訊きたいことがいっぱいあります」

古賀は懐からゴールデンバットを取り出して、火をつけた。

「わしに答えられることなら答えよう」

そう言って、吸い込んだ煙を大きく宙に吐き出した。

蒼《あお》い月が白く烟《けぶ》った。

2

「古賀さんは、俺らと同じ坑夫でしょう?」

俊英はまず最初に一番知りたいことから訊いた。

「そうだ」

「なんで、人繰りは古賀さんの言うことを聞いて俺たちを解放したんですか」

「あの人繰りは、八田《はった》という男だ。わしは昔からよう知っとる。あいつのちょっとした弱みを握っててな。事務所の金庫から小金をちょろまかしとる。それが納屋頭の荒俣の耳に入ったら、あいつは半殺しではすまん」

どうして一坑夫が、そんな事務所の内情を知っているのだろう。俊英の疑問はさらに膨らんだ。しかしその疑問は口に出さず、俊英は別の質問をした。

「なんであの日、俺たちを救ってくれたんですか」

「あんちゃんと一緒にいた若いのが叫んでただろう。『台湾人をいじめるな』とな。台湾人には、わしもいささか恩があるんでな」

「それなら、なんで拷問を受けてる台湾人も一緒に助けへんかったんですか？」

「それは、できんのだよ」

古賀は言った。

「炭鉱《やま》には炭鉱の鉄の掟がある。炭坑ピンギムヌを助けることは、わしでなくとも、誰にもできんのだよ」

「ピンギムヌ？」

「土地の言葉で、脱走者のことよ」

今度は古賀が俊英に尋ねた。

「あんちゃん、どこからここへ来た？」

「兵庫。尼崎です」

「わしは信州の木曽《きそ》だ。今は坑夫に身をやつしてはいるが、本職は木挽《こびき》でな」

「木挽？」

「山から木を伐り出して製材する仕事だ。十三の時から親と一緒に山に入って、二十歳の時に台湾に渡った」

「台湾に？」

「親に、意に添わぬ結婚話を勧められたんでな。逃げるように家出して、汽車を乗り継いで大阪に行って、そこから台湾行きの船に乗った」

「なんで台湾に？」

「ほとんど理由もなく、衝動的だったな。ただ、台湾に行って驚いた。台湾の山奥には、樹齢二千年を超えるヒノキの巨木が群生する地がある。わしはそのヒノキの群生を見て、身が震えるほど感動した。木曽にもあんなヒノキはない。すぐに台湾の営林署で働くことにした。樹齢二千年のヒノキを伐り出して、日本にもだいぶ送った。ほとんど知られとらんが、明治神宮の大鳥居、橿原《かしはら》神宮の神門、東大寺大仏殿の垂木《たるき》。どれも日本古来の神木のような顔をしとるが、みんな台湾の山から伐り出した大ヒノキよ。日本に、あんな立派なヒノキの巨木はないからな」

知らなかった。俊英は台湾の山深くに屹立するヒノキの大木の群落を想像した。音ひとつしない静かな森の中に古賀が佇んでいた。

「台湾ではそこそこ稼いで羽振りはよかった。台湾で見初めた熊本出身の芸者と結婚もした。台湾の人は親切でずいぶん世話になったよ。幸せな日々だったな」

「なのに、どうして台湾を離れたんですか」

「知り合いに誘われて、株に手を出したんが運の尽きだ。出資した会社が倒産して、財産をなくしてしもうた。悪いことは続くもんだ。続けて家内も病気で亡くしてな。内地に帰ろうと思うた。ところがどういうわけか内地行きの船が出んかった。その時、港に八重山に出る宮古丸という船が停まってた。ふらっとその船に乗った。沖縄を見物して帰ろうと思うてな。もう二度と来ることはない。ものの十日もおれば内地に帰ったらいい。そんな軽い気持ちだった」

古賀は月を見上げた。雲がゆっくりと流れてゆく。

「人生とは不思議なもんだな。あの時、あの宮古丸に乗らずに内地に帰っていたら、わしの人生は、また違ったもんになってただろうな」

その言葉は俊英にも沁《し》みた。人生には、無数の運命の交差路がある。あの日、今里の床屋に入らなければ……。

「そうして気まぐれに船に乗って、着いたところが、石垣島だ。馬と案内人を雇うて、さまようように島を巡った。港のある南部と違うて、島の北側は、それは寂しいもんだったよ。集落は海岸沿いに三つ、四つが点在する程度で、大部分はまだ手つかずの原野だった」

俊英が船から見た石垣島は、かなり大きな島だった。台湾へ行く船が経由するぐらいだから島はかなり栄えていると想像したが、どうやらそれは港のあるあたりだけのようだ。

「ある海辺の村に行った時だ。村人たちが、山から伐った木を運べんで困っておったんで、手伝《てつど》うてやった。村人たちはわしを歓待してくれた。お礼に肉を食えという。ヤギの肉かと思うたが、違う。何の肉かと問うたら、人魚の肉というじゃないか」

「人魚の肉？」

「わしは訊いた。この海では人魚が獲れるんか。村人はうなずいてこう答えた。獲れるとも。人魚の肉は不老長寿の薬だ。食うと八百年の命を授かる。あんたは村の恩人だから、特別にご馳走《ちそう》する。気がつくとその村には一ヶ月近《ちこ》うおってしもうた。居心地が良うてな。このまま村に住み着いてしまおうかとも思うたが、そうすると八百年もの間、この土地に縛りつけられそうな気がしてな。ぞっとして逃げ出した」

古賀は肩をすくめた。

俊英は古賀の話に惹きこまれた。

「それからは石垣島の港の造船所で木挽をしとった。不思議と、もう内地に戻ろうという気は起こらんかった。貯めた金で牛を買うて野底《のそこ》というところに行った。八重山の黒島《くろしま》から強制移住させられた人たちが住んでおってな、請われて家や納屋をずいぶん建てたよ。島には木挽がおらんかったから、わしはずいぶん重宝された。島の営林署からも誘いがあった」

古賀の木挽の腕はかなりのものだったのだろう。

「そんな頃だった。西表島で新しい炭鉱を作るから来てくれ、と声をかけられた。わしの木挽の腕の噂《うわさ》を聞きつけた男から頼まれてな。その男が、麻沼だった」

それが、運命の分かれ目だったな、と、古賀は俊英に話すともなく、小さくつぶやいた。

「そうして来たのが、仲良川《なからがわ》の支流のイチバン川ちゅうところにあった高岡《たかおか》炭鉱だ。そう、あんたが今いる、この炭鉱だ。麻沼はこの炭鉱の坑主だ。もう十三年も西表島におることになるな。この炭鉱の納屋や、施設の建設の一切を引き受けたのは、このわしだ」

俊英は目を見張った。

今、目の前にいる男が、この炭鉱の建物を造ったというのだ。

「わしは、この西表の森が気に入った。やはり木が好きなんだな。台湾の森にも石垣島の森にもなかった何かが、この島の森にはある。それが何かは、うまく口では言えんのだがな。ときどき、昼となく、夜となく、ジャングルの中を一人で歩く。何かがささやくような声が聞こえる。それは決して優しい声ではない。むしろ『魔物』がささやくような声だ。この島には、確かに『魔物』が棲んでおる。そんな『魔物』の気配を感じる時、わしは心底、落ち着くんだよ」

すでに密林は闇に覆われていた。

古賀の言っている意味が俊英にはうまく理解できなかった。

俊英にはさらなる大きな疑問が湧いていた。

「腕利きの木挽として請われてこの島にやってきたあなたが、どうして今は、坑夫なんですか？」

「わしは、ある時、麻沼の逆鱗《げきりん》に触れてしもうた」

「逆鱗？」

それまで柔らかかった古賀の表情が一瞬凍った。

光を失った古賀の冷たい目を見て、俊英は背筋がゾッとした。

「麻沼にはもう会ったか」

「いいえ」

古賀は地面から黒い塊を拾った。石炭のカケラだった。

黒い塊を指でくるくると回しながら月光にかざした。

「この石炭のカケラをよく見てみろ。月光に当たっている部分は実に美しく光っている。しかし、当たっていない部分は漆黒だ。人間も同じよ。どの角度から見るかで変わる。麻沼を、鬼という者がいる。麻沼を、仏という者がいる。厄介なことに麻沼には人を惹きつける不思議な力がある。それが見る者の角度によって鬼と映り、仏と映る。評価はどの角度から見るかで変わる。麻沼とは、そういう男だ」

古賀は黒い塊をぽんと渓流に投げ捨てた。

闇の中でぽちゃんと音がした。

「わしが麻沼の逆鱗に触れた理由を説明する前に、麻沼のことについて話しておこうか」

聞いておかねばならないような気がした。俊英はうなずいた。

3

「麻沼は、福岡の出身だが、明治の中頃に、沖縄にやってきた」

古賀はポツポツと言葉を拾うように語り出した。

「最初は、石垣島に来たらしい。八重山を開墾する会社の社員でな。当時『琉球王』の異名を取って、勢いのあった奈良原《ならはら》繁《しげる》という沖縄の知事が、八重山の土地を買い占めるために作った会社だ」

もちろん俊英はそんな知事の名前を知らない。

「奈良原のやり方は強引だった。それまで村が共同で持っていた山林を、明治維新で職を失った士族を助けるという口実で、実際には自分と親しい本土の金持ちの商人や役人に、ただ同然の安値で払い下げた」

「土地を奪われた村人はどうなったんですか？」

「そんなもの、お構いなしだ。奴らには人間に映らんのだろうよ」

めちゃくちゃだ、と俊英は思った。そんな強引なやり方が通用するのか。

「政治家が利権を使って、自分と親しい人間に甘い汁を吸わす。土地を、なんだかんだ理由をつけて彼らに安値で払い下げる。そういう汚いことをする政治家は、いつの時代にもおる。そして、それを利用してのし上がろうとするやつもな。麻沼はそんな奈良原の懐に入り込んだ」

暗闇の中から黒い影が羽ばたいて夜の空に消えた。

フクロウか何かだろう。

「どんな手を使ったのかはわからん。とにかく麻沼は、奈良原の威光を最大限に利用した。八重山が金になることを知ったんだ。会社が解散した後、西表島の炭鉱に目をつけて、当時西表島で一番大きな『琉球炭鉱』に潜り込んだ」

俊英の頭の中では、まだ見ぬ麻沼の顔に靄《もや》がかかっている。

「麻沼は持ち前のずる賢さと押しの強さで、すぐに頭角を現して、納屋頭になった。あんたは荒俣という納屋頭を知ってるだろう」

俊英はうなずいた。

「今のあいつと同じだ。納屋頭というのは、坑夫の作業の割り当てから現場監督、それから坑夫たちの賃金を坑主から受け取って支給する。つまりは、坑夫たちの命を握る絶対権力者だ。坑夫募集で受ける手当、坑夫からの歩合、飯場《はんば》のまかない料、食料や日用品を売った収益、前借り金に対する利子。すべてが納屋頭の懐に入る」

俊英はどんぐり目を足蹴にした時の荒俣の顔を思い浮かべた。虫酸《むしず》が走った。

「麻沼は納屋頭の利権でしこたま金を貯めると、今度は自ら手なずけた奴らを引き連れて、独立した。それが、高岡炭鉱だ。足りない金は、那覇で高利貸しをしてる男から引っ張ってきた。高岡炭鉱の高岡というのは、高利貸しの男の名前だ」

「なんで炭鉱に自分の名前でなく、高利貸しの名前をつけたんですか」

「そこが麻沼の狡猾《こうかつ》なところよ。自分の名前を会社につけられて悪い気がする者はおらんだろう。そうして高利貸しの自尊心をくすぐって心を摑むんだ」

麻沼の靄がかかったその顔の、口元だけが笑っていた。

「麻沼という男は、刑務所上がりの人間とか、ヤクザもんを使うのがうまかった。人の心の弱いところを衝《つ》く、人誑《ひとたら》しの才能があった。麻沼のやり口は、いつも坑夫同士を反目させておく。そうして、対立している一方の坑夫を、非常に可愛がる。たとえば、たらふくご馳走《ちそう》され、おまえが頼りや、頑張れよ、と激励される。納屋頭よりも偉い立場の坑主にそんな声をかけられた坑夫は有頂天になる。ところが何日かすると、この坑夫は掌《てのひら》を返したように冷たくされて、麻沼はいつの間にかその坑夫が嫌っている方を思い切り可愛がる。こうすると、坑夫は団結し合うことなく疑心暗鬼になる。そして麻沼に気に入られようと、なんでも言うことを聞くようになる」

俊英は目をそらさず古賀の顔を見つめていた。

「人間とは弱いもんだ。つい昨日まで殺したいほど憎いと思うてても、頭を撫でられると、もうきれいに忘れてしまって、ありがたいお人だと思ってしまう」

古賀は何かを思い出すように夜空を見上げた。

「麻沼が鬼にも仏にも見える、というのは、そういうところよ。麻沼に優しい言葉をかけてもろうた坑夫たちも、現場では例外なく、人繰りに棍棒で思い切り殴られて、人間扱いされない。けど坑夫たちは、悪いんはこいつらだ、麻沼さんは悪うない、と思う。すべて麻沼の計算通りだ。逃亡者は絶対に許すな、草の根分けてでも必ず見つけ出して連れ戻せ、本人も他の坑夫も二度とそんな気を起こさんよう、殺してもええから見せしめとして往来で拷問にかけろ、と裏で指示してるのは、麻沼本人なのにな」

俊英の目は古賀の顔を見据えたままだ。

柔らかくもない、冷たくもない、表情の消えた顔が月光に照らされてそこにあった。

底知れぬ谷をのぞき込んだような気分だった。

会ったことさえない麻沼のことを、俊英は完全に理解したとは思えない。

しかしそれ以上に、今、目の前にいる古賀のことが、俊英にはまだよくわからないのだった。

「ひとつ、訊いてもいいですか」

「なんだ」

「古賀さんは、なんで、俺にそこまでいろいろ教えてくれるんですか」

「そうさなあ。なんでだろうなあ」

古賀はしばらく考えてから口を開いた。

「あんたは、若い頃の、わしに似てるんだ。二十歳で初めて台湾に渡った頃の、わしにな。あんたは、とにかくここではないどこかに自分の身を置きたくて、この島に来た。そうだろう？」

そのとおりだった。

「もうひとつ、似ているところがある。あんたはわしの後について、ずっとこのジャングルの中を歩いてきただろう」

俊英は意味もわからずうなずいた。

「その時、どんな気持ちがした？」

「暗くて、怖くて……不安になりました。どこまで行くんやろうか、と」

思ったままを正直に答えた。

「それでも、あんたはここまでわしについてきた。どこか冷めていて、ただ流れに身を任せているようだが、何か惹かれるものに出会うと、心を奪われる。そうなると止めることはできん。あんたはそういう男だ」

古賀は笑った。

「あんたは、わしと同類だ。わしにはわかるんだよ」

そうなのだろうか。俊英にはよくわからなかった。

ただ古賀は、尼崎にいた頃、幼い自分に読み書きや世の中のことを教えてくれた沖縄の大人たちとどこか似ていた。俊英は彼らが好きだった。世界を広げてくれる彼らの話を聞くのが好きだった。古賀にも同じものを感じていた。

「古賀さん、坑夫の仕事は辛くないですか」

「あんたはどうだ」

「死ぬほど辛いです」

「当たり前だ。わしも辛い。特に穴に入った初めの頃は気が狂いそうになるほど辛かった。十何時間も地中にいるんだからな。人間のやることじゃない。しかしな、わしはある時、気づいたんだ。そして、不思議な体験をした。そこから考えが変わった」

「不思議な体験？」

「暗闇の穴の中で、声を聞いたんだ」

「声？」

「石炭は、もともと何で出来ているか知ってるか」

俊英はそんなことを考えたこともなかった。

「……石、じゃないんですか」

古賀は再び石炭のカケラを拾い上げて掌に載せた。

「これは石じゃない。石炭というのはな、植物だ」

「植物？」

「そうだ。気の遠くなるぐらい大昔にこの島に生きていた植物の死骸なんだ。元は我々と同じ命があったんだ。枯れて倒れた巨木は腐ることなくこの地の水の中で眠って、泥が覆いかぶさり、長い長い時が流れて、黒い塊になった。わしの大好きな、木の化身なんだ。それに気づいた時、わしは暗闇の中で懐かしい友人に逢ったような気がした。それからだ。石炭の層にツルハシを入れるたび、命の残骸の『声』が聞こえてきた。かつて木挽として、木曽や台湾や石垣島の森を歩いていた時、西表のジャングルを歩いていた時に聞こえた声と同じだ。懐かしい声だ。声なき『命』の声だ。この地球上にあった『命』の塊を掘り起こしているんだ。わしの手によって再び地上に戻るんだ。そう考えると、不思議と気持ちが落ち着いた」

俊英には古賀の感覚がうまく理解できなかった。

あの黒い塊が、植物の残骸だと気づいたとして、どうして心が落ち着くのだ。それはただの死骸ではないか。命のない石と何が違うのだろうか。

「わしの考えが、おかしいと思っているだろう」

どう答えていいのかわからなかった。

「わしの考えはな、幻かもしれん。そんな夢を見ているだけかもしれん。けどな、人間は、苦しい現実に耐えるために、夢を見ることが必要な時があるんだよ。夢が、幻が、辛い現実を乗り越える力をくれる時があるんだよ」

俊英はただ黙って古賀の言葉を聞いていた。

「蒸気機関車や蒸気船から出る煙を見たことがあるだろう」

「あります」

俊英は那覇の映画館で観た黒煙をあげて走る蒸気機関車や蒸気船の映像を思い出した。

「土の中から地上に戻った木の化身は燃やされ、煙となって広がる。わしは暗闇の穴の中で、自分の掘った命の残骸が煙となって広がる光景を想像する。煙は雨と混ざって再び大地に落ち、海に落ち、大地や海に生きている命の糧となる。そう思うと、竦《すく》んだ心が立ち直る。暗闇に一歩踏み出せる。自分のやっていることが、意味のあることに思えてくる」

やはり俊英には理解できなかった。

ただ、暗闇に一歩踏み出せる勇気が持てるなら、ぜひともその方法を知りたかった。

答えになっているかどうかわからないが、ふと頭に浮かんだことを答えることにした。

「俺は、そんなことを考えたこともありません。ただ、掘っているのが辛くなった時、こう考えようと思ったことがあります。自分の掘っている石炭が、やがて軍艦の燃料になり、汽車を走らせる燃料になる。そうしてお国のためになっているんだ、と」

「お国のため、か」

古賀は笑みをこぼした。

「ところであんた、名前は？」

「安室俊英といいます」

「安室、という苗字《みょうじ》から察するに、生まれは沖縄か」

「両親の生まれです。沖縄には西表に渡る途中で初めて来ました」

「あんたには、沖縄の血が流れとるんだな」

「はい」

「なんで、こんな沖縄の西の果てに炭鉱があるか、知りたいか」

知りたいと思った。すべて聞くつもりだった。

目だけで強くうなずいた。

古賀は再び懐からゴールデンバットを取り出し、ゆっくりと一服吸ってから煙を吐き出した。そして言った。

「この西表島で『石炭』が採れることは、ずっと昔から知られてた。琉球王朝の頃からな」

俊英はぐっと身を乗り出した。

4

「幕末に、アメリカのペルリの艦隊が、琉球の周辺にたびたび現れて石炭の採れる地を探したことがあった。琉球王府は、西表島で『石炭』が採れることをひた隠しにした。『燃える石』は戦を呼び込む。彼らにはそれがわかっていたんだ」

俊英はそんな古い琉球の話など、何も知らない。ペルリの名前も初めて聞いた。

古賀は俊英の表情からそれを察したようだ。

「まあ、とにかく、彼らが乗る蒸気船には、石炭が必要だった。航路の途中にある沖縄海域で石炭を調達したかったんだ。琉球王府は細心の注意を払って彼らが石炭を発見することを警戒した。石炭が露わになっている地表には、伐った樹木を被せて見えないようにしたりしてな。だが、石炭のありかを目を皿のようにして探してたのは、薩摩藩も同じだった」

「薩摩藩？」

「江戸時代、鹿児島の土地を治めていた大名と思え」

　俊英は納得した。

「薩摩藩は、当時どこの藩よりも先に機械と蒸気船の製造に力を入れていたから、石炭の価値に気づいていた。機械の動力は、水力の開発でやっていける。しかし蒸気船だけは、石炭でなければどうしようもなかったからな。琉球王府が徹底的に隠していたせいで薩摩藩が西表島の石炭に気づくことはなかった。だが明治の世になって、西表島に石炭があるという情報が薩摩藩に漏れた。まったく、ひょんなことからだった」

「何があったんですか？」

「琉球のある男の妹が薩摩藩からやってきた男に恋心を寄せていた。男は石炭のありかを探していた。兄は妹への情にほだされてありかを教えてしもうた。その後、兄は密告の罪で波照間島《はてるまじま》に十年の島流しになった。妹の恋心を思う兄の情が、西表島の『燃える石』に初めて火をつけることになったとは、哀れな話よ」

　古賀はため息をつくようにゴールデンバットの煙を地面に吐き出す。

　煙の先で二つの赤い影がさっと横切った。

　蟹《かに》のつがいだった。

「石炭は軍艦の燃料にもなる。西表島は、日本が進出を目論《もくろ》んでいる中国に近い。海外に石炭を輸出するのにも抜群の地の利がある。薩摩藩が発見した後、富国強兵を進める明治政府が後ろ盾になって、三井《みつい》物産が西表島で採掘を始めた」

「三井物産、ですか」

俊英は思わず訊き返した。

俊英もその名を知っている有名な大財閥だ。

「そうだ。坑夫には囚人を使うた。炭鉱の労働は、普通の人間なら到底耐えることのできない苛酷なものだからだ。明治政府は、北海道の開拓にも囚人を使うた。それと同じだ」

もともと囚人を使って始まった炭鉱の労働に、俊英は騙されて送り込まれたのだ。

俊英は自分が閉じ込められている監獄のような小部屋を思い出した。

「囚人を使おうとしたのには、もうひとつ理由があった。賃金を払わんでいいからだ。当時、沖縄には『人頭税』という制度があった。それは、税を払える能力に一切関係なく、穀物や織物で税を納めるという、問答無用の苛酷なものだ。貧しい離島ではこのせいで悲惨な間引きや島民同士の殺人も行われた。沖縄の人間を炭鉱の労働者として使うとなると、賃金を支払わんといかん。これまで物で納めさせていた古い習慣を崩すことになる。政府はそれを避けたかった。それで労働力には囚人を使うたというわけだ」

古賀の話は腑《ふ》に落ちた。腑に落ちたが、あまりにひどい話だ。国とは、なんと身勝手なものだろうか。

「強力な国の後押しで炭鉱事業を始めた三井も、長くはもたんかった。わずか四年で突然、事業を中止した。西表島には明治政府と三井を蹴散らすほどの強力な『敵』が潜んでた」

「なんですか」

「マラリアよ。当時、百五十人ほどの囚人坑夫が働いてたらしい。そのうち、わずか半年の間に九割以上がマラリアにかかって、三十人以上が死んだ。それで三井は手を引いた。大日本帝国の国家戦略を、わずか数ミリのちっぽけなハマダラ蚊が吹き飛ばした」

古賀はパチンと両手を打った。

「ほら。こいつだ」

古賀の掌に血をたっぷりと吸った蚊が潰れていた。

「しかし、数年後に、三井物産にかわって別の会社がやってきた。大倉組《おおくらぐみ》だ」

大倉組の名も俊英は聞いたことがあった。今、飛ぶ鳥を落とす勢いの羽振りのいい財閥だ。

「大倉組は、一言で言うと、戦争屋だ。鰹節屋の小僧から身を起こした大倉は、幕末の江戸でいち早く鉄砲店を開いて、官軍、幕府軍の両方に鉄砲を大量に売りさばいて大儲けした。明治になっても西南の役で儲けて、財閥に成り上がった。日清戦争で日本が台湾を手に入れるや、大陸や南方に進出するのに圧倒的に有利な西表島の石炭で儲けようと目をつけたというわけだ。しかし、大倉組も長うは続かんかった」

「マラリアですか」

「いや。もっとデカいやつがやってきた。台風だよ」

「台風？」

「巨額の資金をつぎ込んで造った船が、猛烈な台風で沈没したのが命取りになった。大倉組はそれに懲りて手を引いた。その後、西表島の石炭事業は、急速に衰えた。マラリアや台風が立ちはだかる西表島に、誰も近づこうとせんかった。息を吹き返させたのが、またも戦争だった。そう。あんたの言う、お国のためというやつだ」

「今度は何の戦争ですか」

「大正初めの欧州大戦だ。しかし、三井と大倉の失敗で、財閥系の資本はもう西表島にはやって来んかった。そこで、いくつもの小さな会社が西表島に入り込んで事業を開いた。その中のひとつ『琉球炭鉱』を興したのが、板野《いたの》なる男だ。場所は、西表島の離れ島、内離島《うちばなりじま》。あんたも船が白浜《しらはま》の港に入る時に見ただろう」

あの島だ。島の山腹に、黒々とした無数の穴が蜂の巣みたいに空いていた。

初めてあの穴を見た時の不気味さを、俊英は今でもよく覚えている。

「板野は坑夫から身を起こした根っからの叩き上げだ。この頃の炭鉱の坑主と坑夫の関係は、親分子分の任侠《にんきょう》的な関係だった。だから板野のような山師的な人間が成り上がることができた。もうその頃には囚人を使うことはできんかった。それでも都会や農村の貧しい人間に甘い言葉で声をかければ、本土からでも人は集まった。『せめて人間らしい生活をしたい』『女房、子供を食わせたい』、そんな人間がいくらでも集まった。もちろん沖縄からもたくさん来た。人頭税はすでに廃止されてたが、それと入れ替わるように、沖縄は飢饉《ききん》が広がってソテツ地獄に見舞われたからな」

ソテツ地獄。

その言葉は沖縄に向かう船の中で、ロイド眼鏡の男から聞いて知っていた。

「それから台湾からも大勢連れてきた」

たしかに炭鉱に台湾人は多かった。

「内離島には、台湾人坑夫だけの炭鉱があるぐらいだ。あの炭鉱は酷《ひど》い。坑夫たちに麻薬を打って働かせとったからな。麻薬漬けにして炭鉱に縛り付けるのよ。坑主は昭和の初めに台湾に帰ったが、今もあの炭鉱の極悪ぶりは語り草になっとる」

「麻薬漬けで……」

俊英は一度だけ、麻薬漬けになった男を大阪の繁華街で見たことがある。目の焦点が合っておらず、ヨダレを垂らしながら歩いていた。

地獄は俊英のいる炭鉱だけではなかったのだ。

「板野は坑夫からの叩き上げだけあって、よう働く坑夫には優しかったと言われてる。しかし板野にも恐ろしい噂があった。内離島の新鉱には、島の西側と東側をつなぐトンネルがあった。ところがある時、このトンネルが崩れて、三十何人かの坑夫が生き埋めになって死んでしもうた。犠牲になって死んだ坑夫の中に、内地で社会運動に参加していた活動家がおった」

「活動家……っていうのは、小林……多喜二とか、そういう人のことですか」

俊英は床屋で聞いた名前を思い出した。たしか客たちが新聞を読みながら、小林のことを「活動家」と呼んでいた。

「そうだ。よう知ってるな。活動家というのは、会社にとっては一番の敵よ。米騒動からこっち、九州の炭鉱では坑夫たちが労働争議や暴動をよう起こしてた。九州の炭鉱から流れて来たその男は、島の坑夫たちと団結して待遇改善を要求したりして、会社側もこの男に手を焼いとった。そこで板野は会社の人間に指示して、男がトンネルの中に入っている間に坑口の木枠をノコで切って入り口を崩して生き埋めにして殺した、というんだ。以後、この島から坑夫たちによる労働争議は姿を消した。闘ったら殺される。それがわかった」

古賀はまたパチンと両手を打った。蚊が赤い血を出して潰れていた。

小林多喜二も虐殺されたのだ、と床屋の客たちが言っていたのを俊英は思い出した。

「坑夫たちから吸い上げた巨万の富で、板野は内離島に台湾から取り寄せたヒノキで豪邸を作らせた。当時の板野の勢いは、県知事をもしのぐほどだった。それほどの琉球炭鉱も、昭和の初めの大不況で板野が借金を残して急死して衰退した。板野の末路は哀れだったな」

「どうなったんですか」

「狂い死によ。狂乱状態になって糞《くそ》を撒《ま》き散らし、自分の糞を食らう有り様だったらしい。あれだけの栄華を極めた男が、悲惨な最期よ」

古賀は忌まわしげに首を横に振った。

「板野の炭鉱で納屋頭をしとったのが、あの麻沼だ。麻沼もまた山師的なやり方で、坑夫の人間関係を巧みに利用して成り上がったのは、さっき言うた通りだ。炭鉱は昭和の恐慌で一時衰退したが、満州事変以降、また息を吹き返した。今は、第二の全盛期だ。またも戦争の気運に乗じて、今、麻沼が、我が世の春を謳歌《おうか》しとるというわけだ。長い話になってしもうたな。『お国のため』とあんたが思うその裏には、そんな背景があるということを、あんたに伝えたかった」

俊英は炭坑の中の闇を思い起こしていた。

明るい外から暗い炭坑の闇の中に入ると、一瞬、目の前が真っ暗になって何も見えない。しかし、最初は真の闇と感じていても、徐々に目が慣れてきて、おぼろげながら何かが見えてくる。古賀の話を聞くのは、まさにそんな感覚だった。しかし俊英にとっては、まだ見えない闇の部分の方がはるかに大きかった。

「おっと。あんたが一番訊きたかった疑問に答えるのを忘れてたな。わしが、なんで麻沼の逆鱗に触れたか、という話だ」

そうだ。それを訊きたかったのだ。

「狂い死にした板野の建てた豪邸が、内離島に残っていた」

古賀はゴールデンバットの煙を宙に吐いた。

「麻沼は板野が死んだ後、その豪邸も引き取った。わしは、麻沼に連れられて、板野の豪邸を見に行ったことがある。それはそれは贅《ぜい》を尽くした豪邸だった。一番座が十二畳、その隣が十畳、別に玄関と右側にも八畳の間があった。家の造りも立派だったが、金の屏風《びょうぶ》をはじめ部屋に飾られたいかにも高そうな調度品の数々に驚いた。麻沼は、この豪邸と調度品をそっくりそのまま自分が今いる白浜に移して住みたいと言い出した。わしは、絶対におやめになった方がよろしいと進言した。その屋敷の中に、恨みを残して死んでいった坑夫たちの幽霊の声が、はっきりと聞こえたからだ」

「幽霊?」

「一人や二人じゃない。ひと部屋に、何人もの声が渦巻いてた。屋敷に充満する邪悪な霊気に、身の毛がよだつ思いがした。板野が狂い死にした理由が、はっきりとわかった。

わしは麻沼に言うた。この豪邸は、坑夫たちが流した血で建てられたものです。この家に住んだ者は呪われる。板野みたいに狂い死ぬ。おやめなさい、と。その言葉が、麻沼の逆鱗に触れた。麻沼は、わしの進言を無視して、豪邸を移した。麻沼はそれ以来、わしには見向きもせんかった。麻沼にはそういう気まぐれなところがあった。お役御免だ。わしはわしで、せいせいした気分だった。内地に帰ろうか。それとも台湾に戻ろうか。ところが、そうは問屋がおろさんかった。麻沼の会社から、一枚の紙が届いた。そこにはたった一行、こう書かれていた。

『本日ヨリ、炭坑労働ニ従事スルコトヲ命ズ』

麻沼は、わしをこの地に閉じ込めようと決めた。炭鉱の従業員全員に、古賀をこの島から出すな、特別扱いは一切するなと命じた。そうしてわしは、一坑夫として、この島におるというわけだ」

呪いさえ恐れず、信頼してきた男さえ気まぐれに地獄へ落とす。麻沼という男の薄ら笑いが闇の中に見えたような気がして、俊英は寒気立った。

「いかにも鬼らしい顔をした鬼よりも、よほど怖い。麻沼は、そんな男だ」

古賀が腰を上げた。

「さあ、そろそろ戻ろう。これ以上、遅くなると、逃亡したと思われる」

闇の中を歩きながら、古賀が呟いた。

「どうもわしは、不思議な体質に生まれついたようだな。恨みを残して死んでいった坑夫の幽霊たちの声を聞いたり、石炭となった木の化身の声を聞いたり。わしは狂っているのかもな」

俊英にはわからなかった。

ただ、わずか一夜の間に、とんでもなく長い旅をしてきたような気になった。

姿の見えない生き物たちの鳴き声だけが、漆黒の闇夜の中から俊英の耳に届いていた。

第10章　街の灯

1

どんぐり目が変調をきたしたのは、島に来てから三ヶ月半が経った頃だった。突然手足が震え出し、寒気を訴えた。

マラリアだった。

医務室とは名ばかりの粗末な部屋に横たわるどんぐり目を俊英は見舞った。高熱で意識が朦朧《もうろう》としているようだった。

それでもキニーネという薬を飲むと三日間で熱が下がった。しかし熱が下がってすぐに炭坑に戻され、働いているうちに再発した。マラリアは完治していなかったのだ。

もう薬は効かなかった。病人に与えられる食事も十分ではなかった。俊英は毎日、どんぐり目のもとへ炭鉱の売店で買った肉や魚を持って行った。熱は下がらず、食は細った。四十度の高熱が五日続き、何も喉を通らなくなった。五日目、高熱が脳を冒したのか、意味不明のことを口走るようになり、その夜、病室から姿を消した。

翌日の朝、ジャングルを流れる小川を横切って倒れる木に、抱きつくようにうつ伏せになっているどんぐり目の亡骸《なきがら》が発見された。

倒木を伝って川の向こうに渡ろうとしたのだろうか。

六月の終わりだった。

その日の夕方、俊英は川面に、女の髪飾りのような白い花が一輪、流れているのを見た。

俊英がサガリバナという花を見たのは、その時が初めてだった。

毎年六月の終わりの夜に、妖《あや》しいほどに白い花を咲かせるという。花は夜明けまでに川に落ち、その時川面は真っ白に染まる。

咲き落ちるのが遅れた花が、今頃になって夕刻の川に身を委ねて流れてきたのだ。

ムシロをかぶせられたどんぐり目の遺体のもとに小政がやってきた。埋葬はおまえに任すと荒俣に言われてやってきたのだと言う。

いつも遺体を葬るジャングルの川岸に埋めようと小政は言った。

いや、と俊英は拒絶した。

「せめて、河口まで出てくれ。あいつの故郷の海につながってる、広い海のほとりに埋めてやりたい」

どんぐり目の亡骸を積んだ小舟が河口を目指した。

ギザ耳も舟に乗った。相変わらず何も喋らなかった。

密林に覆われた川は下流に近づくにつれ明るさを増し、やがて海が見えてきた。

港を少し北に回り込んだところに小さな砂浜があった。

舟を停めて浜辺に亡骸を埋めた。亡骸と一緒に彼が妹に宛てた手紙も埋めた。

手紙は彼があてがわれた納屋の小部屋に、余った便箋と共に置いてあった。

どんぐり目の肉体は、やがて骨だけを残して土に還るのだろう。

樹木の死骸が気の遠くなるような時を経て、石炭となるのだと古賀は言った。

彼の肉と血と骨もまた、気の遠くなるような時を経れば、いつか姿を変えてこの大地と海に蘇る日が来るのだろうか。

打ち寄せる波がこの浜を何度洗えばその日が来るのだろうか。

その日まで、安らかに眠れと俊英は心の中で祈った。

2

真っ暗な坑道から這い出た俊英は、空に充溢《じゅういつ》する光を浴びた。

陽の光を見たのは十四時間ぶりだった。

太陽はすでに山の端に隠れているはずだった。

それでも眩しくて目を開けられず、しばらくは光の満ちた世界を凝視することができない。

ぼんやりとした光の世界が、やがてくっきりと輪郭を持って目の前に映る。

鬱蒼とした緑の世界が闇に閉ざされていた俊英の瞳を洗った。

気温は三十度を軽く超えているはずだった。

湿気を帯びた亜熱帯の空気が俊英の裸の身体を包み込む。

光が入る余地のない坑道の中は冷たい世界だ。

それでも十四時間ぶっ続けの労働で身体中のすべての毛穴が開き、穴の外に出た瞬間、べっとりと汗にまみれた肌からさっと汗が引いていくのを感じた。

坑道の入り口で脚立に腰かけている坑内係が俊英に声をかけた。

「本日の採炭。スラ箱、三十杯。一トン半。出てよし」

俊英は無言で坑道の出口から続く坂道を下り、目の前の川に飛び込んだ。事務所が設営した簡易の共同風呂に入るのも煩わしかった。坑夫の垢《あか》が泥のように浮く不潔な共同風呂より、川の方がはるかに心地良い。煤《すす》だらけの真っ黒な身体を手で拭って川の水で洗い流した。

そうして仰向《あおむ》けになって身体を川に浮かした。

やはり太陽はすでに西の山の端に隠れていた。

奥深い渓谷の日の出は遅く、日の入りは早い。

密林に覆われた山塊が四方を壁のごとく塞ぎ、東の山の端から太陽が見えるのはもう昼近くだった。午前四時には坑道に入る俊英がその姿を見ることはなかった。

眩《まばゆ》い光が降り注ぐ南の島で、俊英は一日のほとんどを太陽のない世界で生きているのだった。

空の高いところから鳥の鳴き声が聞こえる。

あの鳴き声はアカショウビンだろうか。

カンカンカンと炭層にツルハシを打ち込む音、パラパラと石炭の粉と塊が剝がれ落ちる音。その虚《むな》しい響きが永遠に続くかと思える闇の世界から、俊英はようやく命の気配を感じる世界に戻ってきたのだ。

川面に目を移した。

白い花が一輪、俊英の身体の傍を、ゆっくりと流れていった。

サガリバナ……。

もう、そんな季節か。

俊英は目を瞑る。

どんぐり目が死んでから、もう一年が経ったのだ。

あの、サガリバナが川面に流れた日の出来事を思い出した。

そしてあの男の死を、一年間忘れていたことに俊英は慄然とした。

マラリアにかかったとわかった時に看病に通い、亡骸を自らの手で埋めた男の死を忘れていた。

自分も他の坑夫と同じように、人間の顔をなくしてこの一年を生きてきたのかもしれない。

ゆっくりと目を開ける。

六月の残光が再び川面に身を委ねる俊英の瞳を満たす。

俊英は川から上がり、事務所に向かった。

今日一日の給金を炭鉱切符でもらい、食堂に入った。

食堂の中にある売店で、魚と肉の皿を取ると、もう切符は残らなかった。

炭鉱に来て一年と三ヶ月あまり。借金は一向に減らなかった。

炭鉱は俊英がこの島に来た時よりも活況を呈していた。坑夫の数は増え、石炭の増産体制はさらに強化されていた。

「もうすぐ、大きな戦争が始まるぞ」

そんな坑夫の声がどこからか聞こえてきた。

夕飯を済ませた後、川べりを散歩した。

ふと、一年前、どんぐり目が倒木を抱きかかえながら死んでいたというあの場所まで行ってみようという気になった。

せめて花を手向《たむ》けよう。俊英はジャングルの中に咲く名も知らぬ紫色の花と白い蘭の花を手折《たお》りながら川べりを遡った。

倒木は一年前と同じ場所にそのままあった。

どんぐり目が倒れていた場所には、すでに花の束があった。

誰が手向けたのだろうか。

俊英はその横に花の束を並べて手を合わせた。

しばらくそこに佇み、帰ろうとしたその時、人影が俊英の視界に入った。

川べりに、誰かがしゃがみこんで俯いている。

俊英は息を呑んだ。

どんぐり目か。まさか。馬鹿げている。

俊英が逃亡すると考えて後をつけて来た人繰りだろうか。

俊英はしゃがみこんでいる男へ、そっと近づいた。男が俊英の気配に気づいて顔を上げた。

ギザ耳だった。

俊英は拍子抜けした。

そしてあの倒木に花を手向けたのが誰だったのかを悟った。

「こんなとこで、何してるんや」

ギザ耳は再び顔を俯け、やはり黙っている。

沈黙の中に自分を閉じ込め、ただじっと川面を見つめていた。

3

新入りの坑夫は毎週のように炭鉱に送られてきた。

納屋の中はいつも坑夫たちで満杯だった。しかし新しい坑夫が入ってきたからといって納屋に入り切らなくなることはなかった。

マラリアで死んでいく坑夫も、同じだけいたからだ。最近顔を見ない、と思う坑夫の部屋には、いつの間にか新入りの坑夫が入っている。

坑夫たちの小部屋は二人部屋で、古い坑夫は定期的に部屋を替えられた。古い坑夫同士を結託させないためだ。俊英と同部屋だった毬栗頭も今は別の部屋に移り、代わりに新入りの坑夫が入ってきた。

最初は人間の顔をしている彼らも、日が経つにつれ、怒りが絶望となり、やがて諦めとなって人間の顔をなくしていく。そして誰もが同じ「坑夫」の顔になっていく。あまりに同じ顔だから、マラリアで死んだ坑夫の小部屋に別の坑夫が入っても、坑夫が入れ替わったと気づかないときさえある。

一人の死をずっと心にとどめておくには、坑夫たちの毎日はあまりにも死が身近だった。

自分がどんぐり目の死をたちまち忘れたように。

死と隣り合わせに生きている結果、坑夫たちは些細《ささい》なことにも縁起を担いだ。

炭鉱に来た当初、こんなことがあった。

朝飯を食べる時間がなくなり、手早く掻き込もうと、飯に味噌汁《みそしる》をかけて食べた。途端に周りの坑夫たちから袋叩きにされた。頭からミソをかぶる。ミソがつく。つまりケチがつく。そして朝の汁かけ飯は、土葬の墓を想起させるというのが理由だった。

坑内で口笛を吹くことも嫌われた。

笛の音は炭坑が落盤で崩れるなど非常事態を報《しら》せる合図だ。口笛の音はその非常事態を呼び込むと坑夫たちは考えた。

同時に坑道の中で鼻歌を歌うことも忌み嫌われた。歌えば山の安全を見守る山の神が歌に気を取られ、守りがおろそかになるというのだ。

極限の緊張の中で坑夫たちは「死」に敏感だった。

鬱積したものを吐き出す楽しみといえば、酒と博打だった。

現実を忘れ、正体をなくし、刹那の慰めを得るためだけに一日の労賃のほぼすべてを酒に費やす。

酒は大抵食堂で大勢で飲む。飲めば誰もが自分の境遇を話し、悲運を嘆く。聞く者は誰もいない。他人の人生に興味を持つ気持ちなどここに来れば吹き飛んでしまう。誰かが話し終わると別の誰かが話し出す。ただ自分の中の怨嗟《えんさ》のとぐろを吐き出すためだけに孤独な宴《うたげ》はいつまでも続く。

俊英も誘われて輪に加わる。人に自分の境遇を聞いてもらいたいとは思わない。ただただ杯を口に運ぶ。そうしていっときの酒に溺れ、酔いが覚めた後に猛烈な虚しさだけが残る。わかっている。それでも酒を飲まなければやり切れないのが炭鉱の夜だ。

博打はサイコロ三個を投げる単純なものだ。

賭けられるものは炭鉱切符だ。炭鉱という特殊な世界でしか通用しない贋金《にせがね》だ。

人生の目を読み違えた男たちが、勝ったただの負けただの自分ではどうにもできない

「運」という掌の上に身を委ね、刹那の快感を取り戻すためだけに賝金を賭けた。その間は絶望を忘れることができた。つまりは酒と同じだった。

飲めば飲むほど、賭ければ賭けるほど、心は乾いた。

誰もが、自分のことを考えるのに精一杯だった。

そして誰もが孤独の穴の中に戻るのだった。

ギザ耳だけが酒の輪にも博打の輪にも一切加わらなかった。

ある日、ギザ耳が目に青アザを作って炭坑に現れたことがあった。

どうしたんだと訊いてもいつものように何も答えない。

別の坑夫に事情を訊くと、ギザ耳の態度が気に入らないと、古株の坑夫たちから袋叩きにされたそうだ。今は収まっているが、いつまた同じようなことが起こらないとも限らない。

この島に来た当初、ギザ耳は折檻されている台湾人を助けようと人繰りたちに食ってかかったことがあった。

いつか何かの拍子に、ギザ耳が暴発して大ごとにならなければ良いが。

そんな気持ちが心によぎった刹那、俊英は、はっとした。

他人のことを気にする心が、まだわずかでも、自分の中に残っていたとは……。

俊英はそのことに気づいて苦笑した。

4

その日、食堂に入って来た坑夫は風変わりな男だった。

おそらく先週の船で島にやってきた新入りだろう。初めて見かける男だ。

男はカンカン帽をかぶっていた。

麦わらが細かく固く編んであり、黒いリボンが巻いてある。

坑夫で帽子をかぶっている男など皆無だった。炭鉱に来て一年と半年以上経つのに、少なくとも俊英は島に来てから初めて見た。

変わっているのはそれだけではなかった。

食事が終わった後、男は懐から銀色の筒を取り出し、口にくわえた。

突然、食堂に音が鳴り出した。

ハーモニカの音色だった。

炭鉱に楽器などはなかった。

酒に酔って誰かが歌ったり、カッポレを踊ったり、おどけて女踊りをすることはあっても、せいぜいが手拍子か、箸で茶碗を叩いて囃す程度だ。それでも娯楽のない炭鉱では十分な座興となった。

カンカン帽がハーモニカを吹いた途端、食堂の空気がさっと変わった。

ハーモニカが奏でるメロディに、俊英は聴き覚えがあった。

まだ尼崎にいた頃、ラジオからしょっちゅう流れていた曲。

『道頓堀《どうとんぼり》行進曲』だ。

坑夫の誰かがそのメロディに乗って大声で歌い出した。

赤い灯　青い灯……ああ懐かしの　道頓堀よ、と歌うその声に、俊英の隣にいたねじり鉢巻をした男が、突然、嗚咽《おえつ》し出した。

男はぼろぼろと涙を流して、泣いている。

カンカン帽の演奏と坑夫の歌が終わると、坑夫たちが一斉に拍手した。

ねじり鉢巻はまだわんわんと泣いている。

歌っていた坑夫が言った。

「懐かしい。懐かしいなあ」

「まさか、こんな南の果ての島で、『道頓堀行進曲』が聴けるとはなあ」

「なんや、道頓堀に戻った気になったで」

「わしも大阪からここに来たんや。赤い灯、青い灯……道頓堀川に映るネオン。今でも目に浮かぶわ」

「お目当ての女の子がいてるカフェーに、よう通うたもんや。太左衛門橋《たざえもんばし》の南西詰にあった『赤玉』とかな」

「そこはわしも通うたで。あばずれ女にすました女。細い指でナプキンたたむ姿が色っぽうてな。屋上にはムーラン・ルージュが備え付けられててなあ」

「戎橋《えびすばし》を宗右衛門《そうえもん》町《ちょう》に折れたところにあったんが『美人座』や。二階の窓につけた拡声器から、いろんなレコードが流れてた。筑波久仁子《つくばくにこ》の『道頓堀行進曲』も、よう聴いたで。あの吹き込みにも、ハーモニカが入ってたなあ」

　カンカン帽が答えた。

「ええ。あのレコードのハーモニカは片岡正太郎《かたおかしょうたろう》という人で、関西では有名なハーモニカ吹きです。僕の師匠なんです」

「ええ？　あんた、あのレコードでハーモニカ吹いてる人の、お弟子さんかいな。そら上手《うま》いはずや」

　坑夫たちが沸いた。

「ニイちゃん、もう一回、演ってくれや」

　カンカン帽はもう一度吹き始めた。

　先ほどの坑夫がそれに続いて歌った。

　今度は男に続いて歌う者がいた。歌声は一人増え、二人増え、やがて大合唱となった。

　続けて三度目の演奏に入った。

歌声は止《や》まなかった。

ねじり鉢巻は相変わらず泣いている。そして泣きながら歌っている。

泣いているのは彼だけではなかった。みんな泣いていた。

「ニイちゃん、他の曲もできるんか？」

「もちろん」

「演ってくれ」

カンカン帽は吹き続けた。

『丘を越えて』『影を慕いて』『浜辺の歌』『埴生《はにゅう》の宿』……。

誰もがここに来るまでに一度は口ずさんだことのある流行歌や愛唱歌だ。

ただ、その後に吹いた曲だけが、誰も聴いたことのない曲だった。

美しいメロディだった。

誰もがその曲に聴き入った。

演奏が終わると、誰かが訊いた。

「ニイちゃん、今の、なんていう曲や」

「これはね。『街の灯』っていうんです」

「街の灯？　知らんなあ」

「チャップリンの新しい映画の主題曲ですよ」

「映画に、音楽が入っとるんか」

「ええ。ずっとサイレントでやってきたチャップリンが、自分の映画に音楽をつけた、最初の作品です」

「いつ封切られたんや」

「今年の一月ですから、八ヶ月ほど前ですね」

「八ヶ月前か。そら、わしら、知らんはずや。その頃はもう、穴の中や」

「街の灯なんか、長いこと、拝んどらん」

「わしらが拝んでるのは、カンテラの灯」

笑い声が起こった。

「その映画は知らんけど、チャップリンの映画なら、俺も観たことあるで。『黄金狂時代』や」

「どんな映画や」

「あのなあ、チャップリン扮する食い詰めもんの貧乏な男がなあ、一攫《いっかく》千金を狙って、山の中に金鉱を掘りに行くんや。ところが行ってみたら、一攫千金なんか夢のまた夢。山の中に閉じ込められて、えらい目に遭う話や」

「まるで今のわしらやないか」

今度はみんながどっと笑った。

「その映画は俺も博多《はかた》で観たばい」

　別の者が口を挟んだ。

「靴を食う場面は笑うたなあ。釘を美味そうにしゃぶりよるんや」

「わしもよう覚えてる場面があるで」

　また誰かが口を挟んだ。

「金鉱に通じる山道を歩いてる時にな、後ろからクマが現れるんや。ところがチャップリンはそれに気づかんと、口笛なんか吹きながら、のんきに歩いてる。ふっと後ろを振り返ると、クマは横穴に入って姿を隠してる。何も知らんとまた口笛を吹いて、鉱山に向かう。そんな場面や」

「その場面のどこがおもろいんや」

「いや。おもろいとか、そんなんやない。人間ちゅうのは、あんなもんやなあ、と、その時、わしは思うたんや。すぐそこに恐ろしい運命が待ち受けてるのに、人間はそれに気づかん。恐ろしい運命に気づかんまま歩いていく。まさか自分が、同じようなことになるとはなあ」

　一瞬、場の空気が鼻白《はなじろ》んだ。

　運命、という言葉を、以前にもどこかで聞いたことがあると俊英は思った。

　思い出した。大阪の喫茶店で西表島行きの話を持ちかけられた時に、口利き屋の男が言ったのだった。

誰かがその場の空気を変えようとするように明るい声で訊いた。

「ところで、カンカン帽のニイちゃん、今演った、『街の灯』って、どんな映画や」

カンカン帽は、ひとつ咳払《せきばら》いしてから話し出した。

「主人公は、チャップリン扮する浮浪者です。浮浪者はある日、街角で盲目の花売り娘と出会って一目惚れしてしまいます。しかし彼女は目が見えないもんだから、浮浪者を、金持ちの紳士と勘違いしてしまう。娘は貧乏で、祖母と二人で住んでいるアパートの家賃が払えずに、立ち退《の》きを迫られてしまう。それを知った浮浪者は、お金を稼ぐために懸賞金付きのボクシングの試合に出るんですが、奮闘虚しく、あえなく負ける。

その後、酔っ払いの富豪から千ドルの大金を手にして彼女に渡しますが、浮浪者は強盗と間違われて牢屋に送られるんです。時が経って、刑務所から出てきた浮浪者は、街で花売り娘と再会します。なんと娘は、浮浪者が渡した千ドルの金で手術をして、目が見えるようになっていたんです。ところが、彼女はまさか目の前のみすぼらしい浮浪者が、自分を助けてくれた恩人とは思いもよらない。そのまま立ち去ろうとする浮浪者に、彼女はわずかばかりの小銭と一輪の花を渡そうとする。浮浪者の手に触れる。

その時、初めて、目の前にいる男こそが、自分を助けてくれた人だと気づく。彼女は呟く。

『あなただったの？』

　そんな話です」

「ニイちゃん、うまいこと語るな。もしかして活動弁士やってたんか」

「いいえ。活動弁士ではありませんでしたが、弁士と一緒にジンタをやっていたことがあるんです」

「ジンタって何や」

「映画館で映画に音楽をつける楽団ですね。そこでラッパやクラリネットを吹いていました」

「それで、その浮浪者と女は、そのあと、どうなった？」

「浮浪者は、ただ微笑むだけなんです。そこで映画は終わるんです」

「えっ。それで終わるの？」

「はい」

「煮え切らん奴やな！　俺やったら、そこで一発、イテこます」

　坑夫たちが笑った。

「せからしかあ。そげなことしたらチャップリンの映画が台無しやろうもん。そこで終わるのが、ロマンチック、いうやつたい」

「けど、そのあとの二人、どないなるんか、気になるやないか」

「そら、きっと結ばれるんやろう」

「まさか。娘はもう目が治って幸せな暮らしを摑んどるんや。誰が浮浪者と一緒になるもんか」

「いや、今度は娘が浮浪者を助ける番やろう。一輪の花を渡したということは、好意があったということやないか」

「花を渡したのは、単なる哀れみだけやろう。所帯を持つとなると、話は別や」

みんな侃侃諤諤《かんかんがくがく》だ。

「ニイちゃん、あんたはどう思うんや」

誰かが訊いた。

カンカン帽が答えた。

「チャップリンは、そこはみんなが自由に考えてくださいって言いたかったんじゃないでしょうか」

「考えるちゅうても、ニイちゃんの話だけでは、ようわからんばい。もっと、詳しゅう教えてくれんかのう。最後に、女に自分の素性がバレた男は、どげな表情をしとったんや」

「それが、優しそうな、恥ずかしそうな、晴れがましそうな、悲しそうな……これはもう、映画でなければ表現できない表情です。残念ながら、僕はあの表情を表現できる言葉を持ち合わせていません」

「なんとまあ、複雑な表情じゃの」

「はい。さすがはチャップリンです」

「ところでニイちゃん、質問じゃが」

坑夫の一人が訊いた。

「なんでチャップリンは、この映画の題名を『街の灯』とつけたんや」

「皆さんは、どう考えますか？」カンカン帽が訊く。

「そりゃあ、街の灯のように心がパッと明るくなるような美しい話ですよ、という意味やろう」

「目の見えるごとなった娘が見た浮浪者こそが、彼女にとっての街の灯やった、ということやなかとですか」

「いや。賑やかな街の灯を見つめている浮浪者の、孤独な心を表しとるんやろう」

「ニイちゃんは、どう思うんや」

「そうですね。僕は、真っ暗な夜の街に、ぽつんとひとつだけ灯りが灯《とも》っている。そんな風景を想像します。希望に満ちているような、悲しみをたたえているような、一言では言えない灯りです。まるであのラストシーンのチャップリンの表情と同じようにね」

「おい、ニイちゃん」

声をかけたのは、さっきまでずっと泣いていたねじり鉢巻をした男だ。

「俺にとっての『街の灯』は、あの道頓堀の街の灯や。赤い灯青い灯の道頓堀や。ニイちゃん、お願いや。もう一回だけ、あの『道頓堀行進曲』を、演ってくれへんか」

「お安い御用です」

カンカン帽はハーモニカを口に当てた。

再び『道頓堀行進曲』のメロディが炭鉱の夜を包んだ。

南の果ての島に、道頓堀のネオンサインが点滅した。


消灯の合図の鐘が鳴った。

坑夫たちは立ち上がって納屋に戻った。

納屋に戻る暗闇の中で、俊英は夜空を見上げた。

満天の星だった。

こんな満たされた気分になったのは、何年ぶりだろう。

酒を飲むよりずっと心地よい夜だった。

傍にはギザ耳とカンカン帽がいた。

今までずっと黙っていたギザ耳が、今日初めて口を開いてカンカン帽に訊いた。

「あんたは、なんでハーモニカを吹くんや」

カンカン帽が答えた。

「この世界が、美しいものだと自分に言い聞かせるためですよ」

第11章　帰らざる河

1

地獄で歌を歌う者はいるだろうか。

血の池に溺れそうになりながら、八寒地獄や八熱地獄に晒《さら》されながら、針の山に全身を刺されながら、あらゆる責め苦に遭いながら、人は歌うだろうか。

無限に繰り返される辛苦に、歌というものがこの世にあることを彼らはもう忘れているだろう。

しかし、そこで、誰かが歌い出したとしたらどうか。

歌声は絶望に打ちひしがれている亡者たちの心を、わずかながら癒すだろう。

彼らは、そこで気づく。

歌というものがあるのだと。

最初の歌声に続いて、誰もが次々に歌い出すだろう。

「地獄」で最初に歌をもたらしたのは、カンカン帽の男だった。

束の間の休息を酒と博打で埋めていた生活の中に、カンカン帽が現れてから、歌が加わった。

験担《げんかつ》ぎを重んじる炭鉱社会で、坑内で歌を歌うことは最大級のご法度だった。彼らは夕食後のわずかな時間に歌を歌うようになった。ハーモニカを吹くカンカン帽を囲んで歌うこともあった。楽器はカンカン帽のハーモニカしかなかった。カンカン帽がいない時も、彼らは勝手に歌った。時には手拍子で。時には床を叩いて。

歌われる歌はさまざまだった。

島に連れてこられる前に巷《ちまた》で流れていた流行歌が多かった。

『酒は涙か溜息か』『影を慕いて』など、古賀政男《こがまさお》の曲、いわゆる古賀メロディは人気があった。

『ラッパ節』という歌もよく歌われた。明治の世、日露戦争の頃からある、軍人を揶揄《やゆ》したり戦争で死んでいく兵士を哀れむ歌だ。エログロナンセンスな歌や替え歌もよく歌われた。

アメリカの民謡に日本語をつけた、『私の青空』も人気だった。

夕暮れに仰ぎ見る　輝く青空、という歌詞を、彼らは、
夕暮れに仰ぎ見る　輝くアホ空、と歌うのだった。

「わしらは、恋しい我が家を捨ててこんなとこまでやって来たんや、ほんまにわしらはアホやったなあ」

そう言って嘆くのだった。

＊

カンカン帽は年が明けた春の初めにマラリアで死んだ。

島に来て、半年足らずだった。

もともと身体が弱く、とても炭坑労働に耐えられる体力はなかったのだ。

死があまりにも日常で誰もが他人の死をさほど気にしない炭鉱の世界で、カンカン帽の死は惜しまれた。

彼の亡骸は他の坑夫のものと同じくジャングルの川岸に埋められた。彼が愛用していたハーモニカも、ともに埋められた。カンカン帽が死んだ後も寂しい思いをしないように、と坑夫の誰かが言い出したのだ。

彼がかぶっていたカンカン帽は、彼が初めてみんなにハーモニカを披露した食堂の棚に今も置かれている。彼に対する、坑夫たちからの敬意だった。

地の底の世界しか知らなかった男たちに、彼は教えてくれたのだ。この世には、歌があることを。それが今日を生き延びる糧になることを。

カンカン帽が死んでも、炭鉱から歌が消えることはなかった。

2

坑内から出た時、風の匂いが変わっていた。

微かに海の匂いを含んでいた。秋がやってきたのだ、と俊英は思った。

穴から出てきた俊英をギザ耳が呼び止めた。

「ちょっと、付き合ってくれ」

ギザ耳が自分から口を利くことは珍しかった。

ギザ耳はスタスタと森の中に入っていく。連れられてやってきたのは、どんぐり目が死んでいたあの倒木が横たわる川だった。

どんぐり目が死んで、二年以上が過ぎていた。

二人は倒木に腰掛けた。ギザ耳は何も言わず、ポケットから何かを取り出した。

ハーモニカだった。

俊英は、はっとした。

沈みかける夕陽を反射して銀色のハーモニカはギザ耳の掌の中で琥珀色《こはくいろ》に光った。

「それは」

「カンカン帽からもろうたんや」

「カンカン帽のハーモニカは、あいつの亡骸と一緒に川岸に埋めたはずや。おまえ、あの墓を掘って……」

「まさか」

ギザ耳が笑った。

前にギザ耳の笑顔を見たのはいつだっただろうか。久しぶりにこの男の笑顔を見た。

「俺はあいつに言うたんや。ハーモニカを教えてくれんかって」

ギザ耳が親指でハーモニカの腹を撫でた。

「そしたらあいつは、ちょうどもう一台持ってるから、あんたはこれで練習したらいいって、これを譲ってくれたんや」

「それで、ハーモニカを教えてもろうたんか」

ギザ耳はうなずいた。

「仕事が終わった後、誰にも聴かれんように、この場所でな」

ギザ耳はハーモニカを吹き出した。

聴いたことのあるメロディ。『道頓堀行進曲』だ。

あの夜、カンカン帽が吹いたのとまったく同じ音色だった。

俊英はギザ耳のハーモニカの演奏力に驚いた。

続けてギザ耳はもう一曲吹いた。軽快なメロディだった。思わず走り出したくなる。疲れた心が軽快になる。しかし聴いたことのないメロディだ。

「なんていう曲や？」

「『おおスザンナ』。フォスターっていうアメリカの作曲家が作ったらしい」

「ええ曲やな」

「カンカン帽は、俺にハーモニカを教えてくれながら、いろんな話をしてくれた。今から話すことは、全部カンカン帽から聞いた、受け売りや」

そう言ってギザ耳は言葉を継いだ。

「この曲を、日本で初めて歌《うた》うたんは、誰やと思う？」

「わからんな」

「ジョン万次郎《まんじろう》や」

知らない名前だった。

「江戸時代に、漁船が漂流してアメリカまで渡った男や。ジョン万次郎はアメリカで、なんとか日本に帰る資金を貯めようと、金鉱山で働くんや」

「金鉱山？」

「そうや。当時はゴールドラッシュとかいうて、貧しい人間はみんな一攫千金を夢見て、金鉱山で坑夫として働いたんや」

「まるで俺らと同じじゃな」

「その通りや。しかし、一つ違うところがある。ジョン万次郎は、金鉱山で貯めた金を元手に、十年後に日本に帰って来るんや。日本に帰ってきた万次郎が、仲間たちにアメリカの歌を歌って聴かせたのが、この『おおスザンナ』や。この歌は、当時、アメリカの金鉱山の坑夫たちの間で大流行してた歌やったんや」

「どんな内容の歌や？」

「スザンナというのは男の恋人の名前で、いつか必ず愛するおまえに会いに行くから、待っといてくれ、みたいな内容らしい」

「そんな歌が、アメリカの鉱山で流行ってたんやな」

「ジョン万次郎は、きっとこの歌を糧に、海を渡って日本まで帰ってきたんと違うかな。俺は、そんな曲を作ったフォスターっていう人が好きになった。カンカン帽に、この人の他の曲も教えてくれって頼んだら、いっぱい教えてくれたんや」

　それからギザ耳は、もう一曲吹いた。

それは俊英も聴いたことのあるメロディだった。『おおスザンナ』のような軽快な曲とはうって変わって、胸が締め付けられるような切ないメロディだ。

尼崎にいた頃、ラジオでもしょっちゅう流れてきた曲で、タイトルも覚えていた。

「これは聴いたことある。『哀れの少女』やろう」

「そうや。ただし、『哀れの少女』というのは、日本で勝手につけた題名や。フォスターがこの曲につけた題名は『スワニー河』や」

「『スワニー河』？」

「アメリカに流れる大きな河らしい」

「哀れな少女がその河を渡ってどこかに行く、って歌？」

「違う。河を渡るのは少女やない、河を渡ったのは……」

ギザ耳は一拍おいて、言った。

「逃亡した奴隷や」

「奴隷が？　逃亡？」

「そうや。アメリカではアフリカから連れてこられた黒人たちが綿花畑で奴隷として働かされてたんや。この歌は、閉じ込められた地獄の農場から河を渡って逃亡した奴隷のことを歌った歌や。スワニー河は、地獄と自由の地との境目の河なんや」

俊英はなにかとんでもない秘密を聞いたような気持ちになった。この美しいメロディが、奴隷の歌とは。

「フォスターは、いつか恋人のもとに戻ろうとする男の歌を作った。そして逃亡した奴隷の歌を作った。まるで、俺らの歌やないか」

俺らの歌。炭鉱に閉じ込められた、俺らの歌。

俊英は切ないメロディを、頭の中で繰り返す。

「なんで今までみんなの前で吹かんかったんや」

「みんなに聴かせるために覚えたんやない」

「ほな誰のためや。自分のためか」

ギザ耳は答えなかった。思い出したようにポケットから何かの塊を取り出した。

それは、掌に収まるほどの大きさの石炭のカケラだった。

「なんや、これ？」

「グレタ・ガルボや」

「グレタ・ガルボ？」

何の変哲もない、黒い石炭の塊だ。

「よう、見てみいや。顔が浮かんでるやろう」

俊英はその塊を凝視した。

「これが、グレタ・ガルボの顔？」

　ギザ耳は宝物を見せる子供のようにうなずいた。

「炭坑の中で見つけたんや。スラ箱からこぼれ落ちたカケラを手に取ったら、そこにグレタ・ガルボの顔があるやないか。見つけた時には、飛び上がって喜んだよ」

　ガルボの顔を知らない俊英にとっては、なんとも答えようがなかった。

　ただの石炭の塊に過ぎない。しかし不思議なことに、ガルボの顔だと言われれば、無意味な表面の起伏と陰影が、人の顔に見えなくもない。

「さっき、あんたは俺に訊いたな。ハーモニカを吹くのは誰のためや、と」

　俊英はうなずいた。

「俺が吹くのは、グレタ・ガルボ。彼女のためや」

　俊英には、にわかに意味がわからなかった。

「どういう意味や」

「そのままの意味や。俺は自分のハーモニカを、グレタ・ガルボに聴かせる。そのために、アメリカに渡る」

「本気か」

「ああ。俺は、今になって思うんや。なんでカンカン帽は、わざわざ俺に、フォスターの歌を教えてくれたんや、そして、その意味を教えてくれたんや、と」

ギザ耳は遠い空を見上げた。

「俺は、今夜、逃げる」

俊英の心が大きく揺れた。

「脱走する気か」

「ああ。フォスターが、俺に教えてくれた。河を渡れ、とな」

ギザ耳は掌の中の石炭の塊を見つめた。

「今日まで、これが俺のお守りやった。けど、あんたにやる」

「お守りなら、おまえが、持ってろ」

「いや。俺のほんまの女神は、アメリカにいてる。俺にとってのスザンナがな」

そう言って俊英に塊を手渡した。

「それから、このハーモニカも、あんたに渡す。カンカン帽が残したこのハーモニカを、これからはあんたが吹いてくれ」

「ハーモニカなんか吹いたことない」

「意外に簡単や。たとえば『スワニー河』はこんな感じや」

ギザ耳は『スワニー河』の冒頭を吹いた。

やってみろ、というふうに俊英にハーモニカを手渡した。

俊英は吹いてみる。

最初の一音はいい音が出た。

「なかなかイケるやないか。まずは、ゆっくりと吹くことが大事や」

言われた通りに三十分も練習すると、とても一曲吹けるまでにはいかないが、なんとなく要領はわかってきた。

「大したもんや。あんたは筋がええ。まずは『スワニー河』のメロディを頭に叩き込め。それから後でゆっくり練習したらええ」

ギザ耳が笑った。

そうしてギザ耳は、俊英の手にあったハーモニカを取り、もう一曲吹いた。

聴き覚えのあるメロディだ。カンカン帽が最初に現れた夜に吹いた曲だった。

「ああ、それは、チャップリンの……」

「そう。『街の灯』のテーマ」

途中で吹くのをやめてギザ耳は答え、またハーモニカに口をつけた。

あらためていい曲だと俊英は思った。

吹き終わると、ギザ耳は言った。

「俺はあの日、カンカン帽から映画のストーリーを聞いて、『街の灯』という映画をたまらなく観たくなった。けど、この島におる限り、永遠に観ることはできへん。俺は、河を渡って海も渡って、いつか『街の灯』を観る。ハリウッドか、ニューヨークの摩天楼の下の映画館でな」

「摩天楼？」

ギザ耳は密林の空を見上げて言った。

「天に届かんばかりの高い建物が並んでる街や。そこが摩天楼や。そこで、チャップリンが投げかけた最後のシーンの意味を、考えてみたいんや」

そして俊英に顔を向けた。

俊英の瞳を見つめるギザ耳の目には力があった。

「いつかあんたも、ここから逃げ出せ。そして『街の灯』を観ろ」

ギザ耳は倒木の上にハーモニカを置いた。

俊英はギザ耳に言った。

「ほんまに逃げるんか」

ギザ耳は黙ってうなずいた。

「それもええやろう。絶対に、捕まるなよ」

ギザ耳は俊英に向かって微笑んだ。

「心配すんなって。知ってるやろう？　俺は逃げ足だけは速いんや」

そしてくるりと背中を向け、川の中を走り出した。

ギザ耳の背中はすぐにジャングルの闇にかき消された。

俊英は見えなくなった背中に向かって呟いた。
ギザ耳、最後まで突っ走れ。
今度こそ、おまえのホームを目指せ。

第12章　226

1

ギザ耳の捜索は徹底して行われた。

捜索専門の人繰りが十人、ジャングルに分け入った。

逃亡者がたどりやすいルートを彼らは熟知している。

仲良川をそのまま河口に下れば炭鉱会社の事務所がある白浜港に出る。しかし港には炭鉱会社の人間が大勢おり、彼らの目を避けて逃げ通すことは不可能だ。それは自ら彼らの懐へ飛び込むようなものだ。

そこでほとんどの逃亡者は人目のある港を避けて、港より南側の海岸に出て、そこから浜辺やリーフを伝い歩いて南側の村落に出ようとする。

しかし浜辺やリーフを歩けば、海上から容易に発見される。船を出して捜索されればひとたまりもない。

それを避けるには、ジャングルを突っ切って南の海岸に出るしかない。

森に慣れていない者は、昼間でも鬱蒼として薄暗いジャングルの中で、たちまち方向感覚を失う。比較的明るい川沿いに歩けば、やがて滝に出る。滝を巻いて下ろうとしても、もともと道なきジャングルだ。大概はその周辺で立ち往生しているところを人繰りに見つかる。そうして村落にたどり着くまでに、逃亡者は発見されて連れ戻される。

よしんば運よく海岸沿いの村落にたどり着いたとしても、そこには炭鉱会社が雇った監視人が待ち構えている。村民が逃亡者に協力して船を出すことはない。逃亡に失敗した者は、二度と逃亡を繰り返すことはない。それが不可能とわかるからだ。俊英は、これまでも逃亡に失敗した者から体験談を聞いていた。

彼らの結論は一致していた。

逃亡は、不可能だ。

ごく稀《まれ》に、戻って来ない逃亡者がいた。

考えられる可能性としては、ジャングルの中で転落などの事故に遭って絶命したか、道なき道に迷ってジャングルから抜け出せず、餓死したか、いずれかだ。

実際、ジャングルの中で、逃亡者たちの白骨死体が、ずいぶん経ってから見つかることがあるという。

三日経っても、一週間経っても、ギザ耳は戻って来なかった。

2

食堂の片隅に置かれたカンカン帽の横に、ギザ耳が残したハーモニカが置かれた。

時々、俊英はそのハーモニカを手にとって食堂で吹いた。

「ええ曲やな」

誰かが訊いた。

「なんていう曲や」

「『スワニー河』。アメリカに流れる大きな河ですよ」

「ほう。淀川《よどがわ》みたいなもんか」

「福岡の遠賀川《おんががわ》みたいなもんやろか」

「多分」

それが逃亡した奴隷の歌だということは、言わなかった。

＊

島に来て三度目の新しい年が明けた。

南の島にしては寒すぎる二月の終わりのある日のことだった。内地で大きな事件があったらしいと坑夫たちの間で噂になった。

世間と完全に隔絶している日本の南の果ての島でニュースが耳に入ること自体が珍しい。

「陸軍の青年将校らが、クーデターを起こしたらしいぞ」

「ほんまか」

「青年将校ら千五百人が官邸や警視庁を占拠して、高橋是清《たかはしこれきよ》や斎藤 実《さいとうまこと》ら四人を殺害したらしい。首相の岡田《おかだ》は一命をとりとめたらしいけど」

「そら、おおごとや」

「何が目的や？」

「天皇を中心とした昭和維新の断行やと。彼らの言い分は、天皇のそばで、悪い政治をしとる奴らがおる、あいつらが悪いから殺して天皇中心の新しい世の中を作る、と」

「で、結局、どうなった？」

「天皇は激怒して、彼らを叛乱軍《はんらん》として武力鎮圧したらしい」

「思いは天皇に届かんかったんやな」

「青年将校らにしてみたら、たまらんだろうな」

「青年将校らは、おそらく全員処刑されるだろうな」

「かわいそうに」

しかし、坑夫たちにとっては自分たちの生活に関係のないニュースだった。ちょうどその噂と前後して、坑夫たちの間では、それよりもはるかに自分たちに関わりのある大きな噂が駆け巡った。

「どうやら、近々、この炭鉱は潰すらしい」

「どういうことや。俺ら、故郷に帰れるんか」

「残念ながらそうやない。島で、新しい石炭層が発見されたらしい。ここよりはるかに分厚い石炭層ちゅう話や。麻沼は喜んで、どうやらここは閉めて炭鉱村をそこに移すらしい」

「なんや。わしらが石炭を掘る場所が変わるだけやないか。わしらの生活は、何にも変わらんやないか」

「そういうこっちゃ。むしろ、石炭層が分厚いだけに、仕事はきつうなるんと違うか」

坑夫たちの顔に落胆の表情が浮かんだ。

また新たな炭鉱村の建設が始まるのだろうか。この炭鉱村を、あの元木挽の古賀が作ったように。

俊英はその時気づいた。

そういえば、最近、古賀の姿を見ていない。


俊英は事務所に小政を訪ねた。

「なんや」

訪ねてきた俊英の顔を見て小政はいかにも迷惑そうな顔をした。

「俺とおまえは、もう立場が違うんや。気安う訪ねてくるな」

「わかってる。一つだけ教えてくれ」

「あの逃亡した男のことなら、俺は何も知らん。おそらくジャングルの中で飢え死にしたんやろう」

「いや、あいつのことやない。古賀さんのことや。最近、見かけんけど、あの人は、今、どうしてる？」

「古賀さんか。古賀さんは元の木挽に戻った」

「木挽に戻った？」

「ああ。麻沼のオヤジの側近に戻ったんや」

「古賀さんはもう坑夫やない。なんで一坑夫のおまえに古賀さんが会わなあかんねや」

「安室俊英が会いたいって言うてるって、伝えてくれ」

小政は肩を竦めた。

「会わせてくれ」

3

古賀と会うのは久しぶりだった。

二人は最初に話をした古賀の秘密の場所で会った。

「古賀さん、麻沼のところに戻ったそうですね」

「おお、そうだ。わしは今、千立《ほしたて》という部落におる」

「戻してくれって頼んだんですか」

「まさか。向こうが言うてきた。いつもの麻沼の気まぐれよ」

「新しい炭鉱ができるっていう噂を聞きました。それと関係あるんですか」

「ああ。あの新しい石炭層は、わしが発見したんだ」

古賀が新しい石炭層を発見した？　どういうことだろうか。

「発見したのは偶然だった。おまえの仲間が逃亡した時だ。そう、耳がちぎれたあの男た。なかなか見つからんかったので、あの時、山に詳しいわしも追っ手に駆り出された。島の南西部はくまなく探したというから、わしは直感で、奴は北へ向けて逃げたんじゃないかと考えた。そこで仲良の山を北に突っ切って行った。やがて浦内川に出た。川を渡ってさらに北のジャングルに分け入ったら、幅の広い谷に出た。浦内川の支流の宇多《うた》良川《らがわ》の谷だ。そこに、石炭の層が見えたんだ。突いてみたら、一尺二寸の炭があった。

結局、おまえの仲間は見つからんかったが、わしは帰って、麻沼に報告した。最初、麻沼は、あんな山奥のジャングルの中で石炭を掘ったって運搬をどうするんだ、無理だと言うた。そこでわしは提案した。白浜まで運ぶ必要はない。宇多良川の入り口を貯炭場にして、浦内川の河口に新たな石炭の積み出し場を作ればいい、と。わしは簡単に、貯炭場と積み出し場の建設にかかる費用と工事の期間を試算して見せた。

そして、わしはさらに説得した。何よりこの場所がいいのは、広い谷があるので石炭を掘り出す時に出るボタを捨てる場所に困らない。それにこの広い谷は、切り拓けば、かなり大きな炭鉱村になる、と。

するると、麻沼は言うたんだ。この宇多良の炭鉱は、おまえに任せる。もう一度、俺のところに戻って、新鉱の設計にあたってくれ、と」

古賀は山の向こうの北の空を見つめて目を細めた。今までに見たことのない古賀の表情だった。

「すべて任されてるんですか」

「ああ。計画は着々と進んでる。見ろ」

古賀はポケットから折りたたんだ紙を取り出した。

「わしが考えた新しい炭鉱の、大まかな見取り図だ」

そこには新炭鉱の様子が事細かに描かれていた。

宇多良川に面した貯炭場。二階造りの独身者の納屋。夫婦の納屋。入浴場。食堂。売店。診療所。炭鉱事務所。炭鉱事務員の納屋。用水タンク。麻沼の邸宅。寺。

寺？

四角で囲んだ場所に「寺」と書かれていることに、俊英は気づいた。

「寺を作るんですか？」

「そうだ。わしはな、今度の新しい炭鉱村を作るにあたって、麻沼に提案しようと思う。これからの炭鉱は、親分子分の義理人情だけで人を縛るのはもうダメだ。坑夫たちだって人間なんだ。人間には信心が必要だ。信心があってこそ人は安心して働ける、と。わしは坑夫に身をやつしてからも、いや、坑夫になってからは余計に、あの麻沼の邸宅で見た幽霊のことが頭から離れんかった。恨みを持って死んでいった坑夫たちの霊だ。彼らの霊を慰めるためにも、寺が必要やとわしは思うたんだ」

「そんなことを提案して、もしまた麻沼の逆鱗に触れたらどうするんですか」

「それでも構わん。また坑夫に戻るだけの話だ。これは、わしの信念なんだ。わしは命を張って麻沼に掛け合うつもりだ」

俊英は、もう一度、見取り図を見直した。

納屋から炭坑の入り口までつながる人道が描かれている。最初は平地だが、やがて階段となり、登り切るとまた平地となって左に行けば坑道につながっている。階段を登り切った先の右手の敷地が、何も描かれずにぽっかりと空いている。

俊英は訊いた。

「この空き地には、何が？」

「そこは、ただの広場だよ。体操でもすりゃあいいだろう」

俊英は何も描かれていないその地図の空白を凝視した。

何もない空白に、顔が浮かんだ。

チャップリンの『街の灯』の物語を語っていたカンカン帽の顔だった。

あの日、彼の話を食い入るように聞いていた、坑夫たちの顔だった。

『街の灯』を観たい、と言い残して河を渡ったギザ耳の顔だった。

あるひらめきが生まれた。それは俊英の頭の中で膨らみ、もう止められなくなった。

「古賀さん、提案があります」

「なんだ？」

「ここに、もうひとつ、建物を作れませんか」

「何の建物だ？　納屋なら、もう十分にあるだろう」

「納屋じゃありません」

「じゃあ、何だ」

「映画館です」

「映画館？」

「そうです。ここに映画館を作って、映画を上映するんです」

「映画館って、こんな、ジャングルの中に……」

「古賀さん、寺を作るのは、素晴らしい考えやと思います。俺はこのジャングルの中に寺を作ろうと思いついた古賀さんを尊敬します。そんな古賀さんやからこそ、俺はお願いしたいんです」

「なんで映画館なんかが必要なんだ？」

「古賀さん、さっき、言いましたよね。人間には、信心が必要やと。人間には信じる心が必要なように、娯楽が必要なんやと思います。現実を忘れて、夢を見ることが必要なんですよ」

「夢を見る？」

「ええ。いつか古賀さんも言うたやないですか。地中に潜って石炭を掘ってると、遠い昔に『命』を持っていた植物たちの声が聞こえるって。それは夢かもしれないけど、人間は、苦しい現実に耐えるために、夢を見ることが必要な時があるんだよ。夢が、幻が、辛い現実を乗り越える力をくれる時があるんだよって、古賀さんは言いました」

俊英は自分でも驚いた。たしかにそれは古賀と初めて話した夜に、古賀が自分に言った言葉だった。しかし、その言葉を、今の今まで一度も思い返したことさえなかった。

古賀はしばらく黙っていた。そしてぽつりと言った。

「えらく熱心だな」

たしかにその通りだった。いったい自分はなぜこんなに熱心に語っているのだろう。

「俊英さん、あんた、そんなに映画が好きなんか？」

俊英は言葉に詰まった。実際、これまで映画は一本しか観たことがなかった。それも那覇で観た『渦』というつまらない映画一本きりだ。

映画が好きかと言われれば、そうだとは答えられなかった。

ただ、映画を語っている時の、カンカン帽の目が、坑夫たちの目が、ギザ耳の目が好きだった。

カンカン帽から『街の灯』の話を聞いた時の、あの胸の高鳴りが蘇った。

俊英は答えた。

「みんなに観せたいんです。俺も観たい。古賀さん、カンカン帽をかぶった男が島に来た時のことを覚えてるでしょう？」

「もちろん。あいつがやって来てから、この炭鉱は、変わったな」

「はい。彼が来て、みんなは歌を歌うことを思い出しました。辛い毎日の中で苦しみを癒すには歌が必要や、ということを思い出したんです」

「じゃあ、なんで映画館なんだ？」

「カンカン帽が、坑夫のみんなに、『街の灯』という映画のことを話したことがありました。その時の坑夫たちの目は、歌を歌ってる時以上に輝いてました。映画館を作ってそこで映画が観られるようになれば、坑夫たちは歌と同じ、いや、もっと大きな喜びを感じるはずです。映画を観れば、坑夫たちはきっと生きる活力を取り戻して、次の日からまた元気に働きますよ。それは、麻沼にとっても悪くない話のはずです。だから古賀さん、どうかここに映画館を作ってください。麻沼を説得してください」

古賀は、俊英の熱に、呆気《あっけ》に取られているようだった。

「フィルムと映写する人間はどうするんだ？」

「石垣島に、映画館があると船の上で聞きました。フィルムはそこから借りて船で運んできたらいいと思います。映写の職人もその映画館の人にお願いできたら。毎日上映するのが難しかったら、月にいっぺんでも、いや、三月《みつき》にいっぺんでもいいんです」

古賀は、ふっと笑った。

「ジャングルの中の映画館。ジャングル・キネマか。今までそんなもんはどこにもない。前代未聞だな」

古賀は目を瞑り、ゆっくりと首を横に振った。

そして目を開け、俊英に言った。

「麻沼が、首を縦に振るとは思えんが、あんたの、その情熱に乗ってみよう。麻沼に、掛け合ってみる」

第13章　CITY　LIGHTS

1

そこは闇の中だった。
突然、一条の光が正面の銀幕を照らす。
CITY LIGHTSの文字が浮かび上がる。
わっと歓声があがる。
見つめる坑夫たちの瞳に光が明滅する。
どこかの街で、除幕式が行われている。お偉方たちが揃っている。幕を引くと、像の膝の上で、浮浪者が眠っている。慌てたのは街のお偉方たちだ。騒ぎに目を覚ました浮浪者も、のらくらと像から下りようとする。ズボンの尻が像の持つ剣に刺さって、ずっこける。

坑夫たちの爆笑が闇に渦巻いた。

軽快な音楽が蓄音器から流れる中、浮浪者は逃げようとあがけばあがくほどドジを踏む。

ようやく難を逃れて街を歩いていると、街頭に女が座っている。花売り娘だ。

女の顔が大写しになる。

ごくりと坑夫たちが唾を飲み込む音がする。

「うわ！　ええ女や！」誰かが大声で叫ぶ。

どうやら女は目が見えないらしい。

なけなしのコインを渡して花をもらい、脇でこっそり女の様子を観察する浮浪者。

そこに浮浪者がいるとも知らず、女は水汲《みずく》み場で汲んだ水を浮浪者にかける。

浮浪者は声をあげることもできず、ちぢみあがる。

再び闇の中に爆笑が渦巻く。

坑夫たちがひしめく小屋の中は、ジャングルの樹の匂いがした。

島の人たちがキャンギと呼ぶイヌマキの樹の匂いだ。古賀が製材したに違いない。座席は三百ほどもある。座り切れない坑夫たちが通路や壁際に溢れ、立錐《りっすい》の余地もない。

そこは、紛れもなく、映画館だった。

亜熱帯の樹の匂いに包まれた闇の中に、アメリカの街の片隅が映っている。坑夫たちを笑わせているのは浮浪者に扮するチャップリンだ。タバコの煙で銀幕が揺れる。酒の匂いがする。ヤジを飛ばす奴がいる。まだ映画が始まったばかりなのに泣いている奴がいる。最初からずっと寝ている奴がいる。嬉しすぎて映画を観る前に酒を飲みすぎたのだ。

笑い声が最高潮に達したのが、ボクシングのシーンだ。

チャップリンが花売り娘のために、滞ったアパートの家賃と目の手術代を稼ごうと、八百長ボクシングの試合に出るのだ。ところが手違いで相手が代わり、滅法強いボクサーとなってしまう。最初はたかをくくっていたチャップリンが控え室でだんだん追い詰められる。その様子ですでに坑夫たちは大笑いだ。

ゴングが鳴る。まともに戦っても勝てる相手ではない。レフェリーの背後に回り、ひたすら相手から姿を隠す。レフェリーと同じステップを踏みながら、隙を見て脇から手を伸ばしてパンチ。レフェリーが目の前からいなくなって危なくなるとクリンチで逃げる。せこいチャップリンに笑いが起こる。またまたレフェリーを挟んでステップ。レフェリーは二人の間から消えるが、二人はそのまま睨み合いながらステップ。ここでどっと笑いが起こる。チャップリンが出し抜けにパンチ！　見事に相手の顔を捉える。坑夫たちは手を叩いて大喜びだ。ここぞとばかりにチャップリンのパンチ炸裂《さくれつ》！　相手はよろける。ついでに頭突きも炸裂！　笑いはどんどん増幅する。もしかしたらどさくさに紛れて勝てるかも！

「行ったれ！　どついたれ！　チャップリン！」

声援が飛ぶ。立ち上がる奴もいる。

しかし相手も反撃に出る。強烈なパンチ！　ダウン寸前でゴングに救われる。息も絶え絶えにリングのコーナーポストにもたれるチャップリン。

なんとその横で彼を介抱するのは、あの花売り娘だ！

しかしその花売り娘の姿はチャップリンが見た幻影なのだった。

再びゴング。パンチを見舞われ、よろけるチャップリンの哀れな姿。しかし、その動作がまた滑稽で、大きな笑いが起こる。ボコボコに殴られながら笑わせる。やけくそになって両手をぐるぐる回してパンチを大連発。何度も倒れ、何度も立ち上がる。

坑夫たちがあっ！と叫んだ。

チャップリンがついに相手の強烈なパンチを受けてダウンを食らったのだ。倒れて目を回している。レフェリーがカウントを取る。1、2、3……。

「立て！立て！　チャップリン！」坑夫たちが叫ぶ。

坑夫たちはその瞬間、孤島の地獄を抜け出して、チャップリンの戦うリングのすぐそばにいたのだ。チャップリンはリングコーナーで花売り娘の幻影を見た。しかし誰よりも幻影を見たのは、坑夫たちなのだった。

大金を手にし損ねたチャップリンだったが、以前街で出会った大富豪と、偶然再会。大富豪は気まぐれに花売り娘の滞納した家賃と目の手術代のためのお金をくれる。ところが、我に返った大富豪から関係を否定され、強盗と間違えられてしまう。なんとかその場を逃れたチャップリンはその札束を花売り娘に渡しに行く。

彼女の前で最初はすべての札束を渡そうとするが、急に思いついたように、そこから紙幣を一枚だけ抜いてこっそり自分のポケットにしまい込む。残りの札束を渡すと、彼女は大喜び。チャップリンの手の甲にキスしてくれる。

するとチャップリンは、自分のポケットにこっそり入れた一枚の紙幣も、そっと彼女に渡す。さざ波のような笑いが起こる。

俊英はスクリーンから目を逸らして後ろを振り返った。

笑っている坑夫がいる。泣いている坑夫がいる。

彼らの顔を見て俊英はたまらなく嬉しくなった。

人間の表情をした坑夫たちが、銀幕のチャップリンを見つめていた。

その後、強盗犯として手配されていたチャップリンは、街角で警察に捕まり刑務所に入れられる。

そして、ラスト近く。

刑務所から出てきたチャップリンが、手術で目の見えるようになった彼女に、偶然街角で出会う。


その時、あの音楽が流れた。

あの日、カンカン帽が吹いてくれた『街の灯』のメロディだ。

そしてこのシーンは、カンカン帽が、炭鉱の食堂で坑夫たちに語ったシーンだ。

まさかあの時、『街の灯』がこの島で観られると、いったい誰が思っただろうか。

彼がこの映画を熱く語った時、誰もがこの映画をたまらなく観たくなった。絶対に叶わぬ思いが、現実となった。

それを現実のものとしたのは、誰なのか。

きっとカンカン帽だ。

スクリーンを見つめながら、今はもういないカンカン帽に、俊英は感謝した。

同時に俊英は、もう一人の男の顔を思い浮かべた。

ギザ耳だ。

ギザ耳が逃げなければ、古賀がこの島で新しい石炭の層を発見することはなかった。

新たな炭鉱の村を作るためにジャングルを切り拓き、映画館が作られるなどといったことは起こらなかったのだ。

そしてラストシーンだ。

花売り娘が、自分を助けてくれたのが、目の前のみすぼらしい浮浪者だったことを知る。

〈あなただったの？〉

チャップリンが微笑んだ。

およそ一時間半の映画のすべてがこのシーンに集約される。

THE END の文字が浮かび、暗闇に明かりがつく。

誰もが泣いていた。ずっと寝ていた坑夫もいつの間にか目を覚まし、泣いていた。

あのラストシーンで、チャップリンが微笑んだ意味は何か。

その答えは、観る人が決めればいいのだとカンカン帽は言った。

坑夫たちの涙の数だけ、答えがあった。


映画館の出口に古賀が立っていた。

「古賀さん、ありがとうございます。まさか本当に映画館ができるなんて」

古賀は言った。

「礼なんか言うな。礼を言うなら、麻沼に言え」

俊英には、チャップリンに気まぐれに大金を渡した大富豪と、麻沼の影がダブって見えた。坑夫たちに優しい顔を見せたかと思うと、残虐非道な行動をとる。

映画の中の大富豪は、浮浪者を裏切るような言動で刑務所へと追いやる。しかし、経緯はどうあれ、花売り娘の目を治す金を出したのも、紛れもなく大富豪だったのだ。

「麻沼さんは？」

「屋敷だろう。映画には興味ないようだ」

「坑夫たちは全員喜んでいます、と、麻沼さんに伝えてください」

古賀は映画の中のチャップリンのように曖昧に笑った。

2

ジャングルに忽然《こつぜん》と現れた新しい村は「宇多良炭鉱」といった。

操業が始まったのは昭和十一年の冬のことである。

それは俊英が古賀に見せてもらった見取り図通りの村だった。

これまで西表島にあった炭鉱とはまったく規模が違っていた。

それまで一つの炭鉱でせいぜい百人、多くて二百人程度だった坑夫の数が、一気に五百人に増えた。麻沼が持っていた炭鉱の坑夫はもちろん、他の炭鉱の坑夫も引き抜いてきた。そして内地から新たに大量の坑夫を引き連れてきた。さらにこれからも増やす予定だという。

そして年が明けた翌年の春。その日は炭鉱を一斉休業し初めての映画上映会が行われたのだった。

「おい。兄ちゃん、見てみろや」

食堂で、俊英の横で新聞を読んでいた坑夫が話しかけてきた。

男が差し出したのは、『海南時報』という地元沖縄の新聞社が出している新聞だった。

新聞にはこんな記事が載っていた。

宇多良坑はスマートな近代的設備と保健衛生を主眼としてマラリアの撲滅、その他風土病の根絶を期した設備によって、従来の炭坑の不名誉を快復し、面目一新されるに至った。

病舎、通風採光に万全を期した宿舎、坑夫の慰安、娯楽、修養を図らんが為《ため》の倶《く》楽《ら》部《ぶ》、医務室、独身坑夫合宿所（室長制度を設け）市価より安値の売店等、温情主義を以《もっ》て臨み、坑夫の素質向上を企図している事実歴然たるものがある。模範坑は月収八十五円を受くるものあり、貯金、保険を相当額持ち或《あるい》は蓄音器を購入するものもあり。監獄部屋は往年の痴話に過ぎない。

「こっちにも、こんな記事がある」

坑夫はもう一つ新聞を差し出した。

「躍進より躍進へ　有卦《うけ》に入った西表島の鉱業」

の見出しで、『先嶋朝日新聞』という新聞が新炭鉱の様子を次のように紹介している。

住宅設備等に十余万円の巨費を投ぜられ、まずその片鱗《へんりん》を語れば四百人を収容する独身舎ぼうは総二階総硝子《ガラス》張りになして採光を良くし蚊ぼうを防ぐために赤の針金網で囲いベッド式になし尤《もっと》も衛生に重きをおかれ、その他の住宅も完備し道路はコンクリートで舗装され上水道下水道が出来ていて全く文化村の誇りを持つような感がされ、その他病院や娯楽機関としての映画館の膨大さ等此処《ここ》は炭鉱とは思われない位に、理想郷が注目されている。

新聞を差し出した男が憤慨して言った。

「理想郷？　ふざけるな。新聞記者にはモラルちゅうもんがないんか。良心ちゅうもんはないんか。記者はこの炭鉱のどこを見てこの記事を書いたんや。これは麻沼が金に物言わして地元の新聞社に書かせた提灯《ちょうちん》記事やないか」

男の憤慨は止まらない。

「マラリアの撲滅？　マラリアにかかる奴は一向に減っとらんやないか。監獄部屋は往年の痴話に過ぎない？　今日も脱走した坑夫が事務所の前で宙吊りにされてリンチを受けてたやないか。先月はダイナマイトを腹に抱えて自殺した者がおった。なんで新聞はそういうところを書かんのや」

「最近じゃあ、西表の炭鉱の悪行は、もう全国に轟いてるみたいやからなあ」

別の男が口を挟んだ。

「新鉱ができて、麻沼は大量の新しい坑夫が必要になった。けど、あの島の炭鉱は恐ろしいところや、行ったら二度と生きては帰れん。誰がそんな噂のあるところに来る？今のままじゃ人が集まらん。たとえ実情がどうあれ、面目を一新する必要があった。そしてそれを宣伝する必要があった。それがこの記事やろう。映画館を作ったのは、面目一新の『目玉』にするためやろう。たしかに、あの映画館は立派や。けど、わしらの住んでる納屋はどうや。部屋は三畳の部屋に二人。窓はできたが、小そうて光はほとんど入らんで薄暗い。風も入らんで蒸し暑い。おまけに逃げられんように鉄格子がはめられとる。監獄部屋そのものやないか」

俊英の脳裏に麻沼の影が浮かんだ。それは『街の灯』の大富豪の顔だった。

俊英が男たちに言った。

「もし、坑夫を騙して集めることだけが目的なら、映画は上映せんだってええわけやないか。けど、映画は実際に上映されたやろ。それは坑夫のためやないか」

「兄ちゃんは、ほんまに甘ちゃんやな。麻沼が坑夫のことなんか思うとるわけがないやろう。もしほんまにわしらのことを思うてるなら、炭鉱切符を廃止して、現金で賃金を支払うはずや。それこそが、わしら炭鉱で働く者の希望や。現金が欲しくてこの島に来たんや。けど、それは絶対にせん。今も、昔のままの炭鉱切符でしか支払わん。わしらを死ぬまでここに縛り付けておくためや。『模範坑は月収八十五円を受くるものあり、貯金、保険を相当額持ち』？　笑わせるな。それだけ稼いだとしても、それはみんな炭鉱切符や。そんなもんいくら貯金したところで、この炭鉱以外では紙くずや。保険？　それは保険という名のピンハネや。マラリアで寝込んで仕事を休んでも、その薬代が天引きされるいうのに、どこに保険が使われるんや。生き地獄のような労働環境は、何ひとつ改善されてない。そういうことが、この記事には一言も書かれてない」

「代わりに、売店には、蓄音器が売ってると書いてある」

「おう、確かに売っとるな。せやけど、レコードは一枚も売ってない。レコードのない村で、誰が蓄音器を買う？　新聞記者みたいに外から来る人間向けに見てくれだけを考えて置いてるという、それがなによりの証拠や」

「最近、この炭鉱に来た奴らに訊くと、そいつらは、まず、この炭鉱の村の全景写真を見せられるそうや。全景写真で見る限り、納屋も外からは立派に見える。そしてこう言われる。ほら、見てみ。炭鉱村には、街にもなかなかない、こんな立派な映画館もあるで。働くばっかりやない。ちゃんと坑夫たちの娯楽のことも考えてるんや。それが殺し文句や。映画館は、『理想郷』を演出するための、釣り針や」

坑夫たちはそれだけ言って、食堂を出た。

俊英は心が痛んだ。自分が提案した映画館が、炭鉱への人寄せの道具に使われている……。

俊英も立ち上がった。

食堂の棚に食器を返そうとすると、壁に一枚の貼り紙があるのに気づいた。
そこにはこう書かれていた。
〈次回　映画上映　『オヤケアカハチ　南海の風雲児』　七月七日〉

第14章　SHALL WE DANCE

1

「『オヤケアカハチ　南海の風雲児』ちゃあ、どげな映画なんやろうなあ」

七月に入ったある日、老いた坑夫が食堂の貼り紙を見ながら呟いていた。

「オヤケアカハチというのは、古い沖縄の英雄の名前ですよ」

老いた坑夫に若い坑夫が説明していた。

若い坑夫は身長も低く、目鼻立ちにもさほどの特徴はない。ただ笑うと右に見える八重歯が幼い顔立ちと釣り合っている感じがして印象的だった。

新米坑夫だ、と俊英は思った。

新米坑夫のほとんどは島に来た途端、頭に描いていた理想と現実のあまりの落差に落胆し、絶望に打ちひしがれ、顔から人間の表情が消えてしまう。しかしこの男にはまだ人間らしい表情が残っていた。

「沖縄の英雄かあ。そんで、こげな変わった名前なんやな。あんた、沖縄の人か？」

「いえ。生まれは台湾ですが、那覇にいた時に、たまたまオヤケアカハチのことを書いたものを読んだことがあります。伊波南哲《いばなんてつ》という人が書いた長編叙事詩です。随分話題になってましたから、おそらくこの映画は、その本を原作としたものでしょう」

「どげな話や」

「アカハチは四百年ほど前の石垣島に生きた英雄です。時の権力者である琉球王府の過酷な重税に耐えられなくなった島民のために叛乱を起こす、という話です」

「ほう、そげな話か。それは楽しみたい。わしは、もうこの先この島でなんの希望もなかけん、年に何回か、あの映画館で映画ば観ることだけを楽しみに生きていこうと思いよる」

「映画がお好きなんですね」

「わしの若い頃には映画んごと洒落《しゃれ》たものはなかったばってん、よう芝居小屋には足運びよった。あんたはどげんね」

「大好きです」

新米坑夫が答えた。

「そうやろう。そげん映画ば好いとうなら、映画館で、また会おうや」

老坑夫が去った後、俊英は、新米坑夫に話しかけた。

「台湾から来たんですか」

「ええ」

「嘉義という街を知ってますか」

「もちろん。私の故郷です。嘉義農林という中等学校が甲子園に出ました」

「俺と一緒にこの炭鉱にきた男が、甲子園に行った元球児でした。補欠だと言ってましたが」

「そうなんですか！」

「ギザ耳というあだ名で呼んでました。右耳が半分ちぎれててね。父親が日本人、母親が台湾人と言ってました」

「で、彼は今？」

「もう、いません」

男の顔がこわばった。

「どうしたんですか」

「逃げました」

「逃亡ですか？」

「ええ」

「逃げおおせたんですか」

「わかりません。ただ、帰って来ませんでした」

二人の間に長い沈黙があった。

沈黙を破ったのは、男の方だった。

「私の名前は、志明《チミン》です」

「俺は、俊英」

俊英と志明は食堂を出て、石炭が積んである貯炭場の岸壁に腰掛けた。

志明が訊いた。

「俊英さん、どうして、この炭鉱へ？」

「どこでもよかったんです。手っ取り早く金を稼ごうと……。ここにいる、他の連中と同じ。やけっぱちになっていたところもありました」

「やけっぱちに？」

「両親を亡くして、故郷にもおられんようになって」

「生まれは？」

「兵庫の尼崎というところです」

「両親はどうして亡くなったのですか？」

今日初めて会った男は、遠慮もなく立ち入ったことを率直に訊いてくる。

しかし、なぜか嫌な感じがしなかった。志明にはこちらの鎧《よろい》を脱がせる雰囲気があった。

表情はどこかカンカン帽を思わせ、生まれはギザ耳と同じだった。

あの二人が帰ってきた。そんな気がしたのかもしれない。

この男には、話してもいい。

「父親は、工事人夫をしていました」

俊英はこれまで誰にも話さなかった両親の話を始めた。

「沖縄から母親と、尼崎の戸ノ内というところに出てきたんです。その時々にある工事現場に向かう日雇いです」

志明は真剣な眼差《まなざ》しを俊英に向けている。

「俺が九歳の時でした。父は尼崎の隣の西宮の河川敷で働いてました」

「川の工事？」

「いいえ。中等野球大会の会場やった鳴尾《なるお》の野球場が手狭になったというんで、阪神電鉄が、武庫川の近くの川を埋め立てて、新しい野球場を作ることにしたんです」

「甲子園球場？」

「そうです。全国大会が始まるのは八月。工事が始まったのは三月でした。急に計画が決まったんです」

「わずか五ヶ月で、野球場を？」

「ええ。突貫工事でした」

「無茶な話ですね」

「人が誰も住んでいない川を埋め立てての工事です。夜中に作業をしても住民からの苦情の心配はない。だから毎晩毎晩、夜通しで、朝までライトをつけて工事をしたそうです。球場を作るコンクリートは、河川敷にある砂をそのまま使って、砂と砂利とセメントを大きなミキサーで混ぜて作るんです」

俊英はそこまで淀みなく話してから、口をつぐんだ。

そして空を見上げて、言葉を継いだ。

「ある日、深夜の作業中に、父は誤ってそのミキサーの中に落ちてしまいました」

志明の眉が上がった。

「連日の深夜労働で朦朧としていたんやと思います。死体はミキサーで混ぜられて上がりませんでした。あの甲子園球場のどこかの壁に、細切れになった父の身体の一部がコンクリートになって埋め込まれてるはずです」

志明は言葉が出なかった。

しばらくしてようやく口を開いた。

「あなたと一緒に炭鉱に来た、という台湾の元球児は、その話を知ってましたか」

「彼には言ってません。何か、彼の思い出を汚してしまうような気がして」

志明は無言のままうなずいた。

「それから母は俺を女手一つで育てました。ずいぶんいろんなところで働いて、いかがわしい場所で酌婦もして。俺には絶対に悟られまいとしてましたけど。母は俺が十歳の時に過労がたたって、最後は肺炎で死にました」

「早くに、両親を亡くしたんですね」

「みなしごになった俺を、戸ノ内に住む沖縄の人たちが育ててくれました。ずっと戸ノ内の人たちと一緒に養鶏を手伝ったり、消し炭を作ったり、配達をしたりしてました」

「それで、どうして、西表島に?」

「十八歳の時、消し炭を配達した店で、盗難騒ぎがありました。開けていた金庫からお金がなくなったというんです。その時、配達に行っていた俺が疑われました。もちろん身に覚えはない。でもその店の手代が、俺が誰もいない事務所に入って行ったのを見た、と言うんです。きっとそいつが盗《と》って俺に罪を被せたんです。俺の懐から金は出てこんかった。それでも俺は牢屋に入れられた。俺のせいで、その店は戸ノ内と消し炭の取引をやめました。俺は、みんなに申し訳なくて、もう戸ノ内には帰れんかった。そんな時に、炭鉱の口利き屋に誘われたんです」

俊英には自分の話す声が、自分のものでないように聞こえていた。それは間違いなく自ら経験したことだが、口に出すとまるで他人の人生のような気がしたのだ。

志明は再び言葉を失っていた。

俯いた顔から、吐息が漏れた。

「志明さん、どうしてここへ？」

話を相手に向けた。

俊英の言葉に、志明はゆっくりと顔を上げた。

「どこから話しましょうか」

志明は静かに話し出した。

2

どこから話しましょうか。

やはり、私も両親の話から始めましょう。

私の両親は、嘉義で日本人が経営する雑貨商を一軒任されていました。日用品なら、なんでも売るお店です。

両親は台湾人の例に漏れず大変な働き者で、おまけに陳列の仕方をお客さんが見やすいようにするなど、創意工夫の才もあったようです。それが雑貨商の経営者の耳に入ったのでしょう。今度フィリピンのマニラで新しい店を開くから、そちらを切り盛りしてくれないか、と頼まれたのです。両親はそれを引き受け、海を渡りました。私も一緒にマニラに渡りました。

今から四年前の話です。昭和八年ですね。

満州事変を境に景気は昭和の恐慌から少しずつ回復して、日本の商社もアジアへ向けて盛んに市場を広げようとしていた時期でした。当時からフィリピンはアメリカが統治していましたが、マニラには五千人もの日本人が住む日本人街があったぐらいで、盛んに進出していました。日本がフィリピンで稼いだ外貨といえば、まずスペイン統治時代にはからゆきさん、日本人売春婦によるものですね。それからアメリカ統治の時代になってからはマニラ麻の栽培、それから私たちの両親が営んだような雑貨商です。日本の製品は、アメリカ製品に見劣りしないほど質が良くて、しかも安い。特に安価で高品質の衣服は飛ぶように売れました。クリスマスなどカトリックのお祭りや新学期に、日本製の衣服を新調することが一つの文化にまでなりました。

両親の店も持ち前の創意と工夫で、大いに繁盛しました。私も両親の店を忙しく手伝いました。

そんな私には、唯一の楽しみがありました。

夜、仕事が終わった後に、街に繰り出して映画を観ることです。

当時のマニラには、それこそ通りを越えるごとに映画館がありました。

日本人街に行けば、日本の映画も観ることができました。

もちろん台湾でも日本の映画は観ることができましたが、植民地の台湾では、上映されない映画もあったのです。たとえば、民衆が政府に抵抗するような内容の映画は、政府から上映の許可が下りないんです。日本の映画雑誌には載っているのに、なんで台湾では上映されないのかなあ、と思った映画がいくつかありましたが、そういう事情だったのです。

そんな映画も、マニラでは普通に観ることができました。

そして何より嬉しかったのは、マニラではアメリカやヨーロッパで上映されたばかりの映画が、ほぼ同じ時期にすぐ観られることです。

日本や台湾ではそうはいきません。

たとえば、チャップリンの『街の灯』がアメリカで公開されたのは昭和六年ですが、日本で公開されたのは三年後の昭和九年です。日本で上映されるまでに、どうしても三年か四年かかってしまうのです。

欧米の映画をすぐに観られるのは本当に嬉しかった。日本や台湾で、まだ誰も観ていない映画を、今、自分は観ているんだと思うと、幸せな気持ちでいっぱいになりました。

去年、私がマニラで観たチャップリンの映画で、『モダン・タイムス』という映画があります。去年の映画ですから、まだ日本や台湾では上映していないはずです。これは素晴らしい映画でした。あらすじを話すと長くなります。私なりの解釈を一言で言うと、監獄へ連れていかれる男と女が護送車から逃走して、二人で幸せをつかもうとする話です。

私はこの映画を観て泣きました。

最後のシーンです。

職も失って無一文になった二人が、路傍に座り込んでいます。女は泣いています。

そこで、チャップリンは女を励ますんです。

「死んじゃダメだ。また一緒に頑張ろうよ」

そうしてチャップリンは、自分の口元の左に指を当てて、ゆっくりと弧を描くようにその指を上にあげて、彼女に笑顔を作らせます。

そして二人は、荒野に向かって延びる、まっすぐな一本道を、手をつないで歩いて行くんです。後ろ姿なので見えませんが、きっと笑顔を浮かべてね。

そのラストシーンで曲が流れます。『スマイル』という曲だそうです。

この曲が素晴らしいんです。

私はこの映画を五度観に行きました。そして、この『スマイル』が流れるシーンで、五度、泣きました。

もうひとつ、マニラで観た映画で、忘れられない映画があります。

それはフランス映画でした。私はアメリカ人向けの英語の字幕で観ました。

英語では『THE GREAT ILLUSION』。

日本語で言うなら、『大いなる幻影』といった意味でしょうかね。今年の映画ですから、まだ台湾はもちろん、日本でも上映されていないはずです。

いや、もしかしたら、今後も上映されないかもしれません。ドイツ軍の捕虜となったフランス軍人の話です。反戦的な思想が色濃く表れています。戦争へ向かおうとしている今の日本には受け入れられないかもしれません。

この二つが、私がマニラで観た、もっとも心に残っている映画です。

＊

マニラの思い出を語る志明の目は輝いていた。

もちろん俊英は『モダン・タイムス』も、『THE GREAT ILLUSION』も知らなかった。当たり前だ。まだ日本で上映されていないのだ。たとえ上映されていたとしても、そして自分がいつでも映画を観ることのできる自由な身であったとしても、これまでの俊英なら観なかっただろう。観たいとも思わなかっただろう。

しかし、今は違った。

世界じゅうの人々を感動させているその映画を、内地からははるか南のジャングルの僻《へき》地《ち》で聞いたその映画を、今は、たまらなく観たいと思った。

それにしても疑問なのは、マニラにいた男が、なぜ、この炭鉱にやってきたかだった。

俊英はあらためてその疑問を投げた。

「どうして、この島にやってきたのですか」

「まったく、お恥ずかしい話ですが、私はマニラで恋に落ちましてね」

「恋に？」

志明は空を見つめる。

懐かしさと哀しさが混じった、不思議な表情だった。

志明が見せたその表情の向こうに何があるのか。俊英はそれが知りたかった。

「その話、聞かせてください」

志明は再び、ゆっくりと話し出した。

＊

マニラには、沖縄の糸満《いとまん》から、大勢の漁師たちがやってきていました。彼らは魚のいるところなら、どこへだって行きます。彼らにとってはフィリピンの海など自分たちの庭のようなものです。

フィリピンにしてみれば糸満漁師の船は一応外国の船なので、彼らは名目上はフィリピン人の名義を借りて自分たちの船主にしたりして入港できるように、その辺はうまくやっていたようです。

マニラの市場に行けば、糸満漁師の獲った魚を売る娘たちも大勢いました。その娘たちも、糸満からやってきていたのです。私は、その中の一人の娘に、恋をしてしまったのです。目鼻立ちがくっきりとした、まるで南国の花のように華やかな顔立ちの娘でした。ちょっと顎を上げて笑う仕草が小生意気なんですが、そんなところが私にはかえって魅力的に見えました。

そうですね。きっとわからないと思いますが、向こうの映画女優のメアリー・ピックフォードに似ているのです。

私は毎日、その娘から魚を買いました。

そしてある日、勇気を出して彼女に声をかけました。

映画に誘ったのです。

ちょうどその時、フレッド・アステアとジンジャー・ロジャースのミュージカル映画『SHALL WE DANCE』が上映されていたのです。

彼女は断りませんでした。

ストーリーは他愛のないものでした。しかしそんなことはどうでもよかったのです。映画を観ている最中、私はまさに踊り出したくなるような、幸せな気持ちでいっぱいでした。

それから数日して、私はまた彼女を映画に誘いました。しかし、今度は、彼女は首を横に振るのです。

なんで？　と訊くと、彼女は答えました。

「糸満に、帰らなければならなくなったの」

私は目の前が真っ暗になりました。

「いつ帰るの？」

彼女はわからない、と言って教えてくれませんでした。

次の日、市場に行くと、もう彼女はいませんでした。

隣に店を出している人に訊くと、今朝、糸満の船に乗って帰ったというじゃありませんか。恋は盲目とはよく言ったものですね。私は、彼女と一緒に観た映画を思い出しました。その映画の中では、フレッド・アステアが、パリでレビューに出ていたジンジャー・ロジャースに一目惚れして、彼女を追ってニューヨークまでついて行くのです。

私は一ヶ月思い悩んだ挙句、那覇行きの船に乗ったのでした。

那覇に着くやいなや糸満に向かいました。糸満に行けばすぐに彼女に会えると思った私も馬鹿ですが、馬鹿は時として奇跡を起こすのです。糸満を彷徨《さまよ》った三日目に、なんと市場で彼女に再会できたのです。

私の顔を見た時の彼女の顔が忘れられません。

そこにあの笑顔はなく、凍りついた表情だけがありました。彼女は市場の奥へ駆けて行き、やがて、男とともに出てきました。

男の顔を見て、私はすべてを察しました。

その男が、つまらない男なら、あるいは私は、心の整理がついたかもしれませんね。しょせんはそんなつまらない男を選ぶ女だったんだと、無理にでも自分を納得させたでしょう。

ところがその男はそうではありませんでした。

優しくて、強そうな、器の大きそうな男でした。男の鑑《かがみ》のような感じがしました。

ええ、そういうのは、一目見ればわかるものですよ。

彼は、私の顔を見てこう言いました。

「私は糸満で漁師の網元をしている我那覇陽光《がなはようこう》という者です。わざわざマニラからここまでお越しくださったことを恐縮に思います。もしあなたさえ異存なければ、マニラまで、私の漁船でお送りいたします」

私は丁重に断って去りました。

それから那覇まで、どうやって帰ったのか、覚えていません。

気がつくと私は、那覇の港にいたのです。

マニラに帰ろうという気は起こりませんでした。少しでも彼女と一緒に過ごした地に、戻ろうという気にはなれなかったのです。ましてや、あの男の船では。

かと言って、彼女が男と住んでいる沖縄には余計いられません。

台湾に帰ろうと思いました。台湾に帰るにはどの船に乗ればいいのか。そんなことをぼんやりと考えていた時、男から声をかけられました。

「お兄さん、仕事を探しているなら、いい仕事があるよ」

そうして男は私に、一枚の写真を見せたのです。

ジャングルの中に、村がありました。たくさんの建物が並んでいました。

そして男は、その中の一つの建物を指差して、言うのです。

「これは、映画館ですよ」

「映画館？」

私は驚きました。

ジャングルの中に映画館があるなんて。

「ええ。そうなんですよ。驚くのも無理はありません。ここはね、他の炭鉱とは違います。こうして娯楽施設も完備して、坑夫の慰安も十分に考えているんですよ。おまけに真面目《まじめ》に働けば、月に八十五円を稼ぐ坑夫だっているんですよ」

私には賃金なんてどうでもよかったのです。

ただ、映画館がある。それだけで私の心は動きました。躍りました。

「映画は毎週、違った作品が上映されるんですよ」

「フィルムはどこから運ぶんですか？」

「石垣島の映画館が、最新のフィルムを運んでくれるんですよ」

私は、この炭鉱で働きながら、ジャングルの中で映画を観るのも悪くないと思いました。

そうすれば彼女を忘れられると思いました。

忘れたころに、またマニラにでも台湾にでも戻ればいい。そう思ったのです。

そうして、私は、ここにやってきたのです。

＊

「釣り針」

俊英は思わずつぶやいた。

「え？」

志明が訊き返す。

「釣り針。映画館が、釣り針に使われたんですね」

「ああ、そういうことですか」志明は意味を理解したようだった。

「なるほど。釣り針か。まさにその通りですね。私は釣り針にかかった魚です」

俊英は心が痛んだ。その「釣り針」を仕掛けたのは、自分なのだ。

「しまった、と、思っていますか」

「こんなに辛い労働が待っているとは思いませんでした。それに、映画は毎週どころか、何ヶ月かに一回だけだし。すっかり騙されました」

志明は自嘲した。

俊英は目を伏せた。

「映画に騙されてやってきた。いつも、炭坑で穴を掘っている時、泣きそうになります。

でも」

志明の、でも、という言葉が力を帯びた。

その強さに俊英は顔を上げた。

「そんな時、私を救ったのも、映画でした。炭坑の中で、マニラで観た映画のことを思い出すんです。炭坑の暗闇の中が、映画館の暗闇になるんです。

たとえば、辛い時、チャップリンの『モダン・タイムス』を思い出します。皮肉なものですね。あの映画も、自由を奪われた苛酷な労働者を描いた映画です。『モダン・タイムス』でチャップリンが演じる工場の労働者は、今の私そのものですよ。でも、そんな時、私は思い出すんです。あの映画のラストシーンを。さあ、笑って、と微笑みかける、チャップリンの笑顔を。そして私は、暗闇の中で、指で自分の口の端を上げて、笑顔を作るんです。ええ。痩せ我慢の笑顔です。もちろん、何も楽しいことなんかありません。でも痩せ我慢の笑顔が、人間を救うことだってあるんです」

俊英はたまらなくその映画が観たくなった。

もし観ることができたなら、自分もまた、暗闇の中の辛い労働に耐えられる。そんな気がした。

「さっき、その映画のラストシーンには、曲が流れると言ってましたね」

「『スマイル』という曲です。チャップリンが自ら作曲したものだそうです」

「その歌を歌えますか？」

「いえ。この曲には歌詞がついていません」

「では口ずさめますか？」

「もちろん」

志明は口ずさんだ。美しいメロディだった。

「ハーモニカでは？」

「できると思います」

二人は食堂へ引き返した。俊英は棚に置いてあるハーモニカを手に取った。

ギザ耳が残したハーモニカだ。

「これでさっきの曲を吹いてもらえませんか」

「やってみましょう」

志明はハーモニカを吹き出した。

メロディはハーモニカで吹くと、一層美しいものになった。

志明はハーモニカを吹き続けた。

俊英は、まだ一度も観たことのない『モダン・タイムス』という映画を想像してみた。

映画の力、音楽の力。

そんな言葉がとりとめもなく頭の中を駆け巡った。

ジャングルの中に仕掛けられた釣り針。
それは人を地獄へ突き落とすものだった。
しかし、それは人を地獄から救う、この世で一番甘美な釣り針だと俊英は思った。

第15章　執念の毒蛇

1

七月七日は、炭鉱にとって特別な日だった。

宇多良の全鉱山が休業し、山の神の祭りが行われるのだ。朝、丘の上の山の神に参って安全を祈願する。そこには小さな祠《ほこら》があった。

参った後、坑夫全員に酒二合が振舞われた。

酒は坑夫たちがこの祭りのために一日二銭の積立をした金で振舞われるのだった。

「この島に神様なんかおるのか。おるとしても、沖縄の神様じゃろう。山の神ちゅうのは、内地の神様やろう」

そんな軽口を叩く者もいた。

「炭鉱ができてから、きっと神様も、内地からここへやってきたんだろうよ」

誰かが答える。「きっと、騙されてな」

その日一日ばかりは誰もが羽目を外して大いに酔っ払った。

酔っ払うと起こるのは喧嘩だった。それを見物する奴がいる。

酒樽《さかだる》を太鼓がわりにして叩く奴がいる。それに合わせて踊ったり歌ったりする奴がいる。最初はハーモニカしかなかった炭鉱に、今では三線を弾く者やラッパを吹く者もいた。大通りは昼間から坑夫で溢れかえった。

そして、午後二時。この島で二回目の映画上映会が、あの映画館で行われる。

フィルムと映写機は、石垣島の「珊瑚座《さんござ》」という映画館の館主が出張で運んでくる。

上映前から大勢の坑夫たちが映画館の前に並んだ。

映画担当の係員が大声で叫んでいる。

「ここから後ろの方は、もう入れません！　立ち見でも無理です！　午後四時から追加上映会をやりますから、後ろの方は、そちらに回ってください！」

座席数三百の映画館が、あっという間に満杯になるのだ。

上映作品は『オヤケアカハチ』だ。

俊英は座席に座ってまだ何も映っていない銀幕を見つめていた。

隣には志明が座っていた。

小屋の中が暗くなる。

銀幕に光が射す。

「オヤケアカハチ　南海の風雲児」のタイトルが出る。

わっと歓声があがる。


「製作　東京発声映画製作所」と出る。

沖縄を舞台とした映画だが、東京の映画会社が作っているのだ。

映画の内容は、あの日、志明が言ったとおりだった。

琉球王府の圧政に耐えかねて立ち上がる島の英雄、アカハチ。なんとも怪異な風貌だった。いくら四百年ほど前の話だとしても、これはないだろう。登場した瞬間、観客席からは笑い声も漏れた。

観客席が一番沸いたのは、ヒロインの女性が出てきた時だった。

「市川春代《いちかわはるよ》。大スターです」と志明が小声で呟いた。

ヒロインは、王府側についたアカハチの敵方の妹で、兄の指図でアカハチを謀殺しようとするが、やがてアカハチと恋に落ちて兄を裏切り、恋に殉じるという役だった。

当代の大スターがスクリーンに現れて、坑夫たちは大興奮だ。

興奮が最高潮に達したのは、彼女がほとんど下着のような、肌を露わにした衣装で踊るシーンだ。

「春代ちゃ〜ん！」

「おお！　もう、たまらん！」

前の観客が立ち上がる。

「おい！　立つな！　見えんじゃろ！」

「何をこら！」

スクリーンの前で殴り合いの喧嘩が始まる。

「おまえらの喧嘩を見にきとるんやなか！　喧嘩やったら表でせんか！」

その声で二人はすんなり座席について再びスクリーンを食い入るように見る。

俊英は思った。

今夜、多くの坑夫たちの夢の中に市川春代が現れ、寝床を濡らすことだろう。

物語は、アカハチが最後の決戦を繰り広げるが、配下をすべて失ってアカハチも満身創痍《そうい》となり、ついに捕らえられて島民たちの信じる神に「情けあらば伝えよ、我が戦は正義の戦なりきと」と叫んで岸壁から海へと身を投じて終わる。

上映が終わって映画館を出た時、志明が言った。

「この映画は、台湾では、絶対に上映されません」

「なんで?」

「植民地の島が琉球王府に叛旗を翻す話ですよ。大日本帝国が支配している植民地の台湾で上映の許可が下りるわけがありません。そういう意味では、いい映画を観ましたよ」

「台湾では、そんなに規制が厳しいんですか」

「年々厳しくなっていきました。内地もそのうち、そうなりますよ。日本は今、中国に対して盛んに戦争を仕掛けようとしていますからね。きっともう、こんな映画は観ることができなくなります」

一回目の上映後、騒動が起きた。

二回目の上映を中止する、という発表があったのだ。

たまたま一回目の上映を観に来ていた坑主の麻沼が映画の内容に激怒して、こんな不敬な映画は上映まかりならん、と通達したというのだ。

坑夫たちは映画を観せろ、と騒ぎ、気まぐれな麻沼の措置に文句を言った。

映画を島に持ってきた石垣島の映画館主も怒った。

「坑夫たちがこんなに楽しみにしているのに、なんでその楽しみを奪うんだ!」

しかし上映許可は下りなかった。

志明の予言は、当たっていた。

盧溝橋《ろこうきょう》事件を引き金に日中戦争勃発の報が炭鉱の村に届いたのは、その二日後だった。

2

戦争の勃発は、宇多良炭鉱にも少なからぬ影響を与えた。

時局は緊迫し、世の中は急速に戦時体制となった。

石炭は軍需産業を支える国家の命綱とばかりに増産体制が取られた。

ただでさえ苛酷を極めていた炭鉱の労働が、一層厳しくなった。ノルマが増やされ、深夜までの労働が当たり前になった。マラリアで命を落とす坑夫は増え、脱走を試みて失敗し、折檻を受けて殺される者もあとを絶たなかった。

朝、起床の鐘が鳴ると広場に坑夫たちが集められ、人員点呼後に皇居遥拝《ようはい》をすることが日課となった。

皇居遥拝に遅れれば厳しい折檻を受けた。

「石炭無くして国防なし」

「増産は戦の鍵なり」

そんなスローガンが食堂に貼られる。日本の南の果ての炭鉱に戦争の空気が流れた。

国威発揚のスローガンがべたべたと貼られた横に、次回の映画上映の貼り紙が出たのは、日中戦争勃発から三ヶ月余りが過ぎた十月の末だった。

〈次回　映画上映　『執念の毒蛇』　十一月二十七日〉

俊英はもちろん聞いたことのない映画だった。

映画に詳しい志明に訊いてみても、

「さあ、この映画は、知りませんねえ」

と首を傾げた。

映画係の主任は古賀だった。たまたま古賀の姿を事務所の前で見かけた俊英は、古賀に訊いた。

「古賀さん、今度上映する『執念の毒蛇』ってのは、どんな映画なんですか」

古賀は答えた。

「プログラムは石垣島の珊瑚座の主人に任せてあるんだ。最初の『街の灯』だけはあんたからの願いを受けてなんとかわしが手配したけどな。この前の『オヤケアカハチ』は今、沖縄で大変な評判になっているということで選んだらしいが、麻沼のオヤジの怒りを買ってしもうた。そればかりか麻沼は一度目は上映したにもかかわらず、映画館主にその報酬を一銭も払わんかった。『金が欲しけりゃ、政府に楯突《たてつ》くような映画は上映するな』。それが麻沼の言い分よ」

古賀は口をへの字に曲げた。

「もう次の上映会はないんじゃないかと心配しとったが、なんとか十一月にやれることになった。あんなことがあったんで、次の映画の内容は、珊瑚座の主人も気をつけているだろう。なんでも、沖縄で初めて作られた映画で、怪談ということだ」

「怪談？」

「それ以上はわからん。あとは当日を楽しみに待っときなさい」

3

「どうやらこの映画は、怪談らしいぞ」

「十一月に季節外れの怪談か」

「まあ、この島じゃ、十一月でも内地の夏以上に暑いから、季節外れということはなかろう」

行列に並んでいる坑夫たちが話している。

「この映画は、トーキーやなくて、活弁が語るらしいぞ」

「おお、それは懐かしくていいや。俺らが街で活動写真を観てた頃は、みんな活動弁士が語っておったからな」

「わしらみたいな古い人間には、活弁の方がしっくりくるさ」


映画の上映前に、活動弁士からの口上があった。

「さても皆さん、本日はようこそご来場くださいました。これからご覧いただきます『執念の毒蛇』、上映の前に若干の解説を申し添えたく存じます。この映画は、沖縄は本部町からハワイに移民して成功した実業家、渡口政善《とぐちせいぜん》なる人物が手がけたものでございまして、日本とハワイの合作映画でございます。撮影はハワイと那覇で行われました。監督は怪談映画の名手とされる吉野二郎《よしのじろう》。製作は昭和七年。沖縄で最初に作られた記念すべき無声映画として知られております。それでは前置きはこれぐらいにいたしまして、怪しくも哀しい怪談物語、『執念の毒蛇』、とくとご堪能くださいまし」


映画が始まった。

「ここは、常夏の島、ハワイ。そこに、沖縄から苦労して移民で渡ってきた、仲睦《むつ》まじい夫婦が暮らしておりました。清く貧しく美しくを絵に描いたようなこの夫婦、夫の名は、大城政一、妻の名は、君子……」

弁士の説明どおり、物語の舞台はハワイから始まっていた。

主人公、政一と妻、君子は、沖縄からハワイに渡った移民の夫婦だ。製糖会社で働き、二人でこつこつとお金を貯め、つましく暮らしていたが、ある日、君子が高熱を出して寝込んでしまう。診察した医者に「手の施しようがない」と告げられ、政一は妻が不治の病にかかったことを知る。三日後、政一は専門医を呼びに行くと言い残してホノルルに出る。しかし一ヶ月経っても帰らなかった。

待ちわびる君子の病床に、かつての使用人が訪れ、旦那はもう帰ってきませんよ、と伝える。調べてみると、夫婦で貯めた金がすべて持ち出されており、君子は絶望して泣き伏してしまう。

その頃、政一は那覇にいた。政一は旧友と、君子と二人で貯めた金を使って辻遊廓で豪遊する。遊廓には愛人も囲っている。不治の病となった君子は捨てられたのだ。君子は、自分を捨てた夫を追って、那覇にやってくる。乞食同然にまで身を落とした末に政一を見つけ、恨みを抱く君子。君子を疎ましく思う政一は彼女を海岸へ誘い、隙を見て崖から突き落とす。死んだ君子は毒蛇に化身して、政一と愛人に復讐《ふくしゅう》する……。

一言で言えば、沖縄版の四谷《よつや》怪談だ。

しかし、俊英には後半の物語が、まったく頭に入らなかった。活動弁士の熱のこもった解説も一切耳に入らなかった。

主人公の夫が辻遊廓で豪遊する場面があった。

宴の席で幼い子供の芸妓《げいぎ》が、姐《あね》芸妓の踊りに合わせて楽器を演奏している。

そこで俊英の目が釘づけになった。

踊子の後ろで楽器を弾く幼い芸妓は四人。向かって左端の芸妓は琴を弾いている。右端の芸妓は太鼓を叩いている。中央に三線を弾く二人の少女がいる。

三線を弾く右側の少女が四人の中で一番小さく表情もあどけない。

紫と白の縦縞《たてじま》の着物を着ている。

まっすぐ前を見つめる瞳には、幼さの中にも強さを秘めている。

俊英はその少女を知っていた。

その瞳に、かつて出会ったことがあった。

自分が西表島に来る前に寄った、辻遊廓の厠の前で出会った、あの少女だ。

あの少女が、映画に映っているのだ。

その瞬間、心臓が早鐘を打った。身体がカッと熱くなった。

渦に呑み込まれる木の葉のように、俊英の心は自制を失った。

彼女が映る場面はすぐに別の場面に切り替わり、その後彼女が画面に現れることはなかった。

しかし銀幕で出会った彼女は俊英の心の印画紙に、二度と消せないほど強く焼きついた。俊英にとって、その刹那の場面は永遠と同じぐらいの意味があった。

動悸《どうき》が収まらない。

いったいなぜ自分はこんなに動転しているのだろう。

彼女のことを、この島に来て思い出すことはなかったのだ。

そんな余裕は微塵《みじん》もなかった。

しかし図らずも、閉じたはずの記憶の蓋が突如として開いた。

あの声が蘇った。


「ウニゲーサビラ！　タシキークィミソーレ！」

（お願いします！　助けてください！）

あの夜、彼女は俊英に、たしかにそう言った。あれから四年半の歳月が流れている。

この映画は昭和七年に作られたと言っていた。

昭和七年といえば、俊英があの夜、辻遊廓に行った一年前だ。

銀幕に映っていたのは、俊英が出会った一年前の少女の姿だ。

あの時、彼女の年齢は、十三、四歳ぐらいに見えた。

だとすると、今は十八歳ぐらいのはずだ。


一回目の上映が終わる。俊英は、二回目の上映も観た。

遊廓の宴の場面。

間違いない。彼女だった。

四年半前の少女が、自分の目の前に現れたのだ。

彼女の「声」が、何度も俊英の頭の中で聞こえては消え、消えては聞こえた。

沸き立つ気持ちを抑えることはできなかった。

俊英は、上映が終わるとすぐに映画館を飛び出した。

後片付けを済ませて出てきた石垣島の映画館主を呼び止めた。

「あの……珊瑚座のご主人ですね」

「そうですが。なんですか」

映画館主は怪訝な顔をした。

「あの、さっきの映画ですが、今日は、どうして、この映画を？」

映画館主は答えた。

「那覇に、親しい映画館主がいてね。この島でたまに映画の上映会をすると言ったら、うちに面白い映画のフィルムがあるって教えてくれたんだ。それがこの映画さ」

「那覇の映画館……」

「ああ、辻遊廓の鳥居の脇にある『陽炎座』というところだ」

那覇から西表島に渡る前日、遊廓の門をくぐる前に皆で入ったあの映画館に違いない。

「この映画の中に、遊廓が映ってましたよね」

「ああ。あの遊廓は、『月地楼』だ。辻でもかなり有名な遊廓さ」

月地楼……。

そうだ。たしかにあの遊廓は「月地楼」といった。

間違いない。

あの日、遊廓の縁側で見た月が、俊英の脳裏に蘇った。

そしてあの言葉が、再び蘇った。

「ウニゲーサビラ！　タシキークィミソーレ！」

（お願いします！　助けてください！）

「あの」

俊英は帰ろうとする映画館主を、再び呼び止めた。

「何だよ」

「館主さんは、あの『月地楼』に、行くことがありますか」

「ああ。那覇に出れば時々行くこともあるさ。映画館主の寄り合いもたいがい、あの楼だ。そんな縁もあって、あの映画も『月地楼』で撮影したんだろうよ」

俊英は映画館主の腕を掴んだ。

映画館主はその勢いにたじろいだ。

「何なんだよ！　放せ」

「お願いがあるんです」

俊英は頭を下げた。

「今日の映画に、子供の芸妓が映っていたでしょう」

「そんなのいっぱい映っていただろ」

「宴会の座敷が映った時に、三線を弾いていた右側の、一番小さな女の子です」

「覚えてないよ」

「その子に、訊きたいことがあるんです」

「だからどの子かわからんって。しかもな、あの映画は、今から五年も前に撮ったもんだ。あんたの言うその子が今もいるかはわからんだろう」

「館主さん、今度上映に来るのはいつですか」

「まだわからんが、早くて来年のはじめだろう」

「それまでに、俺、彼女に手紙を書きます」

「手紙?」

便箋なら持っていた。どんぐり目が死んだ時、遺品代わりに彼の部屋から引き取ったのだ。

「その手紙を、今度月地楼に行った時に、彼女に渡してほしい」

「無茶を言うな。それに手紙を書くなら、直接あんたが月地楼に送ったらいいだろう」

「炭鉱は坑夫の手紙を受け付けないんです。家族や親類に連絡を取らせないために。無理に預けたって破って捨てられます」

「遊廓だって芸妓の管理には厳しいんだ。おいそれと手紙なんか渡せせんよ」

「そこをなんとかお願いします」

「無茶を言うなって。名前もわからん芸妓に、どうやって手紙を渡すんだ」

その時、思い出した。

厠の前の廊下からあの子が逃げた時、厠についてきた女が叫んでいた。

「チルー!」と。

チルーは、きっとあの子の名前だ。

「思い出しました。彼女の名前は、チルーです。お願いします！　今度、月地楼に行くことがあったら、チルーという子に……」

第16章　雨

1

チルーは海を見つめていた。

窓の外には赤瓦の屋根が連なり、その向こうに海が見える。

遠い水平線が海と空を分けていた。

空はどんよりと曇っている。

夏の太陽の光をいっぱいに浴びてきらめいている海よりも、今日のように曇った空の下で鈍く光る春の海を眺めるのが好きだ。その方がずっと心が落ち着く。チルーはそう思った。乾いた空は嫌いだ。自分も乾いていきそうな気がするから。湿り気を帯びた空が好きだ。

沖縄では「うりずん」と呼ばれる季節だ。

「ボクは、泡盛の香りのような絵が描きたいんだ」

男が言った。

「あるいは、琉球娘の紺絣のような」

男は絵筆を動かしていた。

その前に紺絣の着物をはだけて乳房をあらわにした女が座っていた。

女の乳首を乳飲み子が咥《くわ》えている。女はクバの葉の扇で乳飲み子に風を送る。

女が抱いている子は旦那との間にできた子だ。

女の向かいにはアンマーが座っている。

辻遊廓の習わしとして、旦那と芸妓の間にできた子は、アンマーが母親がわりに面倒をみる。

アンマーが男に訊いた。

「藤田《ふじた》さん、巴里《パリ》の話を聞かせてくださいな」

「もう過去の話さ」

「ちゃんと聞いていますわよ。巴里で藤田さんといえば、知らない者はいないほど人気の画家さんだって」

「巴里ではいろいろと散々な目に遭ってね。絵は高く売れたが、そんなことはボクにとってはどうでもいい。今のボクには、沖縄こそが心の故郷だ」

「まあ。ひと月ばかり沖縄にいるうちに、すっかり魂《マブイ》を沖縄に吸い取られましたわね」

「ああ。たまたま絵描き仲間の竹谷《たけや》や加治屋《かじや》、南風原《はえばる》が、沖縄へ行こうと旅費のことを打ち合わせているところに顔を出したんだ。面白そうだなあ、その話、ボクも入れてくれよと頼んで、一緒に浮島丸《うきしままる》に乗って来たんだ。沖縄出身の南風原はともかく、一番沖縄にハマったのは、ボクだった。沖縄というのは、決して『縄』なんかじゃない。まるで海に浮かぶ『首飾り』だよ」

「もともと沖縄はお好きだったのですか」

「今から七年前だったかな。世界恐慌の真っ最中だった。ボクは巴里から南米に向かったんだよ。ブラジル、ペルー、アルゼンチン、いろんな国へ行った。どの国もボクにとっては刺激的だった。特にアルゼンチンは気に入ったね。ロサリオという街では個展もやったよ。南米の国々には、ボクが行くところ行くところ、必ず沖縄の人がいたよ。移民で渡って来ているんだね。辺境の地で、彼らは貧しかったが、力強く生きていた。そして優しかった。人間らしかった。その頃から、ボクは沖縄に心を惹かれていた。実際に沖縄に来てみて、ますます気に入ったよ」

「何がお気に召しました？」

「サンゴ礁に、デイゴの花に、辻の女だ」

「まあ、うまいこと」

「アーサーの汁にチャンプルーもだ。毎晩でも食いたい。ただ、あのアバサーとかいうトゲのいっぱいある魚だけは苦手だ。見た目がどうも」

「今度私が作って差し上げましょう。唐揚げにすると美味《おい》しいのですよ」

子供に乳をやっている女が言った。

「そういえば那覇の街を歩いていると、子供たちがいっぱい寄ってきたんだ。いったいなんだと思ったら、サーカスの団員と間違えられていた」

みんなが笑った。チルーも笑った。

「今、ちょうど、那覇にサーカス団が来てますのよ」

「藤田さんは、見た目がキテレツですからね」

「そうかねえ」

藤田も笑った。絵筆を動かす手は止まらない。

しばらく誰も喋らなかった。

乳飲み子の乳を吸う音だけが聞こえた。

藤田は急に真顔になって言った。

「今、中国では戦火が拡大している。国家総動員法で、芸術家だって戦争に利用される世の中になったんだ。小磯良平《こいそりようへい》が従軍画家として中国に渡るそうだ。ボクだって、いつ声がかかるかわからない。軍部はボクを統制しようとするだろう。しかしボクは決して統制なんかされない。もしどうしても描けっていうんなら、戦争の惨《むご》さを描いてやる。人間が人間らしさをなくしてしまった恐ろしい絵を描いてやる」

「まあ、物騒なこと」

「声がかかればだ。そうでなければ、ボクはさっきも言ったが、泡盛の香りのような絵が描きたいんだ」

「泡盛の香りのような絵って、どんな絵ですの？」

「移ろうものの儚《はかな》さと美しさが匂い立つような絵だ」

そして、男は筆を措《お》き、キャンバスを女とアンマーの方に向けた。

「ほうら。できた。たとえば、こんな絵だ」

「まあ、素敵な絵」

女とアンマーが歓声をあげた。

チルーも絵を覗き見た。

乳飲み子を抱えた紺絣の女と、黄蘗色《きはだいろ》の着物を着たアンマーの背中。手前には急須と湯飲みを載せた脚つきの真っ赤な盆。そして二人の女の背後に、窓から見える水平線があった。海の上に浮かぶ雲は薄群青色に光り、今にも雨が降り出しそうだ。

静と動。美しい絵だ、とチルーは思った。

その時、チルーは、あることを思いついた。

「藤田さん」

「なんだい？」

男がチルーの顔を見た。

「お願いがあります」

「これ、チルー」

アンマーがたしなめた。

「分をわきまえなさい。藤田さんはあんたの旦那さんじゃないんだよ」

「いいんだよ」男がアンマーを制した。

「なんでも、言ってみなさい」

「私の絵も、描いてもらえませんか。いえ、こんな布の上に描いた立派なものじゃなくていいんです。鉛筆で描いたものでいいんです。いえ、むしろ、その方がいいんです」

「お安い御用だ」

「おかしなことを言う娘だねえ」

アンマーが困った顔で言った。

「いいや。気にすることはない。描いてあげよう。そこにお座り」

男は、絵筆を鉛筆に持ち替えた。

不意に遠くの空に稲妻が走り、雷が鳴った。窓の外に大粒の雨が降り出した。

本格的な梅雨が始まるのだ。

うりずんの季節が、もうすぐ終わろうとしていた。

2

チルーは五年前のあの夜のことを思い出していた。

十四歳となり、初髪結い《ハチカラジュイ》を済ませ、二ヶ月あまりが過ぎていた。

チルーは嬉しくて仕方なかった。

これでようやく、あたしも姐《ねえ》さんたちみたいに、白粉を塗って、唇に紅をつけて、髪には赤いかんざしを挿して、綺麗な着物を着て、三線を弾きながらお客さんと歌ったり笑ったりできる。その日がずっと待ち遠しかったのだ。

まだその頃は初髪結いの意味がまるでわかっていなかった。

ある日、アンマーに呼ばれて座敷に行くと、一人の紳士を紹介してくれた。那覇で泡盛の酒造所を経営しているという。顔の色艶は若々しいが、髪に白いものが交じり、老人と言ってもよかった。

「チルー、ご挨拶しなさい。この方が、今日からあなたを可愛がってくださるのよ。美味しいものも、綺麗なお着物も、なんでもねだりなさい。きっと優しくしてくださるから」

アンマーの言うことはほんとうだった。

その夜から、老人は毎晩のように月地楼にやって来た。優しくて親切で、かんざしでも着物でも、良い匂いのする香水でも、なんでも好きなものを買ってくれた。

いつも夕方前にやって来て、二人で連れ立って夕暮れの街に出かけた。たいていは陽炎座で映画を観るか、球陽座か大正劇場といった小屋で芝居を観るかした後、花月という和洋食屋でカツレツを食べたり、階楽軒という大そう立派な門構えの店で珍しい外国の料理などをご馳走してくれるのだった。

その後に廓に上がって、三線を弾きながら老人の酒食の接待。なぜか忙しいはずのアンマーも、この老人が廓に上がった時は、必ずチルーと共に座敷についてくれた。

チルーはすっかり老人に好意を抱くようになり、老人が廓にやって来る日が待ち遠しくなるようになった。そして……。

そう、あれは、老人と陽炎座で映画を観た帰りの夜だった。

いつものように老人の接待を終えた後、アンマーがその座敷に布団を敷きながら言うのだった。

「今夜は、あのお方が、何か特別なことをあなたに教えてくださるそうだから、粗相のないようにしっかりと教わるのですよ」

チルーはそれが何のことだかわからなかった。

いつものように楽しい話でもしてくださるのかしら。でも美味しいものをいっぱい食べて、三線をいっぱい弾いて、もう上のまぶたと下のまぶたが今にもくっつきそう。できれば、お布団に入ったら、そのまま眠ってしまいたい……。

そんな思いが顔に出ていたのだろうか。アンマーは言った。

「大丈夫。お布団の中で、寝ていればいいからね」

チルーは喜んで、そのまま布団をかぶって寝てしまったのだった。

夜、ふと目が覚めた。

気がつくと、老人の顔がすぐ目の前にあった。

えっと思った瞬間、どこにそんな力があるのだと思うくらいに老人がチルーの身体を強く抱きしめた。わけがわからず逃げようともがいても逃れられない。老人は唇をチルーの口に押し付け、はだけた着物の隙間から手を入れてきた。

殺される。本気でそう思った。

反射的に老人の背中に爪を立てて引っ掻いた。

老人はうっとうめき声をあげる。一瞬老人の腕の力が緩んだ。

傍に置いてある硬い木の枕を掴んで老人の頭を何度も叩いた。

老人はぎゃっと声をあげてのけぞった。その隙に布団を蹴り上げ、部屋を飛び出した。

階段を駆け下り、厠のある廊下を駆けた。自分の部屋に戻ろうとしたのだ。

恐怖心で身体はガタガタと震えていた。

その時、誰かと身体がぶつかった。

廊下に転がり、顔を上げた。

若い男だった。

目が合った。透き通った目をしていた。

騒ぎに気づいたアンマーに手を引かれて連れ戻されながら、チルーは思わずその男に叫んだ。

「ウニゲーサビラ！　タシキークィミソーレ！」

（お願いします！　助けてください！）

何も知らなかったのだ。

初髪結いの意味を。あの夜の意味を。

七歳で遊廓に売られ、そこに住みながら、そこで日夜、何が行われているかを。

アンマーは事前にそれを一切教えなかった。姐さんたちも。

それがこの遊廓という特殊な世界の習わしなのだと今ではわかる。

しかしあの夜はショックで、ただひたすら泣いて夜を明かした。

老人はその日は帰った。そして三日後に再びやって来た。

老人の腕に抱かれている間じゅう、チルーの頭の中に駆け巡っていたのは、三日前の夜に陽炎座で観た映画の中の情景だった。

暗闇の小屋に浮かぶ銀の幕に、かご、人力車、自転車、煙をあげて走る蒸気機関車、蒸気船、軽便鉄道、馬、あらゆる乗り物が疾走している姿だった。

そしてチルーは女になった。


あの映画の題名は、もう覚えていない。

いや。

思い出した。

『渦』という題名だった。

3

「さあ、完成だ」

男は描き上げたスケッチをチルーに見せた。

黒髪を結い上げた女がそこにいた。

黒い瞳がじっとこちらを見つめている。

チルーはその眼差しにたじろいだ。絵の中の誰かが自分の心を見透かしている。

しかし紛れもなくその女は自分自身なのだ。

「どうだい?」

「こんな美人じゃありません」

チルーははにかんで視線を落とした。

「そんなことないわ」姐さんが口を挟んだ。「チルーの器量はこの廓でも指折りよ」

男が言った。

「君の目には意志がある。ボクが絵を描いている間、ずっと誰かに語りかけているようだったね。いったい、それは誰なんだい」

「藤田さんですわ」

「アンマー、なかなか教育が行き届いているね。だが、それは嘘だ。ボクにはわかる」

「チルー、誰か思う人がいるの？」とアンマー。

「廓で生きる人間に、思う人などいませんわ。恋はご法度。それがここの掟と、アンマーに教わりましたわ」

「チルー、幾つになったの？」

「十九です」

「まあ。来た時は、あんなにおぼこかった娘が」と姐さん。

「どうしようもないニーブヤー（朝寝坊）でね。いつも寝惚《ねぼ》けまなこでお稽古事して怒られてたわね」

「ほんとうに」アンマーが笑う。

「あの頃はいくつ？」

「七歳でした」

「七歳で遊廓へねえ」男は視線を宙に浮かせた。

「もしよかったら、なぜ君が辻へ来たのかを教えてくれないか」

アンマーの目尻が上がった。

「藤田さん、そんなことは、ここでは……」

「いや。野暮なことはわかっている。無理にとは、言わないよ」

「アンマー」チルーがアンマーの言葉を柔らかく制した。

「私の絵を描いてくださった御礼をしなきゃなりませんわ。それに、なぜ、私が辻に来たのかは、藤田さんがさっきお話しされたこととまんざら無関係でもありませんわ。藤田さんにお話しさせてください」

「好きにおしよ」

「全部は語らなくていい。話せることだけ話してくれたら」

チルーは語り出した。

「両親は本部半島の北の方にある伊江島という島の出身です」

「伊江島？」

「海と空以外、何もない島ですわ」

チルーは微笑んだ。

「父は開墾地でサトウキビを作っていました。ところが、私が小さい時に砂糖の値段が暴落して、サトウキビが売れなくなりました。そこに大きな台風がやって来て、サトウキビも全滅しました。両親と兄二人と私は毎日ソテツばかり食べていたのを覚えています」

「ソテツなんかが食えるのか」

「食べられますわ。まずいとも思いませんでした。それしかありませんから」

藤田の瞳の底に憂いの色が浮かんだ。

「私は七歳になって、学校に行く年頃になりました。ある日父親から、小学校の入学に備えて那覇に学用品を買いに行こうと誘われました。私は喜び勇んで父に付いて行きました。初めて見る那覇の街は何もかもが目新しくて心がウキウキしました。学用品も買い揃え、着いたところが、辻でした」

藤田は窓の外に目を逸らせた。丸眼鏡に沖縄の空が映った。

「生まれて初めて食堂に入り、そばとジューシーというご馳走を食べてはしゃいでいると、いつの間にか父は私をアンマーに預けたまま、帰ってしまいました。泣いてばかりいる私を、姐さんたちは、『そのうち迎えにくるよ』と言って慰めてくれました。自分が売られたのだ、と知ったのは、それから二年ぐらいしてからでした」

「どうして知ったんだ？」

「父から手紙が来たのです。知らない国の切手が貼ってありました。まだ私は九歳で、父の手紙を読むのは難しく、アンマーに読んでもらいました。あんたの両親とお兄さんは、アルゼンチンというところにいるよ、とアンマーは教えてくれました」

「アルゼンチン？」

「飢饉でもういよいよどうしようもない、という時に、アルゼンチンへ渡る話が出たんです。伊江島からは、その前に何家族かがアルゼンチンに渡っていて、その中に向こうで洗濯業を営んでいる人がいたそうです。洗濯業はきつい仕事だけど、真面目に働けばこちらでは食べていける。一家で来ないかと誘われたそうです。ただし、一家五人が渡る船賃が、三百五十円。そんな大金はありません。それで、両親は、お金を作るために、私を辻に売ったのです」

「そんなことがあったのか……」

男は長いため息をついた。

「ご両親とお兄さんは、アルゼンチンのどこへ？」

「知りません。アルゼンチンとだけしか聞いてません」

「そうか。ボクが個展を開いたロサリオという街には、確かに沖縄から来た夫婦が経営する洗濯屋があったよ。もしかしたら、君の両親かもしれない」

チルーはただ微笑んだ。

「両親を、恨んではいないかい」

「恨んでなんかいません。父親は、私を売る時の条件として、娘を学校にだけは通わせてくれ、と頼んだんです。アンマーは、その約束を守ってくれました。おかげで、私は、読み書きができます。貧乏な家の娘には、絶対にできないことです。本当に、それは感謝しています」

「さっき、ボクは、泡盛の香りのような絵が描きたい、だとか、琉球娘の紺絣のような絵が描きたいだとか言ったね。呑気なことを言ったもんだ。沖縄の、いい面しか見ていなかった。そういう庶民の暮らしに思い至らなかった」

「絵描きの人は、それでいいんです。だからいい絵が描けるんです」

アンマーが言った。

「絵描きの人が、呑気な絵を描ける世の中が、一番平和な世の中ですわ」

「ありがとう」

男は再びチルーに訊いた。

「チルー。辻へ来てからも、いろいろ苦労はあっただろう」

「ここへ来てからは学校へも通わせてもらって、読み書きも教えてもらって、三線も教えてもらって、こんな幸せはありません。アンマーへのご恩は、一生、忘れません」

半分は本当で、半分は嘘だった。

廓に来てからの苦労は山ほどあった。

好きでもない男に身体を開くことに、いつまでも慣れることはなかった。

夜中こっそりと廓を抜け出して波上宮の境内に行き、泣き明かした夜は数え切れない。

もうこのまま海に飛び込んで死のうと思ったことも何度もあった。

しかしここでそれを語るつもりはなかった。

それこそ、廓の掟違反だ。

「身請けしてくれる旦那さんを見つけなきゃね。チルー、あんたほどの器量と優しい心持ちがあれば、いくらでも相手はいるから。私には、心当たりがあるんだよ。先方はあんたのことを、ずいぶん気に入っているようよ。そろそろ、あんたを、あのいいお方の詰《チミ》ジュリにどうかと思っているの」

「チミジュリって？」

男が訊いた。

「他のお客は取らず、そのお方だけを相手にするということ。そうして、いずれは身請けされるのを待つ身となるのです」

そうだ。いつも廓の女は、自分の意思とは関係なく、自分の未来を決められる。それに逆らうことはできなかった。

チルーには、アンマーが「いいお方」と言っている人物が、誰のことなのか察しがついた。どうしても、肌が受け付けなかった。しかし断ることはできなかった。

「そうだ。さっきのスケッチ。サインするのを忘れていたよ」

男はスケッチした紙にFoujitaとサインした。

「なんと読みますの？」

「フゥジタ。フランス語読みさ。いつもこうサインするんだ」

アンマーが訊いた。

「ところで、チルー、藤田さんに描いてもらったその絵を、どうするつもり？」

「大切にしまっておきますわ」


その夜、チルーは机に向かった。

父の顔が浮かんだ。

幼い頃の記憶にある優しい父。

自分を読み書きができるようにしてくれた父。

あの日、那覇で父に買ってもらった文具を、今も大切に持っている。

チルーは硯《すずり》で墨を磨《す》った。

そして紙を広げ、文鎮で留め、筆を持った。

あの月夜の晩に出会った男からもらった手紙に、返事を書くために。

どう書こうか。

心の中にある、形になりそうで、ならない、決して書いてはならない、しかし書かずにはおれない、この想《おも》いを。

チルーは逡巡した。

窓の外で、ガジュマルの樹の葉を打つ雨の音がした。

第17章　或る女

1

ジャングル・キネマの五回目の上映は、『エノケンの猿飛佐助』だった。

透明人間になって町娘たちの身体を触りまくったり、飯屋で人が注文したうどんを勝手に食べたり、空を飛んだり、悪漢と戦ったり、スクリーンいっぱい所狭しと飛び回り、忍術を繰り出すエノケンに、坑夫たちは爆笑に次ぐ爆笑だ。

しかし一人だけ笑っていない男がいた。

俊英は、映画の内容がまったく頭に入らなかった。

上映が終わるやいなや、仕舞い支度をしている「珊瑚座」の映画館主をつかまえた。

「あの手紙を、渡してもらえましたか？」

前回、炭鉱で『人情紙風船』という映画の上映があった時、主人に手紙を託したのだった。主人は渡せるかどうかまったく保証できないと断った上で、俊英の手紙を預かってくれた。

「ああ、あの手紙なあ」

主人は呑気な声で受け答えする。俊英にとってはそれがもどかしい。

「渡したよ」

「ほんまですか！」

思わず大声が出た。

「あんたから手紙を預かった時には、正直、めんどくさいと思ったよ。しかし、乗りかかった船だ。陽炎座の主人と辻の月地楼に上がった。陽炎座の主人にも、アンマーにも訳を言わずに、チルーとかいう芸妓を指名して座敷につけてもらうように算段した。その時に、こっそりとあんたの手紙を渡したよ」

「渡ったんですね！　ありがとうございます！」

俊英は腰を直角に折って御辞儀した。

「それで、彼女は、元気でしたか？」

「客の前で元気でない顔を見せる芸妓はおらんよ。粗相なくお座敷を務めていた。三線が上手いのにはかなり驚いたがね」

「そうなんですか」

「それから、もっと驚いたことがあった。ひと月ばかり経ってから、陽炎座に映画のプログラムの相談に行ったら、陽炎座の主人が、チルーからわし宛に手紙を預かっているって言うじゃないか。わしはピンと来た。あんたへの返信だとね。その手紙を、今日、持って来た。もっと早くあんたに渡したかったんだが、今日まで炭鉱での上映がなかったんでね。預かってからもう二ヶ月近くも経ってしまったが、勘弁してくれよ」

「ありがとうございます！」

俊英は珊瑚座の主人が袂《たもと》から出した手紙を奪うようにして受け取った。

俊英は誰もいない納屋の裏の川のほとりへ行った。

はやる心を抑えて、封を切った。

便箋と一緒に、一枚の絵が入っていた。

鉛筆で描かれた、女の顔のスケッチ画だ。絵の中の瞳が、じっと俊英を見つめていた。

俊英は手紙の文字を追った。

前略

月夜の貴方《あなた》へ

貴方の手紙を、何度も何度も読みました。

字が読めるということが、これほど幸せなことであるのだと私は貴方から手紙をいただいて初めて知りました。

五年前に一度きり、それも偶然出会ったばかりの貴方からあのような手紙を頂戴するとは夢にも思いませんでした。手紙の主が貴方だとわかった時の私の驚きを、貴方は想像できますでしょうか。

正直に白状申し上げますと、あの夜のことを私は忘れておりました。辻の生活といいますのは、それはそれはあまりにもたくさんの出来事が一日のうちに起こり、昨日のことさえ覚えておくのは難しい、いえ覚えていては暮らせないところと申しましても決して大げさではございません。刹那刹那の思いのひとつひとつを心に溜めていては生きてはいけぬ世界なのでございます。

それでも、たとえ刹那ではあっても、私の心に浮かんだ思いは消えて無くなるということはなく、まるで埋み火《うずび》のように心の何処《どこ》かに仕舞い込まれているものなのでしょう。

貴方からの手紙が、忘れていたあの夜の記憶をすっかり呼び戻したのでございます。

あの夜の月の明るさも、厠の匂いも、そして、貴方の御顔も、私が貴方に投げた言葉も、私は何もかもすっかりと思い出したのです。

貴方は、炭鉱で映画を観て、そこに私が映っているのを見て、あの夜のことを思い出したとお書きでしたね。同じことが、私の身にも起こったのです。それが、貴方からいただいたあの手紙でした。

何よりもまず私は、貴方にお詫びせねばなりません。

あの夜、貴方に失礼なことを申したこと、心よりお詫び申し上げます。

まずその非礼をお詫びするために、私はこの手紙を書きました。

貴方は、なぜ私があの月夜の晩に、貴方に助けを求めたのか、それを知りたい、とお尋ねでしたね。

申し訳ございません。私は貴方にそれをお教えすることはできないのです。

私と、私のお客様の間にあったことを、たとえどなたであろうとも、他言するわけにはいかないのです。

それが、辻の掟です。

このような手紙を書きながら、それを言えないとは、ではどうして手紙を書いたのだと貴方はきっと憤慨なさっていらっしゃることでしょう。

このようなお返事しか差し上げられないこと、どうかお許しください。

ただ、一言だけ申し上げるとするならば、あの時、私は、まだ子供でした。

本当に、何も知らない子供だったのです。

このお返事で、どうか御斟酌《しんしゃく》くださいませ。


貴方は、炭鉱の暮らしは映画も観られて天国のようだとお書きでしたね。

こちらでいろいろと噂を聞くのとでは随分違っていたので、驚きました。

炭鉱も、最近は随分変わっているのですね。

貴方が貴方の生活を教えてくださったので、私も貴方に私の生活をお教えいたしましょう。

こちらの暮らしも、毎日美味しいものを食べて、楽しい歌を歌って踊って、毎晩が極楽のようですよ。貴方が手紙の中でご心配なさるような苦しいことは、何もございません。

近くに陽炎座という映画館があって、毎週のように活動写真を観に行きます。

昨日も映画を観ました。『限りなき前進』という題名でした。

随分と大層な題名でしょう。これも時節柄でしょうか。

でも中身は家庭劇で、なんだか夢と現実が一緒になったような不思議な映画でした。

一つ、とても心に残る場面がありました。

主人公の娘がピクニックに行くのです。その時、川の岸辺にしゃがみ込んで食べるミルクチョコレートがとても美味しそうに見えました。そのチョコレートの包み紙の裏には占いが書いてあって、彼女はその占いを読んで微笑むのです。それが私にはとても羨ましく見えました。

私もいつかあのチョコレートの包み紙で私の未来を占ってみたいと思いました。

そこには何と書いてあるのでしょうね。


とりとめもない手紙になってしまいました。

貴方から手紙をいただいてからここ数日、私は幸せでした。ほんの刹那の出会いでありましたのに、辻という囲いの外で、私を思い出してくださった方がこの世にいらっしゃるということが、私にとってどれほど大きな喜びとなったことでしょう。

その喜びだけで、私は明日からを生きていけそうな気がいたします。

ありがとうございます。

手紙はもうお出しいたしません。

辻のジュリが、お客様でもない方に手紙を書くなど、許されることではありません。

それでも私は、貴方に手紙を書きたいと思いました。そうして掟破りをする決意をいたしました。

あれから五年の歳月が流れました。

もう私の身体には、辻の掟が洗っても洗っても流し落とせないほど染み付いています。

掟破りは一度きりにいたしたく思います。

何日か前から楼に通っておられる画家さんがいらっしゃって、その方に私の絵を描いていただきました。

どうかお受け取りください。

私を思い出してくださり、心配してくださった、貴方への御礼です。

どうか、お身体大切にして、いつまでもお元気でお過ごしください。

草々
チルー

2

夏が終わり、秋に吹く北風を新北風《ミーニシ》と呼ぶのだと俊英が知ったのは、いつの頃からだったろうか。

昭和十三年。俊英が西表島に来てから、すでに秋は六度巡っていた。

地獄にも季節は巡るのだ。

多くの坑夫が死んでいった。

死者は季節の変わり目に多く出る。

俊英が最初に同部屋になった毬栗頭ももうこの世にいない。彼が死んだ季節がいつだったかすら思い出せない。

新しい季節に希望の匂いを嗅ぎ取ったことは島に来て一度もなかった。

特にこの秋は……。

炭鉱村には相変わらず圧政が敷かれていた。今でも自分が置かれた状況に何ひとつ変わりはない。

ただ変化した点といえば、隔絶されたこの島にも内地の情勢が徐々に入ってくるようになったことだ。

時代の風は確実に変わっていた。

坑夫たちが噂し合っている。

「どうやら中国戦線もどんどん拡大しているらしい。戦線は華南に移って、日本軍は武漢三鎮《ぶかんさんちん》を攻略したそうだ」

「国家総動員法で、誰もが兵隊にとられるようになった。国民の財産だっていつでも国が没収できるようになった。もう財産なんてものはあってないようなもんだ」

「それじゃあ、まるで炭鉱の俺たちの生活と変わらないじゃないか」

「そうよ。政府は軍備拡張、軍需品の増産に大わらわだ。石炭といえば、軍需物資の中でも最重要品目だ。お国のために増産！　増産！　納屋頭や人繰りがここで叫んでいたセリフが、今や日本じゅうで叫ばれてるらしい」

「俺たちが血の汗を流しながら掘っている石炭が国防の要《かなめ》になってるんだ。誇らしいことじゃないか」

「真っ平御免だ。戦が誰のためになっている？　日清、日露でいったいどれほどの兵士が死んだ？　手柄は全部将校たちのもんだ」

「いったいこの戦争はどこへ行くんだ。このまま中国でやりたい放題やってたら、アメリカやソ連だって黙ってはいないだろう」

「それこそが中国の狙いなんじゃないか」

「石炭産業は完全に国策の管理下に置かれてる。今年から石炭増産五カ年計画を立てて、目標炭出量を厳守するよう全国の炭鉱に通達したらしい」

「この宇多良炭鉱も、開鉱した当初は五百人だった坑夫が、今では千人を超えたらしい」

「数ばっかり増えたってどうしょうもねえやな。まだ仕事に慣れない新米が掘り出す石炭量なんか、しれているじゃあないか」

その通りだった。

しわ寄せは俊英のようなある程度経験のある坑夫たちにきた。一般の坑夫より多めのノルマが課せられ、それをこなすために深夜まで穴に潜らねばならなかった。

映画の上映も夏に『エノケンの猿飛佐助』が上映されて以来、次の上映予定は出なかった。

俊英はチルーからもらった手紙のことを誰にも話さなかった。

手紙も絵も、自分が割り当てられた納屋の小部屋の畳の下に、新聞紙に包んで隠していた。

新北風《ミーニシ》は、やがて冷たい冬風となった。

十二月に入ると西表島には雨を伴った北風が長く吹く。そのせいで西表島の冬は意外に身にこたえる。いつもは褌《ふんどし》一本で過ごす坑夫たちも、南京袋で作った上衣《うわぎ》を着ないと寒くて寝られない夜もある。

　俊英が寝ていると、小政が俊英の納屋に顔を出した。

「よお。元気か」

　人繰りがわざわざ坑夫のいる納屋に顔を出す。大概はろくなことがなかった。

「何の用や」

「そんな嫌そうな顔をするな。今日は、そんな悪い話やない」

　そう言って小政は卑屈な笑いを浮かべた。

「おまえ、ここに来て、何年になる？」

「白々しいことを訊くな。あんたと同じやないか。もうすぐ六年や」

「そうやったなあ。俺たちと同じ頃に炭鉱に来た奴はもうほとんどおらん。どんぐり目は死んだし、ギザ耳もおそらくジャングルの中でくたばっとるやろうよ。お互い、よう今まで生きてこれたな」

「そんなことを言いに来たんか。用件は何なんや」

「女はいらんか」

「女？」

「女房をもらう気はないか。どうや？　おまえも、来年あたり、そろそろ夫婦もんにならんかと言うとるんや」

俊英は無言で首を横に振った。

男ばかりの炭鉱にも、働く女たちはいる。

昔から少数ながら夫婦者の炭鉱労働者がいたが、新鉱ができた際に夫婦者の納屋を増築し、夫婦者の坑夫の数は一気に増えた。

夫婦は必ず組になって、夫が掘り出した石炭を、妻が外に運び出す。乳飲み子を抱えながら穴の中に入り、子供に乳をやりながら働く女もいた。

女たちも男たちと同様、台湾で裁縫の勉強をさせてやるなどといった甘言で騙して連れてくるのだった。そうして騙して連れてきた女性の労働者は、働き者で優秀な坑夫と半ば強制的に結婚させられる。

炭鉱が夫婦者の労働者を増やそうとしたのには理由があった。よく働く優秀な坑夫と女性の労働者を夫婦にすることによって、生涯、この島に彼らを縛りつけようという思惑があったのだ。

夫婦がいれば当然子供ができる。炭鉱にはそんな子供たちの学校も作られていた。

子供ができれば彼らは子供のためにより一層勤勉に働く。

もちろんその目的は永続的で安定的な石炭の採掘だった。

「同期のよしみや。女の好みを言え。俺が見つけて来たる」

「断る」

「おまえ、このまま一生、一人でやっていくんか？　どうせもう死ぬまでシャバには戻れんのや。一生、ここで穴を掘って暮らす人生や。それやったら、ここらで腹をくって、女房をもろうてこの島に骨を埋める覚悟を決めたらどうや」

「あんたにそんなことを勧められる筋合いはない」

「えらい言い草やな」

小政は明らかに気分を害した顔をした。

「ふん。勝手にせい」

吐き捨てるように言って去った。

俊英は部屋の隅にあった泡盛の一升瓶を手に取った。そしてそのままラッパ飲みした。

酒の量が増えたのは、チルーからの手紙を受け取った直後からだった。

もともと酒は強い方ではない。しかし飲まずにはいられなかった。

そうして身体を壊し、あげく命を落とした坑夫たちをこれまで山のように見てきた。

それでも酒瓶に伸びる手を止めることはできなかった。

夜、酔って朦朧とした意識の中で、俊英はチルーのことを思った。

あの月夜に出会ったチルー。映画の銀幕の中で出会ったチルー。そして、スケッチ画の上で、じっとこちらを見つめるチルー。三つのチルーの顔が、俊英の頭の中を巡る。

ぐるぐると回る三つの顔は、やがて一つの顔になる。しかしその顔にはぼんやりと靄がかかって彼女の表情は読み取れない。二度と返事は書かないとしたためたチルーの手紙の文面が蘇る。その度に真っ暗な淵《ふち》に落ち込んだ気持ちになり、また泡盛の一升瓶をつかむ。そうして、いつしか眠りの中に落ちるのだった。

3

「俊英。これを食え」

その日はことのほか寒い一日だった。

それでも坑内《あな》に入れば汗だくになる。一日の仕事を終え、共同風呂に入ったあと納屋へ続く石段を歩いている俊英を志明が呼び止めた。

志明が手にしていたのは、四センチほどの大きさの両端が尖《とが》った丸い実だった。

「オオイタビの実だ。大きな樹の幹や岩に蔓を這わせて生えている。島じゃどこでも手に入る」

志明は傍の切り株に腰掛けた。俊英もその横にあぐらをかいた。

紫色の実をかじってみた。イチジクの味に似ていたが、ずっと酸味が強い。

俊英の渋い顔を見て志明が笑った。

「そんなに美味いもんじゃないが、腹の足しにはなる」

笑顔を浮かべた志明が、真剣な表情に変わった。

「俊英、最近、どうしたんだ」

志明が話しかけた。

「何が？」

俊英が気のない返事をした。

「まるで廃人だ。死んだ男の目をしている」

「ここにいる坑夫は、みんなそうやろう」

「いや。あんたの今の目は今までの目と違う。何があった？」

「何もない」

「当ててやろうか」

俊英は切り株に座る志明の顔を見上げた。

「女だろう」

俊英は答えなかった。

「図星のようだな」

志明は笑った。

「俺がフィリピンから女を追いかけて行った時と同じ目をしてやがる」

俊英は俯いた。

「言ってみろよ。炭鉱で働いている女か？　炭鉱小学校の女教師か？　まさか所帯持ちの女じゃないだろうな。それだと、ちいと厄介だ」

「そんなんやない」

「言ってみろ。誰に惚れたんだ」

俊英は逡巡したが、やがて口を開いた。

「映画の中の女や」

「映画の中？」

そこまで言ってしまうと、何かが俊英の中で吹っ切れた。

俊英はチルーのことを洗いざらい話した。

月夜の出会いと、映画の中での再会と、手紙のことだ。

志明は目を丸くして聞いていた。

「辻の、遊廓の女と」

「ああ」

「その女とはそれからどうなった？」

「どうにもなるわけはない。それきりや」

俊英は顔を伏せた。

「まったく、あんたの話には驚いたな」

志明は一呼吸置いてから言った。

「ふた月ほど前から、炭鉱の食堂で賄い婦として働いている女がいる。おたふくのような顔をした女だ。わかるか？」

食堂で賄い婦として働いている女は何人もいるし、顔を合わすこともほとんどない。俊英には誰のことかわからなかった。

「いや。わからん」俯いたまま答えた。

「まあいい。その女は、ここに来る前に、辻の遊廓で働いていたそうだ」

俊英は弾かれたように顔をあげた。

「なんで遊廓で働いとった女が、炭鉱の賄い婦をしてるんや」

「麻沼の口利きらしい。麻沼が那覇に出た時に出入りしている遊廓があって、女はそこでジュリの見習いとして働いていたらしい。ところが、あの器量だ。十八を超えても一向に客が取れなくて、結局ジュリにはなれずに下働きばかりしていたそうだ。客が取れなければ売られた時に背負った借金は返せない。となれば一生、辻で下働きだ。それを知った麻沼が気まぐれで廓から引き取ってこの炭鉱で働かせたというわけだ」

「なんであんたがその女の事情にそんなに詳しいんや」

「あるとき、俺が売店に立ち寄ったら、その女がたまたま店の中にいた。するとある坑夫がその女に絡み出した。女は無視していたが、そのうち、卑猥《ひわい》な言葉を投げつけ出した。女はそれでもやり過ごそうと黙っていた。すると、男が突然女の顔を平手で張ったんだ。俺は見かねて、間に割って入って助けてやった。それがきっかけで、女の身の上話を聞くようになった。ただ、今日俺が話したことは黙っておいてくれ。彼女が遊廓で働いていたことがわかると、またなんだかんだと因縁をつけてくる坑夫がいるかもしれん。彼女がかわいそうだ」

「麻沼は、その女を守らんのか」

「守るもんか。今じゃあ彼女のことなんかとっくに忘れてる。知ってるだろう。奴は気まぐれなんだ。あのチャップリンの映画の中の気まぐれな金持ちと同じだ。自分の自己満足のために振舞って、後は知らんぷりだ。映画館だって、もう半年近く上映がないし、次の上映の予定もないじゃないか」

たしかにその通りだった。

俊英が訊いた。

「その女が辻で働いとったのは、なんていう遊廓や」

「なんだったかな。聞いたが忘れたよ。遊廓なんかには縁がないからな。とにかく大勢芸妓がいたというから、有名な遊廓らしい」

「月地楼？」

「ああ、そんな名前だったかもしれんが、はっきりとは思い出せん」

志明は額に片手をあてて首を傾げた。

「その女を紹介してくれ」

「食堂に行けばいる。さっきも言ったろう。おたふくのような顔をしている。すぐにわかるさ」

4

「なんなの？　私に訊きたいことって」

女は俊英を横目で見た。その目には疑いの色が浮かんでいる。

俊英は食堂で見かけた女に声をかけ、食堂の裏手に連れ出したのだった。

「辻の遊廓で働いてた頃の話を訊きたいんです」

「あんた！　こんなとこで滅多なこと言うんじゃないよ！」

「すみません。もしここで話しにくかったら、どこか別の場所で」

「勘弁してちょうだいよ。もう思い出したくもないことばっかりさ」

女は迷惑そうに手を横に振った。

「身の上話を聞きたいわけじゃないんです」

「なら、余計に帰ってちょうだい。あんたに話す義理は、私にはないよ」

女は顔を背けた。

その場に立ち尽くす俊英に女は怒鳴った。

「早よう帰れ！　死なすぞ！　帰れ！」

そして俊英の肩を手で押して駆け出した。

「チルーのことを」

俊英が女の背中に向けて言った。

女の足が止まった。

「チルーというジュリを知りませんか」

「チルー？」

女が振り向いた。

「あんた、チルーを知ってるの？」

俊英はうなずいた。

「一度だけ、会ったことがあります。もう六年近く前です」

「六年近く前？」

女が訊き返した。

「チルーはまだ子供じゃないか」

「ええ。まだほんの子供でした。俺が会った時、彼女は泣いてました。月地楼の、厠の前の廊下で」

女は探るような目つきで俊英の目をきっと見据えた。

その目は瞬きもしない。俊英も女の瞳を見つめた。

やがて女は視線を外してため息をついた。

「なんか、飲まんね？」

「え？」

「あんたは、信用できる目をしてるよ。私が奢《おご》るから。私も飲みとうなった。きっと久しぶりに、あの、チルーの名前を聞いたからさ。泡盛でいいかい？」

女は売店に入り、やがて泡盛の瓶と茶碗を二つ持って出てきた。

そしてゆっくりと船着き場の方に歩き出すと、船着き場の岸壁の一番端に腰を下ろした。

「座りなさいよ」

俊英は女の横に座った。

女は泡盛を茶碗に注《つ》ぎ、俊英に突き出した。

「さあ、飲んで。私も飲むから」

そして女はぽつんと言った。

「チルーと私は、同郷でね。どっちも売られてきたんだよ」

女は自分の茶碗にも泡盛を注いだ。

「私の方が一年ばかり先に辻に売られてね。チルーは故郷が同じ私のことを姉のように慕ってくれた」

女は泡盛をぐいとあおった。

「あの娘《こ》は辻に来た頃は泣いてばっかりでね。母《アンマー》が恋しい、恋しいって言ってね。私はまるで、辻に来たばかりの自分を見るような気がしてね。境遇は私も同じだからさ。辻に売られていく前の夜、私は母に髪を結ってもらった。その時に使った元結《もとゆい》を、私はずっと大事にしまってた。母の匂いが染み込んでいたからね。母が恋しくなると、その紐《ひも》を取り出して匂いをかいで寂しさをこらえていた。チルーが泣いている時も、『私の母の匂いをかいでちょうだい』って言って、紐を片手に慰めてあげたもんさ。そうして二人で泣きあった夜が何度もあったよ」

俊英はあの夜のチルーの泣き顔を思い出した。

そして、女に一番訊きたかったことを尋ねた。

「チルーは、今、幸せなんですか」

そうだ。それを知りたくてチルーに手紙を書いたのだ。

チルーの手紙には、苦しいことは何もない、と書いてあった。

しかし、それはチルーの本心だろうか。本当かどうかを確かめたい気持ちがあった。

「ただ、それを訊きたいだけなんです。ほんまに、それだけなんです」

俊英は、チルーから手紙をもらったことは黙っていた。

「そうかい」

女は茶碗を岸壁に置いた。

「私が出る頃は、チルーはもう詰《チミ》ジュリになってたね」

「チミジュリ？」

「一人のお客さんに詰めるジュリ。決まった旦那さん以外にはお客を取らないの。そうして、いずれは、その旦那さんに身請けされるのよ」

そんなことは手紙に書いていなかった。

隠していたのか、あるいは手紙を出してから決まったのか。

訊こうかどうか迷った。しかし、やはり訊かずにはおれなかった。

「相手はどんな人ですか？」

そこで女は口をつぐんだ。じっと下を向いて運河の水面を見つめている。

「どうしたんですか？」

「いや、なんでも」

「正直に言ってください」

「実は、その旦那さんというのは……」

「どんな人ですか？」

「あんたもよく知ってる人」

「だから、誰？」

「麻沼さ」

「え？」

「この宇多良炭鉱の坑主の麻沼よ」

「まさか」

「本当さ。麻沼には奥さんがいるから、チルーは妾《めかけ》になるんだよ。妾ったって、あんな幸せな子はいないよ。何しろ麻沼といえば、坑夫を千人も使う炭鉱王だからね。一生安泰さ。こんな玉《たま》の輿《こし》は滅多にないよ」

まさか。チルーが、麻沼の妾に。

「でもね。私は、ほんとは反対なんだ。麻沼の妾になっても、チルーは絶対に幸せになれない。そんな気がするのさ」

女はまた泡盛をあおった。

「実はね、私をこの西表の炭鉱の食堂で働けるように麻沼に口を利いてくれたのも、チルーなの。このまま辻にいてもずっと肩身の狭い思いをするだけだから、どこか楽なお仕事で給金のいい職場を探してあげてくださいなってね。私は、こんな器量だし、もともと辻の派手な生活は苦手だったから、この職場の方が、ずっと気に入ってるさ。チルーはそんな子さ。チルーに感謝してるよ」

「チルーは麻沼の妾になって、どこに住むんですか」

「それは麻沼の心次第さ。月地楼に個室をもらって、若い芸妓を二、三人つけて、アンマーとして独り立ちさせるか、すっぱりと足を洗わせて那覇に一軒家の妾宅《しょうたく》をあてがうか。嫉妬深い麻沼のことだから、多分足を洗わせるんだろうよ。チルーもその覚悟さ。どっちにしろ、生活の一切の面倒を麻沼に見てもらうのさ」

「チルーの身請けは、いつですか」

「すぐにでも身請けしたいっていう麻沼の要求を、チルーは先に延ばしたんだよ。『来年のジュリ馬祭りと、節句が終わってからにしてください。それを、辻の生活の最後の思い出にしたいから』って。ジュリ馬祭りはジュリたちが辻の街を練り歩く祭りよ。ジュリにとっては、一年に一度の晴れ舞台さ。毎年、旧暦一月二十日と決まっている。今どきの大和世《ヤマトユー》の暦でいうと、来年は三月の十日。節句は四月の二十二日さ。もちろん来年の節句まで待ってくれっていうのは、チルーの言い訳よ。けど惚れてるジュリがいうんだから、麻沼もそれを呑んで、節句が終わった三日後に、身請けされることに決まったはずよ」

「たしかですか」

「間違いないさ」

*

その夜、俊英は畳の下から、チルーからの手紙とスケッチ画を取り出した。

何度も何度も手紙を読み返した。

そして絵の中の彼女の目を見つめた。

(チルー、おまえは、今、幸せなのか?)

チルーに訊きたいことがある。あの日、映画館主にそう伝えて、手紙を渡してもらった。

彼女の手紙の中に、答えがあった。

しかし俊英は、問わずにはいられなかった。いや、手紙を出す前以上に、問いたかった。

絵の中の彼女に、もう一度訊いた。

(チルー、おまえは、今、幸せなのか?)

チルーは何も答えない。ただ絵の中で、俊英の瞳をじっと見つめていた。

第18章　大いなる幻影

1

ニューヨークの街角に男は立っていた。
薄汚れたレストランの前。目の前には噴水がある。
男のちぎれた耳を木枯らしが冷たく撫でた。
男はジャンパーの襟を立てる。
かじかんだ手を息で温めてから、ポケットからハーモニカを取り出し、吹いた。
チャップリンの『スマイル』だ。
足元に置いた帽子に誰かが硬貨を投げ入れた。

男はハーモニカを吹き続ける。

レストランの扉が開く。出てきたのはイタリア人のマスターだ。

マスターと目が合った男は、ハーモニカを吹くのをやめる。

「すみません」

「いや。いいんだ。ここは自由の国だ。ハーモニカを吹こうと鍋を叩こうと踊ろうとあんたの勝手だ。それに、人は誰でも生きていかなきゃならないからな」

イタリア人のマスターは苦労人らしく、綺麗に髭を整えた口元を緩ませた。

「ただ、一つ、聞かせてくれないか。なんであんたは、毎日、ここでハーモニカを吹いているんだ」

「あの立派な建物に部屋を借りている方に、僕のハーモニカを聴かせたくて」

「誰?」

「グレタ・ガルボ」

マスターは手を広げて肩をすくめた。

「ガルボなら、映画館に行け。あるいは、ハリウッドだ。ニューヨークの、しかもこんな街角に彼女がいるわけがないじゃないか」

「いえ。僕はきっと、彼女がここに来るような気がするんですよ」

マスターは勝手にしろとばかりに手を振って店の中に戻った。

男は、笑って、またハーモニカを吹いた。

それから、幾たびかの冬が過ぎた。

男は、来る日も来る日も、そこでハーモニカを吹いた。

いつしかレストランは人手に渡り、中国人が経営する中華料理店になった。

やがてその中華料理店も潰れ、また別のレストランになった。

男が街頭に立ち始めてから、何十回目かの冬だった。

彼女が突然銀幕から姿を消して、同じ数だけの冬が過ぎていた。

男の髪には白いものが混じっていた。

その冬最初の木枯らしが街角を吹き抜け、枯葉をさっと掃いた。

その時だった。

大きなサングラスをかけ、つば広の帽子をかぶり、地味な外套を身にまとった女性が男の前を通りかかった。

女は年老いていた。目はサングラスで隠れてわからなかったが、口元には皺があった。

それでもうっとりするほど美しく、優雅で、華やかだった。

女は通り過ぎようとしたが、ふと男の吹くハーモニカを聴いて足を止めた。

そして男の吹くハーモニカに聴き入った。

曲が終わった時、女が帽子の中に紙幣を置いた。

「ありがとうございます」

男は丁寧に礼を言った。

立ち去ろうとした女を、男が呼び止めた。

「すみません」

女が振り返った。

「ガルボさん」

女が微笑んだ。

「私は、ミス・ブラウンよ」

「これを、あなたに」

男はポケットから小さな黒い塊を取り出し、彼女に差し出した。

それは、グレタ・ガルボの顔が浮かんだ石炭の塊だった。

女は男の顔を見つめた。

「あなたには、ダイヤモンドの方がお似合いかもしれませんが」

「ダイヤモンドも、何百万年か前は、石炭だったわ」

女はもう一度微笑んだ。

そして言った。

「ありがとう」

2

俊英は起床の鐘の音で目を覚ました。

不思議な夢を見た。

夢の中で、久しぶりにギザ耳のハーモニカを聴いたのだ。

俊英はその日坑内にもぐっても、昨夜見た夢のことが頭から離れなかった。懐かしい友が吹くハーモニカの音色がずっと頭の中に流れていた。

一日の仕事を終えて、共同風呂に入ると、志明がいた。

「志明、昨日、俺は不思議な夢を見たんや」

「どんな夢だ？」

「あんたがこの炭鉱にやって来る前のことや。俺と一緒にこの島に来た男がおった。ギザ耳というあだ名やった。あんたに初めて会った日に、話したやろう？」

「ああ。覚えてる。父親が日本人で母親が台湾人の」

「そうや。あいつはある日、脱走してここから姿をくらました。『グレタ・ガルボに会いに行く』と言うてな」

「グレタ・ガルボに？」

「ああ。グレタ・ガルボに、俺のハーモニカを聴かせる、と。だいぶ変わった奴やった。その後はどうなったかはわからん。途中で力尽きて、この島のジャングルのどこかで野垂れ死にしたともっぱらの噂や。いずれにしろ、俺は、昨夜、あいつの夢を見たんや」

俊英は夢の内容を志明に話した。

夢の中でギザ耳が吹いていた曲が『スマイル』だったことも話した。

「それは妙な夢だな」

志明は首を傾げた。

「まあ、夢なんだから、奇妙なのは当たり前だが」

二人は風呂から上がって食堂に向かった。

魚のフライとアーサー汁を掻き込みながら、志明が言った。

「さっきの、あんたが見た夢の話なんだが」

志明が俊英に顔を寄せた。

「俺は思うんだが、もしかしたらその夢は、何かの報せ、あるいは暗示なんじゃないか」

「報せ？　暗示？」

俊英は飯を食う箸を止めた。

「どういう意味や」

「これ以上は、ここでは話せん」

志明は周囲を見回した。

「早く飯を掻き込んでしまえ。食ったら、外へ出よう。ついてこい」

俊英は志明の後を追いかけた。

志明は丘に通じる石段を上った。

丘の上に上がると右手の映画館に向かい、建物の裏手に回った。

松の幼木があり、その根元あたりがえぐれていた。

鍵のかかっている映画館の中に入る抜け穴だった。

志明はそこに身を入れた。俊英が後に続いた。

映画館の中は闇だった。

「ここなら誰にも話を盗み聞きされる心配はない」

闇の中では志明の顔さえ見えない。

「さっきの話の続きを聞かせてくれ。俺の見た夢が、何かの報せか暗示や、と言うたやろ？　どういう意味や」

「俺は、こう思うんだ」

闇の中で、志明の声だけが聞こえた。

「もしかしたら、ギザ耳とかいう、あんたの友達は、グレタ・ガルボに会いに行くっていう、その夢を本当に実現させたのかもしれん。いや、夢の中の彼は、何年も彼女を待って、髪の毛は白くなっていたんだったな。これから先、ずっと後になって、彼はその夢を実現させるのかもしれん。どちらにしても」

志明はそこでいったん言葉を切り、そして、はっきりとした口調で断言した。

「彼は、脱走に成功した。そして、アメリカに渡った」

「あんたは楽観的に物を考える人なんやな」

「当たり前だ。でなけりゃあ、惚れた女を追いかけてマニラから沖縄まで渡ったりしない。俺はガルボを追いかけていったあんたの友達の気持ちがわかるんだ。それに」

「それに？」

「俊英、あんただって同じじゃないか」

「どう同じなんや？」

「映画の中で出会った女に恋をした。今、俺たちがいる、この映画館でな」

俊英の目が暗闇に徐々に慣れてきた。映画館の舞台の上にかすかに月の光が漏れていた。彼女の姿をここで見たのは、一年ほど前だ。

「では現実的に考えてみよう。彼は、みんなが言うように、逃げる途中でジャングルの中で野垂れ死んだのかもしれない。仮にそうだとして、じゃあ、なぜ、あんたは昨夜、そんな夢を見たんだ？」

「何が言いたい？」俊英は訊き返した。「俺がさっきあんたに言うたのは、夢の話や。夢なんか、幻みたいなもんやないか」

「そう。その通り。あんたは、幻を見た。たしかに、夢は幻だ。そうだ、前にあんたに、俺がマニラで観た映画の話をしたよな。『THE GREAT ILLUSION』、日本語でいうと『大いなる幻影』という題名の映画だ。その映画の中に、こんなセリフがあった」

　俊英は暗闇の中で志明の言葉に耳を傾けた。

「欧州大戦でドイツ軍の捕虜収容所に入れられていたジャン・ギャバン扮するフランス軍の中尉が、仲間の軍人に言うんだ。『こんな戦争はもうたくさんだ。これが最後だ』。するとと、仲間の軍人はこう答える。『それはあんたの幻影だ』。そのあと、二人は、どうしたと思う？」

「教えてくれ」

「想像してみろよ。映画を観ていると思って」

　俊英は闇の中の舞台の上を凝視した。頭の中のスクリーンに、観たことのない映画を映そうとした。二人の男の後ろ姿が見えた。

「走っている」

「彼ら二人が？」

「ああ」

「その通りだ。二人はな、脱走に成功したんだよ」

「脱走?」

「そう。収容所を脱走して、国境線を越えるんだ。警備兵に見つかるが、ぎりぎりのところでスイス領に逃げ込むことに成功する。つまりこの映画は、脱走する男たちの物語なんだ」

俊英の頭の中で、二人の男が走り続けていた。

「この映画で、監督は何が言いたかったのか。俺はこう解釈した」

志明が俊英に顔を近づけたのが暗闇の中でもわかった。

「幻影こそが、人を支えるんだ。そして、人を動かすんだよ」

俊英はわずかな光の中で志明の瞳を見つめた。

「もっと、はっきり言ってやろうか」

志明の瞳に俊英の顔が映っていた。

「昨夜、あんたが見た夢こそが幻影だ。そして、幻影はあんたが心の中に抱いている願望だ。幻影こそが、あんたの未来を暗示してる。俺は、そんな気がする」

「未来を?」

「そうだ」

志明がさらに顔を近づけた。

「俊英。この前、言ってたよな。あんたが惚れた女が、麻沼の妾になるって。あんたは、その女を、麻沼に奪われてもいいのか？　そして、一生、麻沼に使われてここで働くのか。それでいいのか。今日、あんたが見た夢は、あんたに、そう問いかけてるんだよ」

志明は畳み掛けるように言葉を継いだ。

「あんたは、その女から手紙をもらったんだろう？　そして自分を描いた絵をもらったんだろう？　たった一度会ったきりの男に、どうしてそこまでする？　それに、女は、身請けの日を、ずっと先に延ばしたんだろう？　女は麻沼を嫌っている。そして、あんたに、助けを求めている。そうじゃないか？　俊英、あんたはそれをわかっている。だから、そんな夢を見たんじゃないか？」

闇の中の志明の声が俊英の心を突き刺した。

「逃げろよ。この島から。あの女を追いかけて。あんたの友達が、そうしたみたいに」

3

その日から、俊英の中で何かが変わった。

意識は、ただ一点に集中していた。

どうしたら、この島から抜け出せるのか。

朝起きてから、夜眠るまで、そのことだけを考えた。

もちろん、誰にも相談できなかった。志明を除いては。

年が明け、夢の話を志明に打ち明けてからひと月と少し経った夜だった。

志明がまた誰もいない夜の映画館に俊英を誘った。

「決心は固まったか」

映画館の暗闇の中で志明が訊いた。

「ああ。腹は決まった。ただ、どうしたらこの島から逃げおおせられるのか。その方法がわからない」

「当たり前だ。今まで数限りない人間が脱走に挑んで、ことごとく失敗しているんだ。そう簡単に脱走の方法が見つかるはずがない。実は、俺自身も、この島に来てから一年半、ずっとそのことを考えてきた。俊英、今、あんたは何を悩んでいる？　具体的に言ってみろ」

「この島には鉄格子の牢獄はない。その代わりに自然の牢獄が二つある。ジャングルという『緑の牢獄』、それからその牢獄のさらに四方を囲む『海の牢獄』。この二つの牢獄をどうやって突破するか」

緑の牢獄。それは初めて炭鉱で相部屋になった毬栗頭から聞いた言葉だった。

「その通りだ。一つずつ考えてみよう。まず『緑の牢獄』を突破する方法からだ。俺は一度軽いマラリアにかかって医務室で寝ているときに、机の引き出しをこっそり開けて、中に入っていた西表島の地図を盗み見たことがある。俺はその地図を頭の中に叩き込んだ。俺たちがいる宇多良炭鉱は、浦内川の河口から何キロか内陸に遡った宇多良川の上流にある。宇多良川と浦内川を下ればジャングルを突き抜けずに河口に出られる。だがこれは現実的じゃない。まず浦内川の河口近くにはサメがいて、下手に泳いで渡ればあっという間に餌食になる。まあ、サメが見つけるより前に、見張りの人繰りたちが見つけるだろう。見つからずにうまく泳ぎ切って渡ったとしても河口近くの集落には炭鉱関係者が多く住んでいる。そこで必ず彼らに見つかる。炭鉱は上原山《うえはらやま》の南のふもとにあるから、上原山をよじ登って北に出る方法もある。尾根沿いの獣道を行けば北の海岸に出られる。海岸線に出る一番簡単な方法だ。しかし一番簡単な方法が、最も成功する可能性の低い方法だ。ほとんどの逃亡者がこの道筋で逃げようとする。追っ手もまずこの道筋をたどるし、北部の海岸には炭鉱の監視人たちが昼夜問わず常駐して逃亡者を待ち構えている。これもあっという間に捕まるだろうよ」

その通りだろう。わずかひと山越えたぐらいで逃亡に成功するのなら、これまで誰も捕まって連れ戻されたりはしない。

「次に海岸線に近いのは浦内川を越えて西のジャングルを突っ切る方法だ。しかし浦内川の西側の集落は白浜だ。ここも炭鉱の開発のためにできた町だ。白浜の港は石炭の積み出し港だ。そこに出るのは相手の懐にこちらから飛び込むようなものだ。

残る方法は二つだ。南のジャングルを突っ切る。あるいは東のジャングルを突っ切る。しかし、いずれも、海岸線まで途方もなく遠い。二十キロ近くある。南のジャングルは聞いたところでは、浦内川沿いに途中まで猟師や林業の労働者が使う獣道があるらしい。逃げやすいが、追っ手も追いやすい。彼らは必ずこの道を追いかける。まず間違いなく見つかってしまう。

となれば、残るのは、東のジャングルを突っ切る方法。しかしこの方角が最も距離が長いし、人が歩けるような道は一切ない。まさに一面のジャングルだ。ただ、『緑の牢獄』を誰にも見つからずに突き破るのは、この方法しかないと俺は思う」

道なきジャングルの中を、二十キロ。

途方もない距離だと俊英は思った。

「おそらく、東のジャングルを突き抜けるのに、三日か四日はかかるだろう。空腹で体力を落として倒れてしまってはだめだ。食えるものは食って生き延びることだ。一度あんたに、オオイタビの実を食わせたことがあるだろう」

俊英は思い出した。紫色の、イチジクのような味がする果実だ。

「食べられる実を覚えろ。ツルグミの実はオオイタビよりはるかに美味い。バライチゴやヤマモモも食える。ただジャングルの中にはミフクラギという大きな赤い実があるが、

で彼らの目に触れ、また炭鉱に連れ戻される。海の牢獄を突き破る方法は、ほとんど絶望的なように思えた。

「ただ、ひとつ、方法がある」

志明は誰もいない闇の中で声をひそめた。

「これは、マラリアにかかって医務室で寝込んでいるときに、隣の床に寝ていた男に聞いた話だ。その男も一度逃亡を企てたことがあったらしい。三日間、ジャングルの中をさまよった後に、川沿いにある田んぼの小屋に身を隠していると、農夫が入ってきたという。男は事情を話して助けを請うた。農夫は、自分が助けてやるわけにはいかないが、このままずっと東に行けば海岸線に出る。そこに、明治時代にマラリアで村人が全滅して今は無人になった高那《たかな》という廃村がある。そこにはもう誰も住んでいないが、実は石垣島から西表島の樹を伐採して密売している人たちの秘密の拠点になっているんだという。そこにしばらく身を隠して、彼らが来たら助けを請うがいい、と農夫は言ったそうだ。彼らは非合法で動いている。密伐が見つかれば監獄行きだ。石垣島に戻っても密伐した木を積んでいるから表の港には絶対に船を着けない。誰も知らない裏の港からこっそり入港する。彼らに頼んで船に乗せてもらえば、見張っている人間の目にも触れずに石垣島まで渡れる、と聞いたそうだ」

「結局、その男も逃亡に成功せえへんかったわけやろう?」

「高那に向かう途中で、たまたま運悪く古見《こみ》の集落の巡査に見つかったそうだ。彼はそれをとても悔しがっていた。彼は結局、連れ戻されて拷問を受け、体力を落として死んだ。男は死ぬ前に、医務室で俺にその話をしたんだ。彼が聞いた農夫の言葉が本当なら、その高那という廃村は、海の牢獄を突っ切る、脱出口になるはずだ」

「高那の廃村を、どうやって探せばいい？」

「海岸の岬の先に真っ白な岩でできた小島がある。それが高那の廃村の目印だと聞いたそうだ」

俊英は頭に叩き込んだ。高那の廃村、岬の白い小島……。

「あとひとつ、問題は、いつ決行するかだ」

「逃げると腹を決めたからには、すぐにでも逃げたい」

「気持ちはわかるが落ち着いて考えろ。西表島といえども一月と二月は強い北風が吹いて気温がぐっと下がる。内地の冬とそう変わらん寒さになることもある。雨も降り続く。冷たい雨だ。ジャングルの中を三日も四日も冷たい雨に身体を濡らしながら歩くのは体力を消耗しすぎる。それに北風が強くて波が高いから、船は西表島に近づけない。高那の密伐船も、この季節はやってこないはずだ。北風がおさまってようやく海が凪ぐのは、三月の下旬だ。そう、島で言う、『うりずん』の季節が始まる頃だ。三月の下旬に決行すれば間に合う。だからそれまで待て」

「あと二ヶ月以上もある」

「ここの生活に六年も耐えてきたあんただ。二ヶ月や三ヶ月、どうということはないじゃないか。逃げる前に、ジャングルで食える植物と食ってはいけない植物をちゃんと頭に叩き込め。それは俺が教えてやる。一日じゃ無理だから少しずつ覚えろ。川にいるテナガエビの捕まえ方も教えてやる。決行の日まで、徹底的に準備しろ」

俊英はうなずいた。

「決行するのは夜だ。闇に紛れて逃げるんだ。俺たちは毎日毎日、穴の中に潜って、闇の中で仕事をしてるだろう。地獄のような仕事だ。ただ、ひとつだけ、いいことがある。闇の中でも目が利くことだ。それでも月明かりがまったくない夜に、ジャングルの中を進むのは危険だ。三月の二十一日、春分の日が新月だ。そこから一週間待とう。そこまで待てば月明かりがある。この島に、初めてアカショウビンが鳴く頃だ」

「アカショウビンが？」

「あんたも聞いたことがあるだろう。キョロロロロと強い声で鳴く、燃えるような真っ赤な鳥だ。うりずんの季節に、暖かい風に乗ってこの島にやってくる。アカショウビンがやってくると、この島の風も暖かくなる。雨だってそう冷たくない。島の命が輝き出す。ジャングルでの食い物の調達も楽になる。今、はっきり決めようじゃないか。春を告げるアカショウビンが、初めて鳴いた日。それが、あんたがこの島から逃げる日だ」

アカショウビンが鳴いた日の夜に、俺はジャングルの中を遁走《とんそう》する。

俊英は固く心に誓った。ただひとつ、俊英には大きな疑問があった。

「志明、ひとつ訊いていいか」

「なんだ」

「どうして、俺にだけ、脱走を勧める？」

「どういう意味だ」

「なんで、あんたは、逃げようとせえへんのや」

志明は黙った。

「あんたが観たっていう『大いなる幻影』とかいう映画は、フランス人の捕虜が、二人で逃げるんやないのか」

「そうだ」

「志明」

俊英はもう一度暗闇の中で志明の瞳を見つめた。

「俺と一緒に逃げよう。一人で逃げるより、あんたと一緒に逃げた方が、はるかに脱走に成功する可能性は高いはずや。俺も、あんたと二人で逃げた方が心強い」

「俊英、あんたは、一人で逃げろ」

「なんでや。一緒に逃げよう」

「それは、できないんだ」

「なんで？　なんでや？　そこまで用意周到に脱走の方法を考えたあんたが、なんで逃げようとせえへんのや」

「俺だって、この島を逃げるつもりでいた。だからこそ島に来てから一年半、逃げる方法を必死で考えてきた。逃げるための知識を身につけてきた。だが、この島を離れられない事情ができたんだ」

俊英は耳を疑った。

「冗談はやめろ。こんな地獄の島の、どこに未練があるんや」

「惚れた女ができた」

「女？」

「ああ」

「誰や」

「あんたも会って話したことのある、食堂の賄い婦の、あの女だ」

俊英は目を見張った。

突然女の顔が浮かんだ。気は強いがどこか陰のある、あの女の顔だ。

「いつの間に」

「あいつが坑夫に絡まれているところを俺が助けてやったと言ったろう」

たしかに志明はそんなことを言っていた。

「あれがきっかけになって、惚れ合う仲になった」

志明は、はにかんだような表情を見せた。

「まったく、人間、何がきっかけになるかわからんな」

「それなら、俺と、あんたと、女と、三人で逃げよう」

「無理だ」

「なんでや。惚れた女なら、なおのこと自由になって幸せをつかめ。あの女なら、きっと俺たちに付いてこれる」

「集団の逃亡は目立ちすぎる。発見されやすくなる。それに、いま、彼女をこの島から動かすわけにはいかない」

「なんでや」

「妊娠してる」

「妊娠？」

「ああ。だから動かせない。ましてやジャングルの中を三日も四日も歩かせることなんてできない。彼女はこの島で俺の子供を産む。そして俺と一緒に、これからも夫婦用の納屋で暮らしていく。彼女もそれでいいと言っている。俺たちはこの島に骨を埋める。だから、俊英」

志明は俊英に身体を寄せ、力強く肩を抱いた。

「あんたは、一人で逃げろ。どこまでもどこまでも逃げて、自由になって幸せになれ。俺たちの分までな」

第19章　山猫

1

二月も末のある日、久しぶりに食堂の掲示板に、次回の映画上映の貼り紙が出た。

〈次回　映画上映　『椿姫《つばきひめ》』　四月十日〉

坑夫たちが貼り紙の前で噂し合っている。

「おお、去年の夏以来の映画上映や」

「今回は、えらい間が開いたな」

「もう石炭の増産増産で、映画どころやないんやろ」

「もしかしたら、これが最後の上映になるかもな」

「ところで『椿姫』って、どんな映画や」

「日本の映画か？　外国の映画か？」

「さあなあ。まあ、椿姫ていうぐらいやから、ええ女が登場するんじゃろう。楽しみやわい」

坑夫たちが去った後、俊英が志明に訊いた。

「志明、この映画、知ってるか」

「グレタ・ガルボ主演の映画だ」

「グレタ・ガルボ？」

俊英は思わず訊き返した。

記憶の底からギザ耳の顔が蘇った。

「ああ。これは昭和十一年にアメリカで公開された映画だ。俺は観ていないが、マニラにいた頃、映画雑誌の記事で読んだことがある。ガルボの相手役はロバート・テーラー。グレタ・ガルボの最高傑作と、記事はえらい力の入れようだった」

「ギザ耳が逃げたのが、昭和十年。あいつは、この映画を、観たかな」

「さあな」

「俺は、一遍もグレタ・ガルボの映画を観たことがない」俊英が言った。

「この映画を観るのが楽しみや」

「いや。俊英、あんたはこの映画を観ることはできん。上映日を見ろ」

「四月十日か」

「そうだ」

志明が声を潜めて俊英に言った。

「この前、決めただろう。脱走を決行する日は、この島で今年初めて、アカショウビンの鳴き声を聞いた日と。それは三月の下旬だ。この映画の上映日より前だ」

「残念やな」

「映画より、脱走が大事だ」

「じゃあせめて教えてくれ。『椿姫』って、どんな物語なんや」

「ガルボ演じる高級娼婦が、若い男と逃避行する話だ」

「それは余計に観たかったな。二人はうまく結ばれるんか」

「いや。記事には結末は書いていなかった」

「……そうか」

志明は俊英の肩を叩いた。

「きっとガルボは、逃避行に成功するさ。あんたも愛する女を、救うんだ」

2

俊英と志明は坑内の仕事を終え、人繰りの目を盗み宇多良川のほとりを歩いていた。夕刻になると蛍が飛び交う季節になった。

そうだ。この島に初めて来た日も、川辺に蛍が群舞していた。

三月に蛍が飛ぶのかと驚いた記憶がある。あれから、丸六年が経ったのだ。

「もうずいぶんと、食える植物は覚えただろう」

「ああ。頭に叩き込んだ。志明、あんたには感謝するよ」

「俺も、島の植物には詳しくなったよ。炭鉱に出入りする島の人間をつかまえては話を聞いたりしてな。なんでそんなに植物に興味を持つのか、みんな不思議がってたけどな」

志明は口元をゆるめた。

「島の植物っていうのは、知れば知るほど面白い。みんな、生き延びるために、いろんな工夫をしてるんだ。彼らはまったく動くことができないだろう。動くことができない彼らは、自分の種をどうやって遠くまで運ぶかに知恵を絞っている。鳥に実を食わせて運ばせるもの。風に運ばせるもの。獣の身体にくっついて運ばせるもの。海流に乗って運ばせるもの。いろいろだ。たとえば、このオヒルギだ」

志明は目の前の樹を指差した。

「オヒルギは、マングローブ林の中じゃあ、どこにでも生えている樹だ」

「食えるのか」

「いや、食えない。食えないが、まあ、聞け。あの樹に、赤い実がなっているだろう」

たしかによく見ると、鮮やかな赤色の帽子をかぶったような棒状の実が樹にたくさんぶら下がっている。

「あの中に、種をひとつだけ持っている。普通、種というのは、どこかに運ばれて、地面に落ちてから発芽するだろう。しかしオヒルギは違う。ああして樹にぶら下がったまま、発芽するんだ。芽は細長い棒のような形になって成長する。あの真っ赤に見えるものは実じゃなくて、発芽した胚を包んでるガクなんだ。そうして成長した胚は二十センチほどの長さにもなる。成熟すると、切れて垂直に落下する。胚は細長く尖っているから、もし落下した時が干潮の時なら、そこで根付く。じゃあ、もし、満潮の時なら、どうなると思う?」

「満潮の時? どうなるんや」

「そのまま水に流されて、どこか遠くへ運ばれる。そして、流れ着いた先で、根付く。つまり、オヒルギの芽は、そこで根付くものと、はるか遠くまで運ばれて根付くものと、二種類あるんだ」

志明はそこで俊英に向かって微笑んだ。

「まるで、俺たち二人みたいじゃないか」

俊英も微笑んだ。

「お互い、生き延びよう」

「もちろんだ」

その時、目の前のオヒルギの胚が地面に落ちた。その先端が泥の表面に突き刺さった。

「俊英」

真剣な口調で志明は言った。

「どうやったらこの島から抜け出せるか。俺たちは脱走の方法を用意周到に考えたな」

「ああ。食べられる植物もテナガエビの捕まえ方も、どこを目指してジャングルを突っ切ればいいかも、全部、あんたから教えてもらった」

「もうひとつ、あらかじめ考えておかないといけないことがある」

「なんや？」

「もしあんたがこの島からの脱走に成功して、那覇に渡ってチルーと逃げることにも成功したとしよう。大事なのは、そのあとのことだ。麻沼は、血眼《ちまなこ》になって、チルーの行方を探し出そうとするはずだ。自分の女が逃げたんだからな。己の威信をかけて、探し出そうとするだろう」

「今は、そんなところまで頭が回らん」

「いや、ちゃんと考えておけ。でないと、せっかく脱走に成功して彼女と逃げても、そのあと捕まってしまえば、すべて元の木阿弥《もくあみ》だ。何にもならないじゃないか」

「どこか、沖縄の山奥にでも逃げるか。それとも、船に乗って、台湾か内地に渡るか」

「麻沼は警察も動員して探すはずだ。沖縄にいてはいずれ見つけ出されるだろう。それに、台湾や内地へ向かう航路の船には、すべて手配の連絡が回っているはずだ」

「どうしたらいい」

「俺に、ひとつ考えがある」

志明が顔を寄せた。

「糸満に行け」

「糸満?」

「そうだ。前にも話しただろう。糸満には、俺がマニラで惚れた女と結婚した漁師がいる。我那覇陽光という男だって。遠洋漁業の網元だ。糸満に行けば家はすぐわかるはずだ。そこに行って彼に会って、マニラ行きの船に乗せてもらえ。そしてほとぼりが冷めるまで、二人でマニラに隠れていろ」

「見ず知らずの俺を、信用してくれるか」

「前も言ったように俺は我那覇陽光と一度だけ会ったことがある。これは俺の直感で言うんだが、あいつは信用できる男だ。俺の名前を出せ。きっとあんたの願いを聞き入れてくれる」

俊英は志明の言葉に耳を傾けた。

「そしてマニラに行ったら、ひとつ頼まれてくれないか。ペドロ・ヒル通りというところにパライソ雑貨店という店がある。そこに俺の両親がいる。その両親に会って伝えてくれ。息子はマニラに近い沖縄の島で結婚して子供もできて元気で幸せに暮らしている、と。居場所は探すな、と。それだけ伝えてくれたらいい」

もう二度と両親とは会わないつもりなのか。志明の表情には、哀しさと固い決意とが入り混じっていた。

「志明、本当に、この島に残るんか」

志明は泥に突き刺さったオヒルギの胚を見つめた。

「そろそろ帰ろう」

何かを吹っ切るようなきっぱりとした口調だった。

「もうすぐ、潮が満ちる」

志明は炭鉱村に向かって歩き出した。

3

昭和十四年三月二十八日。夕刻。

静寂の中に、アカショウビンの鳴き声が聞こえた。

その声に空を見上げた者が二人いる。

俊英と志明だ。

西の空は次第に暗さを増し、午後七時前に夜の帳《とばり》が下りた。

空には月が出ていた。

坑夫の納屋の消灯時間は、午後九時。あと二時間ある。

俊英は誰もいない映画館に向かって石段を登った。

松の樹のたもとに、志明が立っていた。

「いよいよこの日が来たな」

俊英はうなずいた。

「その、肩からはすにかけている風呂敷包みはなんだ」

「俺の、お守りや」

俊英は風呂敷包みを解き、チルーのスケッチ画と手紙を見せた。

「それから」

俊英の手には、黒い塊があった。

ギザ耳からもらった、ガルボの顔が見えるという石炭の塊だった。

「もうすぐ、ここでガルボの映画が上映される。ギザ耳にその映画を観せたかったな」

「彼は脱走に成功して、アメリカでその映画を観ただろうよ」志明が微笑んだ。

「そうやったな」

俊英は松の樹の根元にしゃがみ込む。土を掘り起こし、そこに石炭の塊を埋めた。

「持っていかないのか？　大切なお守りだろう」

「お守りは、この島に置いていく。ガルボが、みんなを守ってくれるように」

俊英は立ち上がった。

「成功を祈る」

志明が手を差し出した。俊英はその手を固く握った。

「元気でな。いつかまた会おう」

「できればこの島の外でな」

「いつか平和な世の中になって、誰かがこの島を訪れて、俺たちのような人間がここに生きとったことに思いを馳《は》せてくれる時代が来るとええな」

俊英は笑った。

「きっと来るよ。そんな時代が」

志明も笑った。

「あんたに、最後の贈り物だ」

志明はハーモニカを取り出した。

かつてこの島でカンカン帽が吹き、ギザ耳が吹いたハーモニカだった。

「誰か、やって来えへんか」

「心配するな。ハーモニカの音が聞こえたぐらいじゃ、誰も来ない」

志明はハーモニカを吹いた。

曲は『スマイル』だった。

夢の中で、ギザ耳が吹いていたメロディだった。

月明かりの下で、俊英は耳を澄ました。

吹き終わった志明が俊英に言った。

「ジャングルの中で、苦しいことがあったら、このメロディを思い出せ」

志明は自分の口元の左に指を当てた。そしてゆっくりと弧を描くように指を上にあげた。映画の中のチャップリンが、女にそうして見せたように。

「忘れるな。『スマイル』だ。そして、笑って、また駆け出せ」

俊英は、志明の身体を強く抱いた。

もう二度とこの男と会うことはないだろう。

俊英は映画館の裏手から崖を下り、闇の中を駆けた。

4

映画館のある丘の北から東にかけては石炭を運ぶトロッコの軌道が走っている。軌道に並行して山の斜面にいくつもの坑道が空けられている。

午後七時。一日のノルマを達成できない坑夫がまだかなりの数、坑道の中にいる。トロッコ道には今も掘り出した石炭を箱に載せて運搬する坑夫たちと、掘り出し量を確認する坑内係たち、坑夫を監視する人繰りたちの姿があるはずだ。

トロッコ道のある北と東に逃げるわけにはいかなかった。

マングローブ林の中の幅十メートルほどの宇多良川を泳いで対岸に渡り、まずは南に進む。それが志明と綿密に考えた逃亡ルートだ。

泥の中に顔を出したマングローブの樹の根を注意深く踏みながら、俊英は川岸に出た。

風呂敷包みを頭の上にくくりつけ、中身が濡れないように注意しながら、川を泳いだ。

南の島といえど、三月の夜の川の水はまだひんやりと冷たい。

泳いでいる手に対岸のマングローブの根が当たった。俊英はその根を掴んで身体を引き寄せ、足をかける。

月明かりだけを頼りにマングローブの林の中に入る。

足元が暗く、踏み出した足がずぶずぶとくるぶしまで泥に浸かる。

誤って深みにはまれば底なし沼のように身体が頭まで埋まってしまう。

マングローブの樹の根と根の間を選んで一歩ずつ慎重に歩みを進める。

泥を抜け出してようやく川の縁までたどり着くと、今度は植物のトゲが南京袋の上衣からはみ出た俊英の手足を容赦なく突き刺す。

無理に手で振り払おうとすると、トゲが俊英の裸の身体に食い込み、肉片を削りとる。激痛が走る。俊英は唇を歪めて痛みを堪え、頭を下げて前へ進んだ。

しかしこのままトゲのある植物が群生する川沿いの低地帯を歩くのは不可能だ。俊英は低地の一番奥の丘陵部との境目まで出て、その斜面をたどった。そこでは植物相が変わり、トゲの植物の襲撃から逃れることができた。マングローブの林の中よりずっと歩きやすい。そうして山裾に沿って一時間ほど歩いた。

やがて突然広い場所へ出た。

そこは水田だった。

宇多良川の上流では、島の西部の干立や祖納《そない》の集落の人々が米を作っているのだった。

彼らは舟に乗って川を遡り、ここまでやってくる。西表島の田植えは早く、一月の終わりごろから始まる。今の時期は草取りや畦《あぜ》払いなどの農作業で昼間には農夫たちの姿が見られるはずだが、夜の水田には人の姿はなかった。

俊英は誰もいない水田の畦道を東に駆けた。

アオサギが驚いて大きな羽を広げて飛び立った。

消灯時間の九時まではまだ時間があった。

しかし九時になって俊英が納屋に戻っていないことがわかれば、人繰りたちは俊英の脱走に気づくだろう。それまでに、できるだけ炭鉱から離れておきたかった。

この水田を過ぎれば、あとは二十キロ近くひたすらジャングルだ。

これから先、こんなに通過するのが容易な道はもうないだろう。

いや、もう「道」すら一本もないのだ。

俊英は全力で走った。

やがて水田は途切れ、再び灌木《かんぼく》の林が続いたが、すぐにまた別の水田が現れた。

谷に作られた水田は広く、畦道は数百メートルほども続いていた。

俊英はまっすぐ東に進んだ。

やがて川に突き当たった。

幅は二十メートルほどで、炭鉱を流れる宇多良川よりかなり広い。

川のほとりに小屋があった。

農夫たちが田植え道具や収穫した米を格納しておく作業小屋だ。

俊英はその中に入った。

小屋の中に月明かりが射し込んだ。

あった。

くり舟だ。

「水田の川のほとりに農夫たちの作業小屋があるはずだ。その中には、舟があるかもしれない。農夫が収穫した米を運搬するための舟だ。俺は米の収穫の時期、農夫が米を載せた舟を繋いで川を下っていくのを見たことがあるんだ。その運搬用の舟を収穫までの間、小屋の中に置いているだろう。探してみろ。もしあったら、その舟で、見つかる危険性の高い下流に下るんじゃなくて、上流に遡れるところまで遡るんだ」

志明の言った通りだった。

小屋の壁には舟の櫂《かい》が掛けてあった。俊英は舟を川岸まで運んで乗り込んだ。

そして上流に向かって思いきり櫂を漕いだ。

「ちょうどこの日は深夜にかけて満潮になる。舟があれば、川のかなり上流まで遡れるはずだ」

志明の声が俊英の頭の中に蘇る。俊英は必死で櫂を漕いだ。

川の流れは穏やかだった。俊英の漕ぐ櫂が鏡のように静かな水面に水紋を作る。

水紋が月明かりの下で揺れた。

風はまったくない。川の両岸に広がる樹木が風の侵入を防いでいるのだろう。

その時、音が聞こえた。

ぴたぴたぴたと、背後から何かが近づいて来るような音だ。

俊英は何度も背後を振り返った。

追っ手が舟に乗ってやってくる。

その音は幻聴だとすぐに気づく。

しかし恐怖心は消えなかった。

蛇行を繰り返しながら、一時間は漕いだだろうか。

川の流れが速くなり、懸命に櫂を漕いでも舟が前に進まなくなった。

仕方なく舟を岸辺の茂みの中に隠し、マングローブ林を抜け、低地帯の奥の山裾に沿って歩いた。

暗闇の中をなにものかが走る音が聞こえた。イノシシだろうか。鳥の鳴き声も聞こえる。夜の森の中は生き物の気配に満ちていた。

遠くの方からゴウゴウと地響きのような大きな音が聞こえてきた。

歩みを進めるほどに音は大きくなった。

やがて音の正体が遠くに見えてきた。

滝だった。
高さ五十メートルはあろうかという巨大な滝で、ほぼ垂直に水が落ちていた。
白い滝筋を樹々の間から垣間見《かいまみ》ながらさらに進むと、滝壺《たきつぼ》に出た。
月夜の下で白い飛沫《しぶき》がはっきりと見えた。
ここから先に進むには、あの滝の上まで登らなければならない。
あの滝の上から先が、本格的なジャングルだろう。
その先にどんな風景が広がっているのか、俊英には想像もつかなかった。
しかし、月明かりがあるにせよ、道なき断崖を夜に登るのは危険すぎる。
今日はこの滝壺周辺で一夜を明かし、夜明けとともに登るのが安全だ。
しかし、炭鉱ではもうすでに俊英の脱走に気づいているだろう。
先を急ぐ必要があった。早くジャングルの中に身を隠したかった。
俊英は滝を見上げた。
月明かりを頼りに、取り付けそうな岩に手をかけてよじ登った。
ぐらつく岩に手をかけたり足をかけて崖から転落すれば、そこで命はないだろう。
慎重に、岩を見極めながら登る。
ある程度登ると、これ以上は登れないほど崖が急峻《きゅうしゅん》になった。
横の林に逃れ、太い樹の枝や根を握ったり足場にして急斜面を登った。

樹の枝も根も腐っていれば、力をかけて握ってしまうと枝や根ごと転落する。いっときも油断はできなかった。

そうして一時間ほど格闘すると、ようやく広い場所に出た。

滝の頂上だ。

俊英は頂きの岩の上に横になった。

満天の星が見えた。

その時、茂みの中で物音がした。

俊英はとっさに身を起こした。

何かが潜んでいる。

やがて闇の中に二つの眼《め》が浮かんだ。

獣だ。

獣は俊英にゆっくりと近づいてくる。

体長は八十センチほどもある。しなやかな肢体の動きはイノシシではない。

俊英と獣との距離が二メートルほどまで縮まった時、獣は歩みを止めた。

二つの眼は俊英を捉えて離さない。目をそらせば飛びかかってきそうな気がして、俊英も獣の眼を見据えた。

そうやってどれぐらいの時間、対峙《たいじ》していただろうか。

やがて獣は視線を外し、茂みの中に姿を消した。
その時、一気に滝の音が耳に飛び込んできた。俊英の身体から力が抜けた。
この島には巨大な山猫がいるという話を俊英は聞いたことがあった。
しかしその姿が見られることは滅多にないという。
今、見た獣は、きっと、そいつだった。
山猫は俊英をまったく恐れていないように見えた。
あいつこそがこの島の闇の中の支配者で、自分は侵入者なのだ。
俊英は考えた。あいつはなぜ、今、自分の目の前に現れたのだろう。
これ以上この世界に入るなという警告だろうか。
しかし、もう引き返すことは絶対にできない。
俊英は目を瞑った。
すぐに眠りの底に落ちた。

5

アカショウビンが鳴いている。
俊英はその鳴き声と、手足の痛みで目を覚ました。

昨夜、トゲのある植物の群落を通過した時に負った無数の傷が、今になってズキズキと痛んできた。必死で逃げている間は痛みを忘れていたのだ。

すでに空が白んでいた。

俊英は岩床を這い、滝の上から見える風景を覗き込んだ。

目を見張った。

眼下に広がるのは緑の海だった。

昨夜自分が舟で遡った川筋が、ジャングルの中に延びていた。川べりに生える植物の橙《だいだい》色《いろ》の実のひとつひとつがはっきりと見えた。そのはるか向こうの河口には広大な干潟が広がっている。

サンゴ礁の青い海の中に小さな島が見えた。

聞いたことがある。あれが鳩間島《はとまじま》だ。

西表島からはすぐ近くに見えるので、これまで多くの逃亡者が泳いで渡ろうとした。しかしほとんどの者は強い海流に呑まれて外洋に流されてしまうか、奇跡的に泳ぎ切って渡ったとしても島には炭鉱会社の人間が待ち構えていて連れ戻されたのだった。

逃げ延びるには広大なジャングルを東へ抜けるしかない。

俊英は川の上流に向かって歩き出した。

川の深さは三十センチほどで、いくつも段差があったが容易に踏み越えられるぐらいの高さだった。谿《たに》の中は明るい。青紫色の美しい羽を持つ蝶が岩の上に止まっている。渓流の水を飲みにきているのだろう。

俊英も手ですくって水を飲んだ。冷たい水が胃に染み渡った。

途中、深い淀みや小さな滝がいくつもあった。

その度に巨岩や苔《こけ》がびっしりと張り付いた石を踏み越えて沢を渡った。

岩場を越えると、川幅は二メートルほどに狭まる。樹木が鬱蒼と茂って空を覆う。谿の中はトンネルの中を歩いているみたいに暗くなった。巨木にくねくねと捻《ね》じ曲がった締め殺しの樹が巻きついている。シダ植物が葉を広げ、樹々の間をつる植物が渡る。

歩いている途中、太股から血が流れているのに気づいた。

ヒルだった。

気がつけば両足に十四以上が張り付いていた。俊英はぎょっとした。

ヒルは血をたっぷりと吸って丸々と太っていた。慌てて剝ぎ取ろうとするが、皮膚に吸い付いてうまくいかない。注意深く、一匹ずつ毟《むし》るようにして取り除き、川の水で血を洗い流す。しかし血は止まらずだらだらと流れ続ける。かまわず再び歩き出す。

川を流れる水は徐々に細くなる。ほとんど水が流れていない沢を歩く。やがて水の流れは完全に涸《か》れた。小さな石が敷き詰められた涸れ沢を歩く。

「川筋はやがて途切れるだろうが、そのまま遡れば、必ず先に分水嶺があるはずだ。そこから水の流れをたどって今度は下ればいい」

志明の言葉を思い出した。

ひたすら斜面を登る。

やがて分水嶺があった。

岩の間から湧き水が落ちていた。流れをたどって、今度は斜面を下りる。

小さな水の流れは徐々に幅を広げて川となった。

蛇行を繰り返す川を下ると、やがて大きな淀みに出た。

歩き出してから、すでに五時間ほどが経っただろうか。

太陽はほぼ中天にあった。

突然、空腹が襲った。

昨夜からずっと歩き詰めで、体力はかなり消耗している。

先は長い。志明の言葉を思い出した。

「マーニという植物の芯だ。樹の先端の、新葉のすぐ下にある茎を丁寧に裂けば、柔らかい部分が出てくる。それをかじれ」

明るい森の中に入ると、マーニはすぐに見つかった。

西表島ならどこの森にも生えている植物だ。

すぐに茎を裂いて柔らかい部分をかじった。筍《たけのこ》のような味だった。ほんのりと甘い。

いくつも茎をむしっては食べる。あとは川の水をすくって飲む。空腹はある程度おさまった。

再び歩き始める。

やがて川は二股に分かれた。

どちらに行くべきか。

目指す方角は東だ。

俊英は空を見上げた。

青い空に白い雲がゆっくりと流れていく。

昨日、アカショウビンをこの島に運んだ風は南の風だ。島に春を運ぶ南風《パイカジ》だ。

今日も風は南から北に吹いているはずだ。

雲もまた南から北に流れている。

俊英は雲が流れる方向に身体を向け、右手の先に延びる川筋を選んだ。

それが東だ。

川沿いの斜面を登りながら、俊英が思い出していたのは、六年前に自分がいた、今里の床屋だった。さっきの川の分岐点のように、人生にも無数の分岐点がある。成り行き任せに入ったあの床屋もまた、俊英の人生の大きな分岐点だった。あの日、あの床屋に入らなければ、そしてあの口利き屋の男の話を聞かなければ、俊英の人生は違ったものになっていただろう。

人生で、そこが分岐点だったとわかるのは、ずっと後のことだ。

しかし、今は違う。今まさに大きな分岐点に立っていることをはっきりと意識し、雲の動きを読み取って、東に延びる川筋を選んだ。

この先には、何が待ち受けているだろうか。

きっと大きな困難が待ち受けているだろう。それが何であれ、俊英は絶対にその困難を乗り越える覚悟だった。

俊英は、口利き屋があの時口にした言葉を思い出した。

「運命」という言葉だ。

人は、運命に流されていくしかないのか。あの時、漠然とそんなことを思った。

今は、それは違うとはっきりわかる。

運命は、選び取るものだ。自分の手で摑むものなのだ。

川幅は広い。なめらかで平らな川原の岩盤を登る。

透明な水が太陽の光を反射してきらめく。川底が透けて見える。

淀みの中で流れを止めた水面が青空を映す。

水の中の青空に白い雲が流れていく。

膝まで川に浸かりながらひたすら歩くと、大きな滝が現れた。

高さは二十メートルほどもある。幅はもっと広い。三十メートルはあるだろう。横長の滝から激しい勢いで水が流れ落ちている。

滝の両側は絶壁が迫り、登れそうにない。

突破するには滝をそのまま上がるしかない。

滝は階段状になっており、登ることは不可能ではないように見えた。

俊英は意を決して一歩を踏み出した。水圧が俊英の下半身を襲った。

俊英は前傾姿勢をとり、滝に手をついた。歯を食いしばった。

すべての音が滝の流れ落ちる轟音《ごうおん》に呑み込まれた。

ただ、一歩ずつ、前に進むことだけに神経を集中した。

右側の崖に岩が張り出している。

俊英はその岩に手をかけ、指に力を入れて身体を引きあげた。

そこが滝の上だった。

滝の上は、極度に狭い峡谷だった。

両側はカミソリのように切り立った岩壁だ。

幅二メートルほどの岩壁と岩壁の間から凄《すさ》まじい勢いで水がほとばしっている。

谷が狭い分、今登ってきた滝とは水量も勢いもまったく違う。

中に入れば一瞬のうちに二十メートル下の滝壺まで流されるだろう。突き進むのは不可能だ。

どうするべきか。俊英は崖を見上げた。狭い岩壁の間から青空が見えていた。左側の岩壁は注意深く見れば二段の崖になっており、その間にわずかな足がかりがあるのに気づいた。そこを伝って行くしかない。

まずは右側の岩壁に慎重に取り付いて、谷の入り口を越えた。入り口の奥はまだ水流が穏やかで対岸に渡ることができた。岩をよじ登り、わずかな足がかりを頼りに岩壁を伝う。

峡谷を突破すると、視界が一気に広がった。

川幅は広く、傾斜も緩やかだ。棚田のようにいくつもの段になった川床の上を水が流れている。

俊英はその光景の美しさに立ち尽くした。

ふと後ろを振り返った。突破した峡谷が狭い口を開けていた。

その奥に西表島の山々がいくつもの稜線《りようせん》を重ねていた。

追っ手はこんなところまでやってくるだろうか。

もう絶対にやってこない気がした。

そのとき、一匹のアブが俊英の頭の周りを飛び回った。

俊英が手で振り払っても振り払っても、アブはまとわりついた。

奴らだって絶対に諦めないだろう。

むしろ自分よりもこの森を知り尽くしている。

俊英は先を急いだ。

穏やかな流れが続いた。

流れが穏やかになる分、くるぶしほどしかなかった水かさが徐々に増し、胸まで浸かるようになった。

これ以上は背が立たないところまで来て、川を遡行するのを諦めて森に入った。

鬱蒼とした森の中にわずかながら歩けそうな斜面を見つけて歩いた。

足元に大きな樹の根が這っていた。

樹の根の間から渓谷の底が見える。高さは二十メートルほどもある。

足を踏み外せば谷底まで真っ逆さまに落ちる。

さっと血の気が引いた。

左手で常に灌木や樹の根を摑みながら慎重に渡る。斜面は上り下りが激しく、時折、渡り切れないほどの溝が横たわっていた。斜面の上をさらによじ登りながら通過する。

そうして二時間ほど進むと、ようやく緩やかな岩場に出た。

俊英は急に力が抜けて岩の上に寝転んだ。

岩の上には水たまりがあり、白く濁ったカエルの卵の塊が帯のように連なり、太陽の光を受けてきらめいていた。

しばらく休んで、再び歩き出した。

岩場は滑りやすい。足を滑らせればたちまち深みにはまってしまう。

岩場を歩いていたのでは通過できない淵もあった。

一旦森の中に入って灌木や樹の根につかまりながら歩く。

喉が渇いたので水を飲みに沢に出た。

川の水に足を浸からせていると、何かが足をつつく。

テナガエビだった。

大きさは十センチを超えていた。

こんな川の上流にもテナガエビがいることに俊英は驚いた。

「いいか。テナガエビを獲る時は、マーニで釣るんだ。まずマーニの葉っぱを取って、主脈だけを残して両側をそぎ落とす。そうすると細い糸みたいになるだろう？　その先端を丸めて輪を作る。投げ縄を作る要領だ。輪の中にものを入れてキュッと引っ張ると締まる仕掛けだ。この輪をテナガエビの尻尾の方から通して引っ張れば、簡単に捕まえられる」

俊英はマーニで釣りの仕掛けを作り、志明の言葉通りにやってみた。

テナガエビは警戒するどころか、向こうから寄ってくる。

いとも簡単に釣り上げることができた。たちまちのうちに五匹獲れた。皮をむいて、貪り食った。空腹がおさまった。

さらに先を急ぐ。

狭く、暗い谷に入った。巨大な岩が谷を埋め尽くしている。

川の流れは岩の下に潜り込んでいる。

岩の下に川は続いているのだろうが、耳を澄ましても水音は聞こえてこない。

水の流れのない急峻な沢をしばらく登ると、小さな滝が現れた。

滝を越えると、再び水が流れる沢に出た。

沢は大きく右手に曲がり、突然大きな湖が現れた。

水面はカワセミの羽のような深い青と緑を湛《たた》えてかすかに揺れていた。底は見えない。

淀みや淵はここまで数多く見てきたが、このような神秘的な色を湛えたものは初めてだった。

疲労が一気に押し寄せた。

俊英は、湖のほとりで夜を明かすことにした。

乾いた岩の上に登り、寝転がった。

太陽はすでに西の山の陰に隠れて見えない。

俊英は、目を瞑った。

その時だ。

突然、人の話し声が聞こえた。

俊英は跳ね起きて、周囲を見渡した。

人影はない。

耳を澄ました。

確かに、人の話し声が聞こえるのだ。

声はひとつではない。何人かの男たちが低い声で話している。

追っ手たちの声だろうか。俊英は身を固くした。

心臓の鼓動が速くなるのがわかった。

男たちの声に混じって、時折、女の声も聞こえてくる。

なぜ女がいるのか。

俊英は声の聞こえる方向を凝視した。

しかしそこには深い緑の森があるばかりである。

こんなところに人がいるはずがないのだ。

遠くで落ちる滝の音や川のせせらぎ、樹々の葉擦れの音、草がそよぐ音、虫や鳥やカエルなど、森に棲む命たちの鳴き声が風に運ばれ、この渓谷の中で混じり合って、人の声のように聞こえるのだった。

俊英は、すべての神経を耳に集中してその囁き声に聞き入った。

ひとつとしてわかる言葉はなかった。

しかし紛れもなく、その「声」は、何かを話しているのだった。

やがて夜の帳が下りた。

明滅する光がある。

蛍だった。

光はみるみるうちに増した。数百という光が切り立った谷の斜面に留まり、同じタイミングで明滅した。

闇の中で、大いなる自然の眼が、瞬きしている。そんな風に見えた。

瞬きは三十分ほどで消え、入れ替わるようにして夜空に満天の星がきらめいた。

星もまた瞬いていた。

白く濁った天の川は、昼間に岩床の水たまりで見たカエルの卵のようだった。

俊英は目を閉じた。

脳裏に浮かぶのは、炭鉱の丘の上の映画館の銀幕に映っていた、映画の情景の断片だった。

チャップリンがアメリカの街角を歩いていた。

オヤケアカハチが断崖の上で戦っていた。
月地楼の座敷で、少女のチルーが三線を弾いていた。
星の瞬きのように、同じ情景が何度も何度も現れては消えた。
まだ俊英が見たことのない映画の情景も、頭に浮かんだ。
『大いなる幻影』で、フランスの軍人たちが国境を越えて走っていた。
『モダン・タイムス』で、チャップリンが少女と手を繋いで長い道を歩いていた。
どちらも後ろ姿だ。彼らの顔は見えない。
俊英の頭の中の銀幕で、彼らは決して振り返らなかった。
俊英は目を開けた。
満天の星だ。
脳裏に浮かんだのは、ギザ耳の顔だった。
ギザ耳もまた、この湖のほとりの乾いた岩の上で、星空を眺めただろうか。
そしていつか観た映画の中のグレタ・ガルボを思い出しただろうか。
逃亡二日目の夜が更けていった。
疲労がどっと押し寄せ、俊英は泥のように眠った。

6

錐《きり》で突かれたような激痛が脇腹に走って目が覚めた。

手を当てると巨大なムカデだった。

慌てて振り払った。

咬《か》み跡がポツポツと残っていた。強い痛みがあったが、俊英はムカデに感謝した。早く出かけろ、と俊英を起こしてくれたような気がしたのだ。

早朝の湖には霧がかかっていた。

霧の向こうに巨大なシダ植物が林立している。まるで何億年も前の風景を見ているようだった。

俊英は立ち上がった。

流れのない淀んだ瀞《とろ》を腰まで浸かりながら進んだ。

このまま進めば川の源流に行き着くはずだ。

そこからまた別の川筋を見つけ、今度は下ればいい。

しかしそれはおそらくまだまだ先だ。

瀞にはいくつもの流木が横たわり俊英の行く手を阻んだ。

朝だというのに植物の葉が空を覆って周囲は暗い。

垂れ下がった植物の葉が俊英の顔を撫でる。

いつまでこんな淀んだ水の中を進まねばならないのだろう。

うんざりしながら、それでも前に進むしかない。

やがて川幅は狭まり、水量もくるぶしが浸るぐらいまで少なくなった。

源流が近いのかもしれない。

しかし源流域は沢が網の目のように張り巡らされ、どの川筋をたどっていいか判断がつかなくなった。判断を間違えば大きく方向を誤るかもしれない。

俊英は思い切って川から離れ、尾根筋を歩くことにした。

尾根をたどって山の上に出れば、眺望もひらけるだろう。

そこで方角を確認すればいい。

しかし尾根筋は沢筋以上に俊英を密林の迷宮に誘い込んだ。

背の高さ以上に伸びる藪《やぶ》が眼前と頭上いっぱいに広がり、完全に方向感覚を失った。

歩けば歩くほど、藪は深くなった。

進んでいるのか、後退しているのか。まったくわからなくなった。

目の前に高い樹が現れた。二十メートルはあるだろうか。

俊英は樹に登って方角を確認することにした。

空が見えた。太陽の位置と雲の流れでおおよその判断をつけ、再び藪の中を進んだ。

しかし歩みは進まない。

一歩を踏み出すのに、数分かかる。そんな感覚だった。

信じる方向に、もはや時間の感覚が麻痺するほど藪と格闘しながら進んだ後、目の前に現れた樹の上にもう一度登った。

はるか遠くに海が見えた。

その向こうにかすかに島影が見えた。

石垣島に違いない。

雲は右手から左手に流れている。

石垣島のある方向は東のはずだった。

この方角をずっとたどっていけば、その先に高那の廃村があるはずだ。

俊英は海の方角を頭に叩き込んで、再び藪の中を進んだ。

さらにひたすら歩くと、川の源流が見つかった。

岩から水が滲み出て、細い流れを作っている。

川筋は東に延びている。これを下れば、海岸にたどり着くはずだ。

俊英は川筋をたどった。

その時、突然激しく雨が降ってきた。スコールだ。

弾丸のように落ちてくる雨は激しさを増し、一瞬のうちに前がまったく見えないほどになった。

俊英はマーニの葉を何枚も束ねて屋根を作り、その下に潜り込んだ。

そしてひたすら雨が止むのを待った。

やがて雨は上がった。

俊英は再び歩き出した。

小さな川の流れはようやく沢らしい流れになった。

突然、空腹感が襲った。

俊英は、朝目が覚めてから何も食べていないことに気づいた。

マーニは沢の周囲にもたくさんあった。

ヒカゲヘゴ、オオタニワタリの新芽も摘んで食べた。オオイタビの実もかじった。

活力がみなぎってきた。

沢は明るく、歩きやすい。

すでに太陽も顔を出している。

再び歩き始めた時だった。

突然、激痛が走り、俊英はぎゃっと声をあげた。

右のふくらはぎが焼け火箸を当てられたように痛い。
今までに一度も感じたことのない痛みだ。
とっさに振り返ると、数十センチ離れたところにとぐろを巻いたハブの姿があった。
ハブに咬まれたのだ。
ハブはすぐに藪の中に消えていった。
俊英は立っていられず地面に転がった。
ふくらはぎにははっきりと毒牙の咬み跡が残り、血が滲んでいた。
身体を思い切り曲げ、咬み跡の残るふくらはぎに口を近づけた。
何とか口が届いた。必死で血を吸い出した。
その後、木の枝を傷口に当ててさらに血を押し出した。
それ以上にやれることはなかった。
慌てて動き回ると、毒が余計に早く身体に回ってしまうかもしれない。
しかし、ここでじっとしているわけにはいかない。
俊英は歩き出そうとした。
だが、ふくらはぎに激痛が走って、とても歩けない。
今はただ、その場にじっとしているしかなかった。
咬まれた部分がみるみるうちに腫れてきた。

このまま毒が回って、俺はここで死んでしまうのか。
俊英は打ちひしがれて仰向けに寝た。絶望感と恐怖が襲った。
目を瞑った。疲労と、ハブの毒のせいだろう。
またたく間に意識が朦朧としてきた。

俊英は、今里の床屋の椅子に座っていた。
ガラス戸を開けて外に出ると、そこは西表島の船着き場だった。
俊英は穴の中に入る。どんどん奥に入っていく。
手に持っているカンテラの灯が、ふっと消える。
真の暗闇の中に、俊英は閉じ込められた。
もう二度と這い上がれない深い闇の底に堕《お》ちたのだ。
暗闇と静寂に押しつぶされる。
身体は鉛のように動かなくなった。
声をあげようとしたが、口が開かない。
瞬きすらできない。
俊英は最後の力を振り絞って左手の人差し指に力を込めた。
微かに動いた。

小刻みに震える指を口元に当てた。

そしてゆっくりと弧を描くように指を上にあげた。

その時、どこからか聞き覚えのあるメロディが聞こえてきた。

『スマイル』だ。

俊英は目を開けた。

そこは西表島のジャングルだった。

メロディはまだ聞こえている。たしかに聞こえるのだ。

あの音はどこから聞こえてくるのだろう。

幻聴だろうか。

いや。

昨日ジャングルの中で人の話し声が聞こえたように、風がこの谷に運んできた自然の音が溶け合って、あのメロディを奏でているのかもしれない。

風が、笑えと言っている。

こんな時にそんなことを考えている自分がおかしかった。

俊英は微笑んだ。

やがて再び意識が混濁し、気を失った。

目覚めると、空が白んでいた。

俊英は自分がどこにいるのかわからなかった。

ここはどこだ？

腫れ上がっている足を見て事態に気づいた。

足の腫れは残っているが、昨日に比べ、広がってはいなかった。

ゆっくりと足を動かしてみた。痛みは消えていた。

毒をすぐに吸い出したのが幸いして、全身には回らなかったようだ。

立ち上がって歩いてみる。麻痺が残っていて引きずるような歩き方になるが、歩けないことはなかった。

再び歩き出した。

巨木が立ち並ぶ渓谷を、俊英は延々と下った。

日が中天に昇りかけた頃、轟音が聞こえてきた。滝の音だ。

俊英は滝口に立った。高さ三十メートルはある巨大な滝だ。

その滝の向こうに、昨日、樹の上で見た風景が、さらに近くに見えていた。

海の向こうに、石垣島の島影が、今度ははっきりと見える。

その手前に西表島の海岸線が見える。

岬の数十メートル沖に白い小島が見えた。

志明の言葉が蘇った。

「海岸の岬の先に真っ白な岩でできた小島がある。それが高那の廃村の目印だ」

あれが高那の岬に違いない。

この滝を下り、沢を下った先に、高那の廃村がある。

心が躍った。

滝は垂直に落ちるのではなく岩肌の間を何度もくねるように落ちている。

水飛沫が霧のようにあたりを白く覆っている。

水が落ちる脇の岩肌を注意深く伝って行けば、下りられるかもしれない。

しかし、足を滑らせたが最後、岩に何度も身体を叩きつけられて滝壺まで落ちる。命はないだろう。俊英は息を呑んだ。

はやる心を必死で抑え、足元を見つめながら、ゆっくりと滝を下りた。

指先と足先に神経を集中させる。十分な時間をかけ、しっかりとした足場を見つけながら、下りていく。

やっと足が滝壺の真横の岩に着いた。

あとは沢を下るだけだった。

今まで歩いてきた沢に比べればずっと歩きやすかった。干潮で水かさもない。

足の腫れはいつしか消え、歩みは軽やかになった。
俊英はゆっくりと走ってみた。
身体が軽い。足が動く。
俊英は全力で走った。いくらでも走れた。
やがて沢の両側が急に拓けた場所に出た。
高那にまだ人が住んでいた頃の水田跡だろう。
もう浜はかなり近いはずだ。
俊英はさらに走った。心がはやった。
やがて、ボロボロの藁《わら》葺き屋根の民家が見えた。
高那の廃村だ！
俊英は空に向かって両拳を突き上げた。
人が住まなくなった廃屋がいくつも見える。
そこで密伐で西表にやってきている者たちに出会えるはずだ。
俊英は駆けた。
そして廃屋の一つに飛び込み、土間の片隅に身を隠した。
横になると同時に眠りに落ちた。

廃屋の引き戸が開く音がした。

俊英は飛び起きた。

誰かが入ってきたのだ。

すでに夜になっていた。

男はカンテラを提げていた。

カンテラの灯が、男の顔を照らした。

闇に浮かんだのは、見覚えのある顔だった。

古賀だった。

古賀は俊英を見てもまったく表情を変えずに突っ立っていた。

俊英は事態を呑み込めなかった。

「古賀さん……なんでここに？」

「あんたを、連れ戻しにきたんだよ」

俊英の身体から血の気が引いた。

「俊英さん、忘れていたのか。わしは、麻沼に雇われているんだよ。あんたの逃亡を、見過ごすわけにはいかなかった」

「なんで？　なんで、ここに来ることが？」

古賀は答えた。

「あの映画館で、あんたたちが、脱走の計画を立てているところを、わしは聞いていたんだ。雨漏りがするというんで、梁《はり》に取り付いて天井を調べていた。その時、物音が聞こえて、わしはカンテラの灯りを消した。入ってきたのは、あんたたちだった」

「全部……、全部、聞いてたんか」

俊英は膝から崩れ落ちた。

「……あんたのことは、好きだった」

古賀の背後から数人の男たちが入ってきた。

人繰りたちだった。

すべては、徒労に終わったのだ。

第20章　椿姫

1

人繰りの鞭がしなり、俊英の背中を打った。

そのたびに、志明は嗚咽した。

鞭は植物のトゲで傷だらけになった俊英の身体に容赦なく食い込んだ。幾筋もの鞭の跡がミミズのように腫れ上がっていた。

もうひとりの人繰りが棍棒で俊英の腰を打った。後ろ手に縛られ、事務所の前の樹に吊るされた俊英の身体には青あざができ、腫れ上がった。首《こうべ》を垂れ、鞭で打たれても反応しない。

もう意識は失っているように見える。
すると人繰りが俊英に水をかけ、また打つ。
拷問は俊英が船で炭鉱に連れ戻された夜から始まり、延々と続いた。
誰もが遠巻きに樹に吊るされた俊英を見ていた。
志明は地面に両膝を突き、両手を合わせた。
「俊英！」
堪らずに志明が叫んだ。
その一瞬、俊英は閉じていた目を開け、志明の方を向いた。
誰もがその表情に息を呑んだ。
笑っているように見えたのだ。

＊

俊英はその時、捕らえられて炭鉱に連れ戻される船の中で、古賀と密《ひそ》かに交わした言葉を思い出していた。

「古賀さん、捕まったからには、俺はどうなっても構いません。ただ、あの夜、一緒に映画館におった志明は許してやってください。古賀さん、覚えてますか？　俺が炭鉱に来てすぐの頃、逃亡を図った台湾人が折檻を受けてました。それを見て、一緒にこの炭鉱にやってきた俺の仲間が、その台湾人を助けてやってくれ、と叫んだ。それをかばうとした俺も、人繰りにひっ捕まえられて、折檻を受けそうになった。その時、古賀さんが助けてくれたんです。『そいつらは逃げたわけやないやろう。許してやれや』って。古賀さん、志明も同じです。あいつは逃げたわけやない。この島に残ろうとした。一生、この島で生きると。だから、あいつを折檻するのは、やめてください。お願いします」

古賀は黙って夜の海を見つめていた。

古賀が海を見つめている間、俊英は肩にかけた包みからチルーの手紙を取り出し、海に捨てた。とっさに頭を働かせた。

志明とあの映画館で密かに話をしたのは二度だ。おそらく古賀は二度目の話を聞いたのだろう。チルーの話は聞いていないはずだ。古賀にチルーの存在を知られることはまずかった。俊英はチルーの絵も捨てようとした。しかし、思いとどまった。この絵でチルーだとバレることはないだろう。しかし船が炭鉱の港に着いた時、絵は古賀によって没収されてしまった。古賀は女の顔を一瞥《いちべつ》したが、何も言わなかった。

*

午後九時の消灯時間になり、坑夫たちが納屋に入っても、鞭の音は鳴り止まなかった。

朝、坑夫たちが坑内に向かう時も、俊英は樹に吊るされていた。

夕刻になると樹からは下ろされていたが、松の樹に縄で縛られ、正座させられた脚の上にはトロッコの大きな車輪が載せられていた。

そうしてその夜も人繰りたちから折檻を受けた。

夜になるとまた樹に吊るされ、一夜を明かした。

三日目の夕刻に、ようやく縄が解かれた。

足が萎えて歩けない俊英を、志明が肩を抱いて運んだ。志明は泣きじゃくった。

俊英は、目を瞑ったままだ。

「俊英、聞こえるか」

俊英は小さくうなずいた。

「俊英、俺が悪かった。俺が、あの映画館で話をしようと言ったばかりに……。俊英、あんたが、あんたが俺をかばってくれたんだろう？」

俊英は答えなかった。

そしてわずかに微笑んだ。

「俊英、こんなに痛めつけられたのに、何がおかしいんだ？」

俊英はつぶやいた。

「……ハーモニカの……音が……」

2

俊英は翌日から坑道に潜った。

脱走前と何も変わらない日常が戻った。

ただひとつ今までと変わったことがあった。

坑道の中の闇の深さを、これまでよりも一層強く感じるようになった。

坑道から這い出てきても、開放感を一切感じなかった。

闇は地上に出てからも続いているのだった。

闇がすべてを消し去ってくれるのなら、俊英はまだ耐えられただろう。

しかし闇の中に閉じ込められている時、ふとその闇から顔を出すのがチルーの面影だった。もう手が届かなくなったその面影を、俊英は何度も振り払おうとしたが無駄だった。

朝、眠りから目覚めた時、炭坑から這い出て太陽の光を浴びた瞬間にも、その面影が俊英の記憶の底から蘇り、彼の心を苛《さいな》むのだった。

ある日、古賀が俊英の納屋にやってきた。

古賀が無言で俊英に差し出したのは、チルーのスケッチ画だった。

炭鉱の港で没収した絵を返しにきたのだ。

古賀はやはり何も言わなかった。

その絵の中のチルーの表情が、俊英を一層苦しめた。

食欲が極端に落ちた。

四日間にわたる逃亡と折檻のせいで体力が落ちている中で、栄養を摂らないのは良くない。とにかく食べろ。志明の忠告にも、俊英は耳を貸さなかった。


俊英が炭鉱に連れ戻されてから、十日が過ぎた。

「俊英、起きろ。今日は映画の上映日だ」

四月十日。

アカショウビンがこの島で鳴く後に上映されるこの映画を、もうあんたは観ることはない。あの日、志明が俊英にそう語った映画の上映が、今日だった。

俊英はもう映画を観る気にはなれなかった。

黙って首を横に振った。

「俊英、あの映画館でまた映画を観ることになるのは、残念だ。けど、塞いでばっかりじゃ身体にも悪い。映画を観に行こう。ギザ耳が惚れたグレタ・ガルボがどんな女か、観に行こうじゃないか」

志明に諭され、俊英は納屋の外に出た。

夕刻の色に染まった映画館が、俊英の虚《うつ》ろな目に映った。


映画はグレタ・ガルボ主演の『椿姫』だ。

俊英は虚ろな目のまま銀幕を見つめた。

冒頭、花屋の女が馬車に近づいて、乗客に花を渡す。

花を受け取ったのが、グレタ・ガルボだった。

俊英はグレタ・ガルボという女優を、初めて観た。

美しい女優だと思った。

それはかつて夢の中で見た女性と似ているような気もしたし、似ていないような気もした。

ギザ耳のことを思った。

グレタ・ガルボは、逃亡するギザ耳を、最後まで守ってくれただろうか。

あの危険に満ちた西表島のジャングルで、ギザ耳を励ましただろうか。そして、無事にギザ耳を、自分が渡れなかった石垣島に、そしてその先のアメリカまで渡す、救いの女神となっただろうか。

それから、上映会を知らせる貼り紙の前で志明と交わした会話を思い出した。

「じゃあせめて教えてくれ。『椿姫』って、どんな物語なんや」

「ガルボ演じる高級娼婦が、若い男と逃避行する話だ」

「それは余計に観たかったな。二人はうまく結ばれるんか」

「いや。記事には結末は書いていなかった」

ガルボはパリの社交界に出入りしている高級娼婦だ。

ある大金持ちの男爵が、彼女に目をつけて寵愛《ちょうあい》する。しかしちょっとした手違いがあって、彼女はパーティー会場の階段で名もない青年と出会う。二人は恋に落ち、彼女は男爵のもとを離れて、青年と田舎に逃避行する。二人は幸せの絶頂にあった。

ある日、二人は森を散策する。丘の上に登ると、樹々の隙間から大きな城が見えた。

ガルボは子供の頃の夢を語る。

〈小さい頃から、お城の中をいつも見たかったの〉

二人は笑い合う。

帰途、通りがかった馬車に乗せてもらった二人は、あの城が男爵の別荘であると知る。平和に暮らしていた二人のもとに、やがて破局が訪れる。

自分がそばにいては男の未来が汚れると、女は身を引くことを決意して、男に別れを告げる。だが男は納得しない。彼女は、金持ちの男爵のもとに戻りたい、と悲しい嘘をついて、森の中に消えていく。

〈やっと、お城の中が見られるわ〉

という言葉を残して。

やがて時が経ち、男はパリで女と再会する。しかし、女はすでに死の床にあった。

そんな物語だった。

男は、ガルボを救えなかったのだ。

俊英は明かりがついても、何も映っていない銀幕を見つめていた。

ガルボの美しさを褒めたたえながら坑夫たちが全員映画館を出た後も、俊英はずっと座っていた。

上映が終われば映画館には波が引くように人がいなくなった。

残っているのは後片付けをしている珊瑚座の映画館主と映写技師だけだ。

「俊英、帰ろう。もうここは閉まる」

志明に促され、やっと俊英は席を立った。足がもつれていた。

映画館を出ると、すでに炭鉱村は闇に包まれていた。

丘の上の邸宅に灯りがともっていた。

麻沼の邸宅だった。

あと半月もすると、チルーはあの邸宅の持ち主のものとなる。

映画の中で見た、森の中の城がそこにあった。

あの城に向かって、チルーが駆けていく……。

俊英は幻影に背を向けた。

もうあたりには俊英と志明以外、誰もいなかった。

石段を下りようと一歩を踏み出した時、目眩《めまい》を覚えた。

足がもつれ、その場に倒れこんだ。


「大丈夫か、俊英」

志明は駆け寄って地面に伏している俊英の身体を抱き起こした。

俊英の顔は蒼白だった。額に手を当てる。

「ひどい熱があるじゃないか」

身体が小刻みに震えている。目の焦点が合っていない。

「これはマラリアだ！　医務室に行こう！」

志明は俊英の腕を自分の肩にかけて立ち上がった。

「炭鉱の医務室で、マラリアが治るのか」

背後から誰かの声が聞こえた。

珊瑚座の映画館主の比嘉《ひが》だった。

たしかに比嘉の言う通りだった。医務室に入っても、炭鉱の薬はほとんど効かない。

「気休めだ。治るかどうかは本人の運次第だ。しかし、少なくとも、床で横になれる」

「乗りかかった船だ」

「え？」

「俺はな、こいつから女に宛てた手紙を預かったことがある。こっそりな。迷惑したが、結局は届けてやった。おまけに、女からの返信までな。まったく、我ながら、お節介なこった」

比嘉は呆れたような顔で言った。

「乗りかかった船っていうのは、そういうことだ。あとから知ったんだが、こいつが、この炭鉱《ここ》に映画館を作るように頼んだそうじゃないか。俺は炭鉱で映画を上映するのが好きだった。街の人たちの何倍も喜んでくれる。上映の間じゅう、みんなが笑うたびに、感動するたびに、まるで俺がみんなを笑わせたり感動させたりした気になった。だからこいつには、恩がある。それに」

比嘉は高台にある麻沼の屋敷の方向を見つめた。

「俺は、あの麻沼という男が心底嫌いだ。あいつは、ここに『オヤケアカハチ』を持って来た時に、二回目の上映を中止した。内容がけしからん、と言われてあの映画を中止された時、俺は映画を冒瀆《ぼうとく》された気になった。おまけに麻沼はあの日の上映料を一銭も払わんかったんだ。この島で映画を上映するのに、どれほどの時間と金がかかってると思ってるんだ。俺はあの時のことを今でも恨んでる。あいつにささやかな謀叛《むほん》を起こしたって、バチは当たらんだろう」

比嘉は映写技師を一人連れてきていた。

映画館から石段の下り口まで、荷車で上映に必要な機材を運んでいた。

可搬式の映写機。映写幕。大きな麻袋が四つ。

比嘉は四つの麻袋のうちの一つの袋を開けた。映画のフィルムが一巻だけ出てきた。

「映画のフィルムは一巻が十分足らず。『椿姫』なら十六巻。一つの袋に五巻ずつ入っている。それで結構な重さだ。この袋には残りの一巻だけが入っている。この袋の中に、そいつを入れろ」

「え？」

「映画館主と映写技師が映画の機材とフィルムを運んでるんだ。それだけのことだ。早くしろ!」

志明は俊英の頭から麻袋をすっぽり被せ、そこに『椿姫』の一巻を押し込んで、袋の口の紐を絞った。

「よし。石段の下には別の荷車がある。荷物をひとつずつ運んで船着き場に停まっている船に運び込め!」

志明が麻袋をひとつ運ぼうとした。

「あんたはもうここから離れろ。あとは俺たちがやる」

「俊英は、マラリアに……」

「石垣島に診療所がある。信頼できる医者がいる。俺が連れて行ってやる」

珊瑚座の主人と映写技師と映画の機材を載せた船が、炭鉱の船着き場を出た。

志明はその船が宇多良川を下っていくのを船着き場の陰から見送った。

闇の中に吸い込まれていく船の姿を、志明は最後まで見ることはできなかった。

涙で滲んで、何も見えなくなったのだ。

3

俊英は、朦朧とした頭の中で、自分の身体が揺れているのを感じた。

目を開ける。真っ暗だ。

自分は今、どこにいるのだろうか。

炭鉱の坑内の闇の中だろうか。

なぜ、自分の身体は揺れているのだろうか。

「おい。意識はあるか」

闇のどこかから、ささやく声が聞こえた。

「返事はしないでいい。もし意識があるなら、もう少し辛抱しろ。今、おまえは、海の上だ。西表島と、石垣島の間の、波の上だ」

波の上？

今、自分は海の上にいるのか。

「気をしっかり持て。何にも心配はいらん。おまえはひとりじゃないぞ。今、おまえと一緒にこの船に乗っているのはな、グレタ・ガルボだ」

俺は今、グレタ・ガルボと一緒に、波の上にいる……。

まだ事態がよく呑み込めなかった。

ささやき声はまだ続いた。

「映画の中で死んだグレタ・ガルボは、死んじゃいなかったんだよ。今も逃避行を続けてるんだよ。どういうわけか、あんたとな」

俊英は再び目を閉じた。

頭の中の銀幕で、グレタ・ガルボが笑っていた。

第21章　道

1

サンゴを敷きつめた道の白さが眩しい。
漆喰で塗り固めた家々の瓦の赤が目に沁みる。
那覇。
俊英がその地を踏んだのは六年ぶりだった。
俊英は後ろを振り返った。
追っ手の姿は見えなかった。
炭坑の闇の黒さとジャングルの緑ばかりを見つめていた俊英の目に、那覇の街の色彩はすべてが鮮やかに映った。

それは、人が住む街の色だった。

街の喧騒は何も変わっていなかった。

パナマ帽をかぶる男たち。紺絣の着物に身を包む女たち。日傘を差す洋装の女たち。

露地でものを売る女たちはたくましく、人力車を操る男たちの腕と足は鍛えられていた。

大きな雑貨店にはものが溢れていた。

六年前に見たキューピー人形やボンタンアメの広告がそのまま同じ場所にあった。

俊英は雑貨店に入って、店員に訊いた。

「ミルクチョコレートはありますか」

店員は答えた。

「はい。ありますよ。明治ですか？　森永ですか？」

「包みの裏に、占いが付いている方を」

2

女たちが波打ち際で蟹を追いかけている。

美しい貝を拾い集める女たちもいる。

潮が引き切ったサンゴ礁の海岸はどこまでも歩いて行けそうだ。

袴《はかま》の裾をたくし上げて白い足を晒し、高笑いしてはしゃいでいる晴れやかな表情の女たちを、チルーは浜辺に座って見ていた。

チルーの横ではアンマーとジュリたちが綺麗に盛り付けられた朱塗りのお重の中のご馳走に箸をつけている。

旧暦三月三日。新暦では四月二十二日。

辻の女たちにとって、節句の日は一年の中でも大切な日だった。

「浜下り《ハマウイ》」というお祭りが行われる日なのだ。

この日一日を、女たちは浜辺に出て遊ぶ。

女たちは遊ぶ前に、海水に足を入れて「清め」の行事を行う。それが古くからの習わしだ。女の身体に潜む魔性を海に流す、という意味があるらしい。

その後は老女も童女も貴族も街の女も、そして辻の女たちもまた「波の上」の海岸に出て、年に一度、羽目を外してはしゃげるこの日を楽しむのだった。

「チルー、どうしたの？　浮かない顔して」アンマーが声をかけた。

「明々後日《しあさって》は、いよいよ身請けの日でしょう。辻の女として、最後の浜下りになるんだよ。そもそもあんたが、浜下りが終わるまで身請けは待ってくれって先方にお願いしたんでしょう？　楽しみなさい」

チルーは、はい、と返事して笑った。

「ちょいと、私も行ってきます」

チルーは波打ち際まで駆け、仲間たちと蟹を追いかけた。

しかしチルーの心は晴れなかった。

3

浜辺での大騒ぎは夕刻近くまで続いた。

そして日が暮れた後は、楼の女全員で芝居か映画を観に行くのが毎年の決まりになっていた。

今年は陽炎座に映画見物に行くことになっていた。

映画は一般の女性たちと一緒に二階で観る。

上映が始まる前、一旦席に着いたチルーは厠に立った。

二階から厠のある一階へ続く階段を下りていると、陽炎座の主人に呼び止められた。

「チルー。いよいよ三日後だな。あんたが身請けされると寂しくなるよ」

「何をおっしゃっているんですか。身請けされても、また何度も来ますよ」

「チルー。実は、知らない男から、これを今日じゅうにチルーに渡してくれと預かった」

「……チョコレート？」

チルーの心が微かに波立った。

「ああ。なんで私に託すのか不思議だったけど、渡せば、わかります、と」

「どんな方でした？」

「色の白い男だった。まるで、何年も、陽に当たっていないような……」

チルーは、紙のパッケージにMorinagaと書かれたそのチョコレートに見覚えがあった。以前観た映画の中で、主人公の娘がピクニックに行った時、川辺で食べていたチョコレートだ。

そうだ。思い出した。

このチョコレートの包みの裏には、占いが書いてある。自分の未来が書いてあるのだ。

チルーは厠の中に駆け込んでチョコレートの包みを開けた。

包みの裏に白い紙切れが挟んであった。

手書きの文字でこう書かれていた。

『明日、夕刻六時まで、糸満の港で待つ　俊英』

4

糸満の海は春の斜光を浴びて光っていた。

俊英は港の桟橋に佇んでいた。

ずっと通りの向こうを見つめていた。

しかし、誰もやって来なかった。

俊英の心に不安が渦巻いた。

彼女は、やって来るだろうか。

昨日、俊英がチョコレートを渡した陽炎座の主人は、かつてチルーが自分への手紙を託した人物だ。珊瑚座の館主の比嘉がそう言っていた。チルーにとってつながりの深い人物に違いなかった。だからこそ信頼して俊英は手紙の入ったチョコレートを託した。

しかし、陽炎座の主人は、あのチョコレートをチルーに渡してくれただろうか。それも、昨日までに。渡してくれるという保証はどこにもなかった。

そして、あのチョコレートがチルーの手に渡ったとして、チルーは、ここに来てくれるだろうか。

身請けの日は、四月二十五日。

明後日だ。

志明から教えられた通り、那覇までたどり着いた俊英は、糸満の網元、我那覇陽光を訪ねた。

我那覇の家はすぐにわかった。

志明の名前を出すと、我那覇はすべてを了解した。

ただ、次にマニラに向けて船を出すのは、四月二十三日の夕刻だという。

身請けの二日前。

間近に迫った身請けの話を蹴ってまで、チルーが来てくれるという保証もまたどこにもなかった。

俊英は考えた。そもそも来ない方が当たり前なのではないか。

チルーとは、六年前に一度会い、炭鉱で観た映画の中で彼女の姿を偶然見つけ、その後手紙のやり取りを一度だけした。それだけだった。

「ウニゲーサビラ！　タシキークィミソーレ！」

（お願いします！　助けてください！）

ずっと忘れていた、六年前に一度聞いただけの、彼女の一言。

そして彼女が手紙と一緒に送ってくれたスケッチ画の眼差しだけをよすがに、こう考えた。

……チルーは、今も、自分を待ってくれている。

しかしすべては、俊英の愚かな思い込みに過ぎないのではないか。

ジャングルを逃走していた時には一度も考えなかった、そんな気持ちの揺らぎが糸満の港に立って初めて、俊英の心を襲った。

高那の廃村で古賀に見つかった時、すべてが徒労に終わったと悟った。

今日も、同じ結末が待っているのではないか。

それでも俊英にできることは、たったひとつしかなかった。

待つことだった。

5

節句の行事の後片付けが、次の日の午後遅くになってようやく終わった。

チルーは楼の用事と今日の自分の準備を済ませて、アンマーに言った。

「ちょいと花籠さんまで、昨日のお心付けのお礼を言いに出かけてきます」

「遅くなるんじゃないよ。明後日の身請けの準備がいろいろとあるんだから」

「はい。わかっています。六時までには戻ります」

チルーは外に出た。楼の前には馴染《なじ》みの人力車の車夫たちがいた。

チルーは彼らの横を通り過ぎて波の上の鳥居をくぐり、傍らで客待ちをしていた見知らぬ車夫に声をかけた。

「ちょいと遠いんです。やってもらえますか」

「どちらまで」

「糸満まで」

「へい」

チルーを乗せた人力車は、白い道を南に駆けた。

終章　ジャングル・キネマ

1

新北風《ミーニシ》は海の匂いを含んでいた。

西表島には秋が訪れていた。

祖父もまたかつて遠い日に、この地で海の匂いを含んだ風を頬に受けたことがあるだろう。

祖父はその匂いに何を感じただろうか。

自らを閉じ込める牢獄の匂いだろうか。それとも自由につながる道の匂いだろうか。

俊介はジャングルの中に建つ石碑を劉と共に見つめていた。

今も残るトロッコレールのレンガ支柱の前にそれはあった。

「萬骨碑」と刻まれている。

二ヶ月前の夏に初めて西表島を訪れた際にも、俊介は劉と一緒にこの碑に手を合わせた。

今、俊介は、すでに祖父の秘密を知っている。

劉、つまり、志明の孫から、すべてを聞いたのだ。

もの言わぬ石碑はただ風を受けてそこに佇んでいる。

石碑に向かう気持ちは、夏に感じたものとまったく違うものだった。

劉が言った。

「明治時代から戦後すぐまで、この島の炭鉱で、数え切れないほどの坑夫たちが働いていて、ほとんどは故郷に帰ることができず、ここで土となりました。彼らのことを忘れることがないように、全犠牲者の霊を弔おうと、島の有志たちが八年前に建てたものです」

「島の有志たちが建てたんですか」

「ええ。十年ほど前に経済産業省が西表島の炭鉱遺跡を『日本近代化産業遺産』に認定したそうです。私はそこに電話をして訊きましたよ。『近代化産業遺産』って何ですかと。すると担当者はこう答えました。『日本の近代化に貢献した産業遺産です』と。しかし、私はちょっと待ってくれ、と言いたかった」

劉の声には怒りの色が混じっている。

「祖父たちは、日本の近代化に『貢献』したんじゃない。日本の近代化の『犠牲』になったんだと。きっと島の人たちも私と同じ気持ちだったと思います。それで、自分たちでお金を出し合って、あの石碑を建てたのです」

「それまで、ここで生きて死んでいった坑夫たちのことは、誰にも知られず、ずっとこの密林の中に埋もれていたんですね」

「祖父の志明は祖母とともに、ここにあった炭鉱に、敗戦の昭和二十年までいました。太平洋戦争が始まると、西表島に日本陸軍の要塞が建設されました。もうその頃には映画館は潰され、原っぱになっていたそうです」

劉は萬骨碑の背後のジャングルの緑を見つめる。

「八重山の海域にも米英軍の潜水艦がやってきて、石炭を運搬する船も極端に減りました。坑夫たちは毎日、軍の陣地建設などの作業に駆り出され、そのうち西表島への空襲が激しくなり、山へ避難したそうです。そこでマラリアや栄養失調で死んだ坑夫たちがたくさんいたようです」

「志明さんは生き延びたんですね」

劉はうなずいた。

「幸い、日本が戦争に敗《ま》けた後、祖父と祖母と、幼かった私の父は、祖父の故郷の台湾まで帰って来られたのです。皮肉なことに、祖父たちをこの炭鉱という地獄から救ったのは、戦争だったんです」

「そして、私の祖父を炭鉱から救ったのは、今、目の前にあるこの貯炭場の船着き場から出た、映画館主の乗る船やったんですね」

「ええ。そして、糸満であなたのお祖母様のチルーさんと落ち合い、糸満の網元の船でマニラに渡った」

「なんか、夢の中の話を聞いたみたいです。祖父と祖母は、そんな話を一切しませんでしたから」

「私も、亡くなった祖父の日記を読むまでは、知りませんでした。祖父は、戦後、故郷の台湾に帰ってからも詳細な日記をつけていました。日記によると、戦後、日本と台湾の関係が回復してからしばらくして、俊英さんが私の祖父を訪ねてきたことがあったそうです。祖父の故郷の嘉義という街の名前を覚えていて、ほうぼうを訪ね回ってたどり着いたらしく、再会を果たした二人は、夜通し語り合ったそうです」

　俊介の頭の中に浮かんだのは、今、目の前にあるジャングルの中で語り合っている、若き日の祖父と、志明だった。

　二度とは会えまいとこの島で別れた二人は、再会を果たし、どんな話をしたのだろう。

「その時、俊英さんは私の祖父に言ったんです。今、日本で、自分の生まれ故郷の尼崎という街で映画館を経営している。映画館の名前は、『波の上キネマ』だと。別れ際に、祖父は俊英さんに、チルーさんのスケッチ画を渡したそうです」

祖父がアルバムの中に大事にしまっていた、あのスケッチ画だ。

「俊英さんが映画館主の船で脱走した後、祖父は俊英さんが納屋の畳の下に絵を隠していたのを知っていて、島を出た後も、ずっと大事に持っていたのです。全部、日記に書いてありました」

「祖父がマニラに渡ってからのことも書かれてたんですね」

「ええ。再会した時に話を聞いたんでしょうね。俊英さんとチルーさんがマニラに渡ったのは昭和十四年。その二年後に太平洋戦争が始まり、マニラは日本軍に占領されます。俊英さんは日本軍の飛行場の建設やらの作業労働に駆り出されたそうです。やがて米軍がマニラを制圧し、俊英さんとチルーさんは米軍の収容所に入れられました。俊英さんとチルーさんにとって、マニラに渡ってからの生活は、決して楽なものではなかったでしょうね」

「チルー祖母ちゃん、マニラで苦労したんやろうね」

俊介は妻の美也子が押す車椅子に乗った老婆の肩に手を置いた。

九十七歳のチルーがそこにいた。

チルーは孫の手に自分の手を重ねた。

俊介は西表島を再訪する前に、本部半島の老人ホームにいる祖母を訪ねた。

「チルー祖母ちゃん、これから、お祖父ちゃんがおった、西表島に行くよ。お祖母ちゃんも見たくないか。お祖父ちゃんがおった場所を」

俊介の誘いに、祖母は、こっくりとうなずいた。

そして今、愛する人が生きたジャングルを見つめている。

チルー祖母ちゃんの目は、少女の目に戻っていた。

その瞳には若き日の俊英が映っている。そんな気がした。

俊介が訊いた。

「それで、チルー祖母ちゃん、どうやったの？　マニラの収容所での生活は？」

「なんくるないさ」と、チルーは答えた。「好きな人と、一緒にいたんだもの」

明るい笑いがジャングルに弾けた。

「さあ、陽も落ちてきました。そろそろ、島の人たちが集まりますよ」

俊介が言った。

「準備を始めましょう」

2

俊介は森の中に入った。

トロッコレールのレンガ支柱の前を通り過ぎると、石段の跡があった。

登り切ると、松林があった。地面には松葉が落ち、他の植物は生えていない。

樹木が密生した薄暗いジャングルの中で、そこだけがほのかに夕陽の残光に照らされ、わずかな空間があった。

かつての映画館の跡だった。

当時の建物の礎石だけが今も松葉に埋もれて残っている。

俊介はそこに可搬式の映写機を置き、離れたところに銀幕を張った。

そして椅子を並べた。

今夜、ここで野外上映会を開くのだ。

俊介の発案だった。

かつてここにあった映画館で、最後の上映が行われたのは、昭和十四年。

そこに、俊介の祖父の俊英も、劉の祖父の志明もいた。

七十九年ぶりに、このジャングルの中に映画館が蘇るのだ。

準備をしながら、俊介は劉に訊いた。

「結局、祖父の仲間やった、ギザ耳という人の消息は、わからなかったんですね」

「ええ。辿りようがありませんでした。私の祖父が西表島に来たのは彼がこの島からいなくなった後でしたし」

「この島のどこかに眠ってるんでしょうか」

俊介が幾重にも山々の稜線が重なる密林の彼方《かなた》を見つめて言った。

「いや」劉が答えた。

「きっと、アメリカに渡ったんですよ。私はそう信じたい。あなたのお祖父様と私の祖父が、かつてここでそう信じたようにね」

風が吹き抜けた。

「そうだ」

劉が何かを思い出したように声をあげた。

「どうしました？」

劉は、映画館の礎石の傍に生えている松の樹の根元を掘り出した。

「思い出したんですよ。あなたのお祖父様が島からの脱出を決行した夜、映画館の脇の松の樹の根元に、ガルボの顔の石炭の塊を埋めた、と」

もうあれから七十九年経つ。そんなものが残っているとは思えなかった。

「あった！」

劉が叫んだ。

劉の手の中に小さな黒い塊があった。

その表面には、たしかに不思議な起伏と陰影があった。

かつてギザ耳が、そこに惚れた女の顔の幻影を見た石炭の塊。

「それが、今日まで、ここに……」

「何億年もかけてできた石炭は、決して土には還らないんですよ。グレタ・ガルボが、ずっといつまでも人々の心に残るように」

3

野外上映会の会場に、島の人々が集まってきた。

慰霊碑の建立にも尽力した浦内川観光の社長。叔母が炭鉱で働いていたことがあるという祖納の元公民館長。浦内で染色の仕事をしている奥さん。干立の雑貨店の奥さん。かつて炭鉱の町だった白浜の駐在さん。観光客にジャングルを案内している自然観察ガイド。上原の民宿のご夫婦。そこでアルバイトをしている若い人たち。俊介と美也子、劉。

そして、チルー祖母ちゃん。

チルー祖母ちゃんの隣に、もう一人、懐かしい顔があった。

柄本のじいさんだ。

「ぼん、まさか、ぼんのお祖父ちゃんが作った『波の上キネマ』が、こんな南の島で復活するとはなあ。ぼん、お祖父ちゃんもきっと喜んでるで。わしは、なんか、嬉しいんや。嬉しいて、嬉しいて……」

柄本のじいさんの目には涙が滲んでいた。

「まだ、映画始まってないで。泣くのは早いって」俊介が言った。

「それに柄本のじいさん、ここは『波の上キネマ』やないで。『ジャングル・キネマ』や」

「そうやったなあ」

柄本のじいさんが泣きながら笑った。

俊介が挨拶に立った。

「みなさん、ようこそ。ジャングル・キネマへ。七十九年ぶりの、一夜限りの復活です。今日の上映会に、何をかけようか、ずいぶん、悩みました。そして、結局、この島で一番初めに上映された、この映画にしました。チャップリンの『街の灯』です。是非みなさんも、チャップリンの名演をご堪能ください」

すでにあたりは闇に包まれていた。

一条の光が正面の銀幕を照らす。

CITY LIGHTS の文字が浮かび上がる。

見つめる人たちの瞳に、光が明滅する。

それはかつて、ここにいた坑夫たちの瞳を照らした光だ。

祖父の俊英や、多くの坑夫たちが、大笑いし、涙した光だ。

深い闇の中だからこそ、光は輝いていた。

映画とは、きっとそういうものだ。

密林の闇の中で山高帽にちょび髭の男が輝いていた。

*

「あなた、一つだけ嘘をついたわね」

「嘘？」

「ええ。あの西表島で」

「何のこと？」

「『ジャングル・キネマ、七十九年ぶりの、一夜限りの復活』って言うたやない」

「ああ」俊介は思い出した。

「一夜だけの、復活やなかったよね」

「あの夜、俺は思ったんや。お祖父ちゃんの命をつないだジャングル・キネマを一夜だけで終わらせたくない。やっぱり、映画館は続けようって。波の上キネマは、年末で看板を降ろした。この一月から、新しい映画館がオープンや」

俊介は嚙みしめるように言った。

俊介と美也子は祖父が立花の街に作った映画館を見上げた。

そこには真新しいネオン管が光っていた。

JUNGLE KINEMA

上映作品の看板があった。

古い映画の二本立てだ。

『大いなる幻影』

『モダン・タイムス』

看板を見ながら、俊介が言った。

「波の上キネマの、最初の上映が何やったか、中央図書館で古い新聞や資料を漁《あさ》って調べたんや。この二本立てやった。お祖父ちゃんがチルー祖母ちゃんと尼崎の立花に出てきて映画館を始めたのが、昭和二十四年五月二十一日。この日はちょうど、『大いなる幻影』の日本初上映の日やった」

「お祖父さんは、『大いなる幻影』の公開日に合わせて、自分の映画館をオープンしたんやね」

「きっとそうに違いない。それに『モダン・タイムス』をくっつけて上映したんや」

「お祖父さんはこの二本の映画、志明さんから話を聞いただけで、西表島では観られへんかったんよね。自分が作った映画館で、この映画を初めて観て、俊英お祖父さん、どんな気分やったやろうね」

「何があっても、ずっとここで映画館を続けていこう。そう思ったんやないかな」

美也子はうなずいた。

「俺ももちろん、お祖父ちゃんが名付けた『波の上キネマ』という名前に愛着がある。けど、ここから、あえて、一から出直しや。一から出直しの名前としては、ジャングル・キネマがふさわしいと思う。この二本の映画で、波の上キネマ、いや、ジャンググル・キネマは、また出直しや」

その時、にゃあと鳴く声が聞こえた。

道端に真っ白な子猫がいた。

子猫はトコトコと寄ってきて、俊介の足にじゃれついた。

「捨て猫かしら」

「アイリス」

「何？」

「アイリスが、帰ってきた」

「どういうこと？」

「昔、波の上キネマで飼ってた猫や。お祖父ちゃんが連れて帰ってきた。アイリスいう名前やった。モヒカンのロバート・デ・ニーロが売春宿から救った、女の子の名前や」

美也子が子猫を抱き上げた。そして言った。

「新しい映画館で飼おうか」

「うちの招き猫になるかもな」

俊介が子猫の頭を撫でた。

美也子が、不意に不安な顔になった。

「お客さん、来てくれるかな」

「来てくれることを考えよう。知恵をしぼろう。道なき道にも、必ず道はある。脱出不能に見えるジャングルにも。だからこその、『ジャングル・キネマ』や」

俊介は自分の口元の左に指を当てた。

そしてゆっくりと弧を描くように指を上にあげた。

映画の中のチャップリンが、女にそうして見せたように。

そして、言った。

「スマイルや」

（了）

ギザ耳に捧ぐ。

『神戸とシネマの一世紀』神戸100年映画祭実行委員会・神戸映画サークル協議会編、神戸新聞総合出版センター、一九九八
『1980年代の映画には僕たちの青春がある』キネマ旬報社、二〇一六
『沖縄劇映画大全』世良利和、ボーダーインク、二〇〇八
『月刊　青い海』96号（特集「沖縄を出た島びと」）、青い海出版社、一九八〇
『たどる調べる　尼崎の歴史　下巻』尼崎市立地域研究史料館編、尼崎市、二〇一六
『石垣市史　各論編　民俗　下』石垣市史編集委員会編、石垣市、二〇〇七
『西表炭坑写真集　新装版』三木健編著、ニライ社、二〇〇三
『西表炭坑史料集成』三木健編、本邦書籍、一九八五
『沖縄・西表炭坑史』三木健、日本経済評論社、一九九六
『西表炭坑概史』三木健、ひるぎ社、一九八三
『聞書西表炭坑』三木健、三一書房、一九八二
『西表島の炭鉱』西表島炭鉱跡の保全・利用を考える検討委員会編、竹富町商工観光課、二〇一一
『西表島・宇多良炭坑　萬骨碑建立記念誌』萬骨碑建立期成会、二〇一〇
『新篇　辻の華』上原栄子、時事通信社、二〇一〇
『なは・女のあしあと――那覇女性史（近代編）』那覇市総務部女性室・那覇女性史編集委員会編、ドメス出版、一九九八
『琉球の花街　辻と侏儷の物語』浅香怜子、榕樹書林、二〇一四
『西表島探検』安間繁樹、あっぷる出版社、二〇一七
『西表島フィールド図鑑　改訂新版』横塚眞己人、実業之日本社、二〇一一
『色と手ざわりで探せる　熱帯くだもの図鑑』海洋博覧会記念公園管理財団、二〇〇九
『西表島　浦内川の魚』西表島エコツーリズム協会、二〇一七

『ヤマナ・カーラ・スナ・ピトゥ　西表島エコツーリズム・ガイドブック』西表島エコツーリズム協会、一九九四
『2万5千分1地形図　美原／船浦／西表大原／舟浮』国土地理院、二〇一五－二〇一七
『藤田嗣治　作品をひらく』林洋子、名古屋大学出版会、二〇〇八
『評伝藤田嗣治　改訂新版』田中穣、芸術新聞社、二〇一五
『南風原朝光遺作画集』南風原朝光、南風原朝光遺作画集刊行会、一九六八
「激動の時を生きる――戦前・戦後における沖縄出身者と同郷者集団」山口覚、二〇〇三（関西学院大学人文学会『人文論究』53巻1号所収）
『琉球新報』一九三八年五月十九日三面
『読売新聞』一九三三年二月二十二日夕刊二面

執筆にあたり、多くの方々のご協力を得ました。特にジャーナリストの三木健氏、塚口サンサン劇場の戸村文彦氏からは、多大なるご協力をいただきました。

また刊行にあたり、株式会社ユンブルの朝日奈ゆか氏にもお世話になりました。

ご協力いただいたすべての皆様に深く感謝いたします。

解説——南の島の奇跡

川本三郎

驚嘆した。こんな事実があったとは。

日本の映画史でも、このことはほとんど語られていなかったと思う。恥ずかしいことに私自身、まったく知らなかった。

誰が想像出来ただろう。戦前、日本の南の離島、西表島《いりおもてじま》のジャングルのなかに映画館があったとは。

増山実さんは、その事実を知った驚きから、この感動的な物語を書き上げた。その重みに読者は圧倒される。映画館の物語であり、家族の物語であり、そして何よりも昭和史の知られざる秘史になっている。スケールが大きく、作者の熱い思いがこもっている。

現代の尼崎《あまがさき》から始まる。

安室俊介《あむろしゅんすけ》は、祖父の代から続く町の映画館「波の上キネマ」を受継いでいる。一九七五年生まれ。中学生の時、ブルース・ウィリスの『ダイ・ハード』を見て映画が好きになった。

「波の上キネマ」は、昭和二十四年、祖父の安室俊英《しゅんえい》が開館した。姓の安室で想像出来るように祖父は沖縄にルーツをもつ。若い頃に相当苦労したらしい。

まず尼崎の歴史が語られてゆく。この町は阪神工業地帯の中心にあり、戦前から労働者が多かった。沖縄出身者が多く住んだ。

戦後、映画が娯楽の中心になった時、町には映画館が次々に出来た。昭和二十年代から三十年代にかけては映画の黄金時代である。

長く「波の上キネマ」で映写技師をしていた「柄本《えもと》のじいさん」は、若い俊介に当時のことを懐かしんで語ってきかせる。「ぼん、尼崎はなあ、映画王国やったんやで」「わしが波の上キネマにやってきた昭和三十年ごろには、尼崎の映画館の数は三十を超えてた。当時は日本じゅう、ちょっとした繁華街ならどこでも映画館はあったけど、尼崎は関西随一や。特別に多かった。綺羅《きら》星のごとく、映画館があった」。

尼崎がそんなに映画館の多い町とは知らなかった。このあたり、作者はきちんと舞台となる町の歴史を踏まえている。

さらに「柄本のじいさん」は興味深いことを語る。尼崎には沖縄出身者が多い。いや、大阪にも多い。そして、大阪の映画館の経営者の三割は沖縄出身者だという。だから「大阪の映画文化は、沖縄の人が支えてきたんやな。これは大阪や沖縄の人でさえ、あんまり知らんことや」。

確かに知らないことだった。大阪と沖縄はつながっている。それが、実は、この物語の展開に深く関わってくることになる。

「波の上キネマ」は、個人経営の「町なかの映画館」である。商店街のなかの、いわば個人商店。いま、日本の映画館の九割はシネコンという。個人商店はとても大資本のシネコンには勝てない。館内をきれいにしたり、デジタル化を導入してなんとかやりくりしてきたが、先きの見通しは暗い。

ついに、俊介は祖父の代から続いてきた「波の上キネマ」を閉じる決意をし、妻の美《み》也子《やこ》に打ち明ける。無念の思いである。

消えゆく映画館の物語といえば、一九七一年の映画、ピーター・ボグダノヴィッチ監督の『ラスト・ショー』が知られている。一九五〇年代のテキサスの小さな町で映画館が、時代の流れに勝てずに閉館していく。

この小説も、「波の上キネマ」の最後を描く挽歌《ばんか》の趣《おもむき》がある。しかし、それだけでは終わっていない。実は、そこから、思いもかけない大きな物語につながってゆく。

映画館を閉じるに当たって、俊介は、祖父のことを知りたくなる。俊介が五歳の時に亡くなった祖父はどういう人生を辿《たど》ってきたのか、祖父がなぜ戦後、尼崎で映画館を開いたのか。

俊介は自分の根っこである祖父のことを知りたくなる。ルーツ探しである。物語はここから俄然《がぜん》、面白くなる。率直なところ、私自身、こういう展開になるとは、予想もしていなかった。


俊介は、ある時、思いがけず、祖父のことを知っているという台湾人、劉彩虹《リユウツアイホン》から連絡を受け、祖父にゆかりのある西表島に出かけてゆく。そこで、戦前、ジャングルのなかに作られた炭鉱の町の跡、そこにあった映画館の跡を見る。ジャングルのなかに突然あらわれた消えた町と消えた映画館。まるでコッポラ監督『地獄の黙示録』のジャングルのなかの村を思わせる。

なぜ、日本の南端にある離島の西表島に、こんな町が、こんな映画館があったのか。それが俊介の祖父と、台湾人の劉の祖父とどう関わってくるのか。

ここから先は物語の核心に触れているので、ぜひ本編の読後にお読みいただきたい。

物語は、ここから昭和戦前期にさかのぼる。この展開がみごと。ここで主人公は現代の俊介から、昭和の祖父へと変わる。

祖父の俊英は、若き日に沖縄から尼崎に出てきた両親を幼い頃に喪《うしな》った。孤児となった俊英は、尼崎の沖縄出身者たちによって育てられ、底辺労働者として苦労していた。ある時、大阪の町で耳寄りな話を聞く。西表島に行き、サトウキビ畑で働けば、いい給料がもらえる、と。町では、小林多喜二《こばやしたきじ》の特高による虐殺が語られているから昭和八年のこととわかる。十八歳、まだ世間知らずの俊英は、そんな甘い話を信じて、西表島へ行く決心をする。

沖縄にルーツをもつ俊英が、尼崎から沖縄へ、さらに西表島へと行く。この小説は、いわば「南へ向かう」小説になっている。尼崎と沖縄、そして西表島、さらには台湾、フィリピンと物語は南へとつながっている。

日本の近代史のなかでは、見逃されがちな南の周縁の地が、この小説の舞台になっていて、それが大きな魅力になっている。

西表島へ向かう途中、俊英は船の都合で沖縄に立寄ることになる。那覇《なは》で俊英は、年上の男たちに誘われて、辻《つじ》にある『月地楼《つきじろう》』というにぎやかな遊廓《ゆうかく》に行き、そこで、まだ十四、五歳の少女に偶然出会う。

娼妓《しょうぎ》の家に売られた少女が幸せな筈《はず》がない。年配の女性に手を引かれ、奥の部屋へと連れてゆかれる時に少女は沖縄の言葉で悲痛な叫びを上げる。「ウニゲーサビラ！　タシキークィミソーレ！」（お願いします！　助けてください！）それを聞いても俊英にはどうすることも出来ない。そのために少女の叫びは俊英の胸に忘れられない哀《かな》しみとなって突き刺さる。

俊英自身の行く手にも思わぬ困難が待ち受けている。西表島に着いてみると、サトウキビの仕事などではなく、炭鉱での苛酷《かこく》な労働だと分かる。仲介人の甘言に騙《だま》された。

これも私は知らなかったが、当時、西表島は「日本有数の炭鉱地」で、昭和六年の満《まん》州《しゅう》事変以来、増産が続いて、活況を呈していた。

ということは、石炭を掘る坑夫たちの労働の苛酷さが増していることに他ならない。騙されて島に連れて来られた男たちは、奴隷のような悲惨な状況に置かれている。暗い鉱山のなかで一日中、働かされる。資本家による搾取というより、もはや虐待である。逃亡を図ってもジャングルの島ではまず助からない。まさに「緑の牢獄《ろうごく》」。俊英たちが島に着いた日、坑夫たちを監視する男が言う。「おまえたちに、最初に言うておく。この島から、生きて抜け出せると思うな。逃げようとしたやつの命の保証は、ないと思え」。

俊英はこの言葉を実感してゆく。苛酷な労働に加え、マラリアが襲う。何より、先きにまったく希望がないのがつらい。仲間たちは次々に死んでゆく。逃亡した者は捕えられ、殺される。戦前の日本資本主義の最底辺、最暗部を作者は克明に描いてゆく。

俊英は悲惨な日々をただ耐える。ある時、不思議な男がやってくる。カンカン帽をかぶった男でハーモニカがうまい。この男が来てから「地獄」のなかに歌が生まれた。男は半年足らずでマラリアで死んでしまうが、希望のない坑夫たちに「この世には、歌があることを。それが今日を生き延びる糧になることを」教えてくれた。

カンカン帽の男は、歌のほかに俊英にもうひとつ「生きる糧」を教えた。チャップリンの『街の灯』。男は、その映画の素晴らしさを語り、主題曲をハーモニカで吹いた。以来、俊英の心のなかで「映画」への思いが生まれ、育ってゆく。

島に新しい石炭層が見つかる。新しく町が作られる。その設計をまかせられた古参の男に俊英は、映画館を作ってくれるように頼む。働く人間には夢を見る場が必要だからと説得する。すると思いもかけず炭鉱主が映画館を作ることを許可する。気まぐれからだったかもしれないが。かくしてジャングルのなかに「前代未聞」の映画館が誕生する。第一回の上映作品はチャップリンの『街の灯』。昭和十二年のこと。フィルムは石垣島《いしがきじま》の映画館から館主が運んできた。

この映画館、実際にあったというから驚く。日本映画史のなかでも埋もれた事実である。「緑の牢獄」といわれる悲惨な島で、坑夫たちがチャップリンを見て涙を流していたとは。

遊廓の少女が、ある時、画家に会い、絵を描いてもらう。その画家がなんと藤田《ふじた》嗣治《つぐはる》だったという、これもまた思いがけないエピソードが加えられ、本書を心あたたまるものにしている。

（かわもと・さぶろう　評論家）

＊本作品はフィクションであり、事象、人物、団体を事実として描写・表現したものではありません。

本書は二〇一八年八月、集英社より刊行されました。
JASRAC 出 二〇一〇五一〇―〇〇一

集英社文庫 目録（日本文学）

堀田善衞 ミシェル城館の人 第三部 精神の祝祭
堀田善衞 ラ・ロシュフーコー公爵傳説
堀田善衞 上海にて
堀田善衞 ゴヤ I スペイン・光と影
堀田善衞 ゴヤ II マドリード・砂漠と緑
堀田善衞 ゴヤ III 巨人の影に
堀田善衞 ゴヤ IV 運命・黒い絵
穂村弘 本当はちがうんだ日記
堀辰雄 風立ちぬ
堀江貴文 徹底抗戦
堀江敏幸 なずな
本上まなみ めがね日和
本多孝好 MOMENT
本多孝好 正義のミカタ I'm a loser
本多孝好 WILL
本多孝好 MEMORY

本多孝好 ストレイヤーズ・クロニクル ACT-1
本多孝好 ストレイヤーズ・クロニクル ACT-2
本多孝好 ストレイヤーズ・クロニクル ACT-3
本多孝好 Good old boys
誉田哲也 あなたが愛した記憶
本多有香 犬と、走る
本間洋平 家族ゲーム
前川奈緒 深谷かほる・原作 ハガネの女
槇村さとる イマジン・ノート
槇村さとる キム・ミョンガン あなた、今、幸せ？
槇村さとる ふたり歩きの設計図
万城目学 ザ・万遊記
万城目学 偉大なる、しゅららぼん
増島拓哉 闇夜の底で踊れ
益田ミリ 言えないコトバ
益田ミリ 夜空の下で

益田ミリ 泣き虫チエ子さん 愛情編
益田ミリ 泣き虫チエ子さん 旅情編
枡野浩一 ショートソング
枡野浩一 石川くん
枡野浩一 淋しいのはお前だけじゃな
枡野浩一 僕は運動おんち
増山実 波の上のキネマ
又吉直樹 堀本裕樹 芸人と俳人
町山智浩 アメリカは今日もステロイドを打つ USAスポーツ狂騒曲
町山智浩 トラウマ映画館
町山智浩 トラウマ恋愛映画入門
町山智浩 最も危険なアメリカ映画
松井今朝子 非道、行ずべからず
松井今朝子 家、家にあらず
松井今朝子 道絶えずば、また
松井今朝子 壺中の回廊

集英社文庫　目録（日本文学）

松井今朝子　師父の遺言
松浦弥太郎　本業失格
松浦弥太郎　くちぶえサンドイッチ　松浦弥太郎随筆集
松浦弥太郎　最低で最高の本屋
松浦弥太郎　場所はいつも旅先だった
松浦弥太郎　いつもの毎日。　衣食住と仕事
松浦弥太郎　日々の100
松浦弥太郎　松浦弥太郎の新しいお金術
松浦弥太郎　続・日々の100
松浦弥太郎　おいしいおにぎりが作れるならば。　「暮しの手帖」での日々を綴ったエッセイ集
松岡修造　テニスの王子様勝利学
フレディ松川　老後の大盲点
フレディ松川　ここまでわかった　ボケる人ボケない人
フレディ松川　好きなものを食べて長生きできる　長寿の新栄養学
フレディ松川　60歳でボケる人　80歳でボケない人
フレディ松川　はっきり見えたボケの入口ボケの出口
フレディ松川　わが子の才能を伸ばす親つぶす親
フレディ松川　不安を晴らす3つの処方箋　認知症外来の午後
松樹剛史　ジョッキー
松樹剛史　スポーツドクター
松樹剛史　GO-ONE
松樹剛史　エアエイジ
松澤くれは　りさ子のガチ恋♡俳優沼
松澤くれは　鷗外パイセン非リア文豪記
松永多佳倫　沖縄を変えた男　栽弘義―高校野球に捧げた生涯
松永多佳倫　偏差値70からの甲子園　僕たちは野球も学業も頂点を目指す
松永多佳倫　偏差値70の甲子園　僕たちは文武両道で東大も目指す
松永多佳倫　まかちょーけ　興南　甲子園春夏連覇のその後
松永天馬　少女か小説か
松本侑子　花の寝床
モンゴメリ　松本侑子・訳　赤毛のアン
モンゴメリ　松本侑子・訳　アンの青春
モンゴメリ　松本侑子・訳　アンの愛情
丸谷才一　星のあひびき
丸谷才一　別れの挨拶
麻耶雄嵩　メルカトルと美袋《みなぎ》のための殺人
麻耶雄嵩　貴族探偵
麻耶雄嵩　あいにくの雨で
麻耶雄嵩　貴族探偵対女探偵
眉村卓　僕と妻の1778話
まんしゅうきつこ　まんしゅう家の憂鬱
三浦綾子　裁きの家
三浦綾子　残像
三浦綾子　石の森
三浦綾子　ちいろば先生物語(上)(下)
三浦綾子　明日のあなたへ　愛するとは許すこと
みうらじゅん　とんまつりJAPAN　日本全国とんまな祭りガイド
宮藤官九郎　どうして人はキスをしたくなるんだろう?

集英社文庫

波《なみ》の上《うえ》のキネマ

2021年1月25日　第1刷　　　定価はカバーに表示してあります。

著　者　増山《ますやま》　実《みのる》

発行者　徳永　真

発行所　株式会社　集英社
東京都千代田区一ツ橋2-5-10　〒101-8050
電話　【編集部】03-3230-6095
【読者係】03-3230-6080
【販売部】03-3230-6393（書店専用）

印　刷　大日本印刷株式会社

製　本　大日本印刷株式会社

フォーマットデザイン　アリヤマデザインストア　　　マークデザイン　居山浩二

ISBN978-4-08-744202-1 C0193